青春は探花を志す

金椛国春秋

篠原悠希

角川文庫
21171

青春は探《たん》花《か》を志す

金椛国《きんかこく》春秋

おもな登場人物

星《せい》 遊圭《ゆうけい》……名門・星家の御曹司で唯一の生き残り。生まれつき病弱だったために医薬に造詣が深い。書物や勉学を愛する秀才。

明々《めいめい》……少女のときに遊圭を助けたことから、後宮の様々な苦労を共に乗り越えてきた。その縁で薬膳の知識を蓄え、故郷に戻って薬種屋を開く。

胡娘《こじょう》（シーリーン）……西域出身の薬師で、遊圭の療母。星家族滅の日からずっと遊圭を助け、見守り続けてきた。現在は玲玉に薬食師として仕える。

陶《とう》 玄月《げんげつ》……皇帝陽元の腹心の宦官。遊圭の正体を最初に見抜き、後宮内の陰謀を暴くための手駒として遊圭を利用してきた。

ルーシャン……西域出身の金椛国軍人。国境の楼門関の一城を預かる胡騎校尉。

達玖《タルク》……西域出身の軍人。ルーシャンの腹心の部下。

阿清《あせい》……明々の弟。遊圭より年下。

星《せい》 玲玉《れいぎょく》……遊圭の叔母。

司馬《しば》 陽元《ようげん》……金椛国の第三代皇帝。

天狗《てんこう》……皇太子翔の愛獣。外来種の希少でめでたい獣とされている。

成《せい》 宗謙《そうけん》……郷紳階級出身の、国士太学の学生。明々の店に嫌がらせをしかける。

劉《りゅう》 宝生《ほうせい》……名門官家劉一門の、成績優秀な国士太学の学生。学内の最大派閥を牛耳る。

史《し》 尤仁《ゆうじん》……北西部の郷紳階級出身。胡人の血を引く遊圭の学友。

一、陋巷《ろうこう》の貴公子

「どこをどう歩けば裾《すそ》や靴を汚さずにすむんだろう。この区画の官吏は、ちゃんと仕事をしているのかな」

星遊圭《せいゆうけい》は深衣《しんい》の裾を持ち上げて、不平を漏らした。広やかな袖《そで》を上げ、鼻と口を覆う。

ただでさえ狭い裏通りの両側には、腐りかけた古い木箱や、貧乏人が炊事や暖房の燃料にするために溜《た》め込んだ、半端な木材が積み上げられている。

ひとびとの歩く中央部でさえ、いちども掃き寄せられたことのない塵芥《ごみ》が、雑踏に蹴《け》りまわされていた。かといってその塵芥を踏むまいと裏通りの端によれば、壊れた家具や折れた木切れに、袖や裾をひっかけて破りそうになり、それを避《よ》けようとすれば、悪臭を放つ汚物が待ち構えている。

さらに、一日じゅう陽の当たらない日陰では、融《と》け残った雪に滑って、塵芥や汚物の上に尻《しり》もちをつかないよう、細心の注意を払わなくてはならない。

東大陸随一の大国、金椛《ジンファ》帝国の都にも、国内外から物資の運ばれてくる運河に沿って、汗臭くむさくるしい男たちや、垢《あか》にまみれた薄汚い子どもたち、顔や首の白粉《おしろい》むらを気にもせず、春をひさぐ女たちが行き交う裏通りがある。

そのような裏通りでは、地味で素材も安価な深衣ではあるが、糊《のり》のきいた清潔な遊圭の服装と鹿革の靴は、どこから見ても場違いであった。

庶民が暮らす下町でも、さらに下層の住民がひしめく陋巷《ろうこう》を散策するには、品の良すぎる少年の背後から、野太い声が応《こた》える。

「だから、おれひとりで行ってきますと申し上げたんです。星公子《シンコンツー》」

髪の色は黒いものの、金椛《ジンファ》人には珍しいくせ毛を頭頂でまとめて布冠《ふかん》でつつみ、動きやすい胡服《こふく》の上から裾の短い胴着を重ねた壮年の従者もまた、悪臭に耐えかねたように鼻に皺《しわ》を寄せた。西方の血を思わせる濃い顔立ちと大柄な体格、腰に佩《は》いた長剣から、おしのび貴公子の用心棒であることが見てとれる。

「だけど、達玖《タルク》さんは尋ね人の顔を知らないんですから。嘘をつかれたらどうします」

いかにも上流階級の子息といった優しげな面差しと、体格も雰囲気も華奢《きゃしゃ》な遊圭は、立ち止まってふり返った。脆弱《ぜいじゃく》そうな見た目に反して、その瞳《ひとみ》には誰にも枉げることのできない強情な意志を湛《たた》えている。

息子といっても通る年齢の遊圭の反応に、達玖は苦笑を隠して口元を引き締めた。

「とにかく、用事をすませてさっさと帰りましょう。臭くて汚いのは戦場だけで充分ですから」

「同感です」

ひと回り半も年上の従者にうなずき返し、遊圭は早足で歩きだした。

仕事にあぶれているのか、重ねた箱に座り込んで煙草をふかし、好奇心丸出しで遊圭らを眺める苦力《クーリー》に目を留め、そちらに歩み寄る。

「二十歳《はたち》前の、潘敏《はんびん》という青年を捜しているのだが」

遊圭の問いかけに、額や頬に何本もの縦皺を刻んだ苦力は、黄色い歯をむき出しにして笑い出す。

「この界隈《かいわい》にゃ、そんな名前のやつぁいないね。その年恰好《としかっこう》の人間なら、掃いて捨てるほどいるが」

その男は、人生のほとんどを戸外で過ごしてきたのだろう。顔もむき出しの腕も、日焼けや霜焼け、あるいは風焼けのために、皺や染みに覆われていた。

「脛《すね》に傷を持つ連中ばかりだ。見つかったら配所に連れ戻されるか、杖《つえ》で打たれるか、そんなやつらばっかりでさ。本名や昔の名前で捜しても無駄ってもんだ」

さらにそう付け加えて、器用にも煙草の煙と唾《つば》を同時に吐きだす。遊圭は嘆息し、達玖に苦笑を向けた。

「ほら。ひとりひとり顔を見なくちゃだめだってことです。わたしだって敏の顔をはっきり覚えているわけじゃありませんが。もう三年も経っていますし。いや、四年になるのかな。背も伸びたでしょうし、ここの苦力たちのように日焼けしてひげ面だったら、会えても見分けられるかどうか」

「向こうが、公子の顔を覚えてるんじゃないでしょうかね」

「そうだといいのですが。わたしも背丈だけは伸びましたから、どうでしょう」

昨年の秋から遊圭の家に寄宿している達玖《タルク》は、目の前の少年がこの二、三年の成長期に、驚くほど外見が変わってしまったことは知らない。

四年前に先帝が崩御し、それに伴い即位した新帝の皇后に、遊圭の叔母《おば》が立ったことから、星家一門は国法により族滅の憂き目に遭った。

生まれつき病弱で喘息《ぜんそく》持ちの遊圭は、子どものころは外出などほとんどしたことがなく、白粉《おしろい》代に困る女たちがうらやむほどの色白であった。食が細く、同年の少年たちにくらべて小柄な体と愛らしい顔立ちを逆手に取り、今上《きんじょう》皇帝の後宮に下級女官になりすまして入り込み、外戚《がいせき》族滅法が廃止されるまでの二年間を、女装を通して生き延びた。

そうした忍従の日々が過ぎ、加冠の儀もすませて成人した遊圭には、もはや少女のような可憐《かれん》さは微塵《みじん》も残ってはいない。しかし、いまだに女装できるのではないかと思われるほどほっそりとして、拱手《きょうしゅ》を袖に隠して揖礼《ゆうれい》する女子の作法や仕草などが自然に出てしまう。

昨年の新春から夏にかけて、隣国へ輿入《こしい》れした金椛《ジンファ》帝国公主の護衛兵のひとりであった達玖は、近侍女官として付き従っていた若い尼僧が、実は男子であったことにまったく気づかなかった。

西行中、接する機会がもっとも多く、遊圭とは何度も言葉を交わした達玖の上司、雑《ざっ》胡《こ》隊隊長のルーシャンでさえ、遊圭の女装に騙《だま》されていたのだから無理もない。化粧を落とし、髪型も服装も男子のものに改めた遊圭が、雑胡隊兵士の前に姿を現し、地声で話し始めたときは、達玖は新しい側近が加わったのかと思ったほどだ。

苦力《クーリー》と話し込む少年の横顔を眺めながら、そのときの驚きを反芻《はんすう》している達玖をよそに、遊圭は懐から財布を取りだした。二本の刀銭を苦力の手に握らせる。

「このあたりの顔役に話を通してくれ。三か月くらい前にやってきた、二十歳前の男だ。都育ちだけども、去年までは宜《ぎ》州にいたらしいから、そっちの訛《なま》りが少し混ざっているかもしれない」

顔立ちにも体つきにも特徴のない若者の、たったそれだけの情報を預かった苦力は、ひょこひょことした歩き方で路地の奥へと消えた。しばらくして抜け目のない顔つきの中年男を連れて戻ってくる。

「うちの舟子《ふなこ》を引き抜こうってのは、おまえさんか」

ひどく後退した前髪をかろうじて集めて布冠に押し込んだ顔役が、しゃがれた声でねめつけてくる。遊圭は落ち着いて言葉を返した。

「うちの家属《かぞく》だった者が、ここにいるかもしれないと聞いてね。いや、逃げ出したのを連れ戻しにきたわけじゃない。潘家の者は父の代で当家の戸籍から抜かれているから、どこで暮らそうと自由の身だ。だけど、心配している敏の家族に、戻るよう説得してくれと泣きつかれているんだよ。母親がすっかり憔悴《しょうすい》してしまっている」

顔役は油断のない目つきで遊圭をじろじろと見て、鼻を鳴らして笑った。

「公に顔を出せない奴や、家に帰りたくない者が、こういうところで日銭を稼いで生き延びようとするんだ。捜しに来たのが昔の主人だったら、なおさら名乗り出るわけがねえよ」

浮浪者や逃亡中の囚人を抱え込んで、相場をはるかに下回る賃金で苦力《クーリー》として雇い、荒稼ぎしている元締めが、あっさりと配下の労働者を手放すはずもない。

「わたしが手続きをすれば、また都に戻り、家族と住めるように手配できる。心当たりがあるなら、とりあえず会わせてくれないか」

遊圭は懐から小さな袋を出して顔役に渡した。見た目より重みのある小袋の口を開いて中をのぞき込んだ顔役の頰が、だらしなくゆるむ。袋には十人の苦力を雇って余りある銀が詰め込まれていたからだ。

「半刻《はんとき》もすれば、船着き場に帰ってくる。それまで茶屋で待っているといい」

顔役は顎《あご》で船着き場のひとつを示した。

遊圭はもちろん、達玖《タルク》もこの界隈の茶屋で休む気にはならない。

立春が過ぎても寒風は厳しい。年の離れたふたり連れは、凍えた手に息をかけてあたためつつ、桟橋近くに立って午後の日が傾いていくのを眺める。

「書でも持ってくればよかった。待っている間、何もしないでいるのは時間の無駄だ」

遊圭がつぶやくと、達玖が眉《まゆ》を上げて応じる。

「公子が読書なんぞ始めたら、おれはどうしていればいいんですか」

遊圭は頭一つ高い異国出身の護衛を見上げた。

「そういえば、達玖さんはわたしの胡語《こご》教師でもありましたね。胡語の学習をしよう。運河は胡語でなんと呼ぶのですか」

「夏沙《かしゃ》語ですか。それとも康《こう》宇語？」

金椛《ジンファ》人は、北や西の異民族をひとまとめにして胡人と呼び、西域で話されている無数の言語を胡語と呼んでいる。

遊圭の胡語教師は、五つの主要な胡語に加えて金椛語を流暢《りゅうちょう》に話す。達玖は、金椛人が雑胡と呼びならわす、故国や帰属する民族の異なる両親の間に生まれた、帰るべき父祖の地を持たない流民でもあった。

「どちらもいいですが、ルーシャンは康宇語を先に覚えるように助言してくれました。康宇語は西域の共通語ですし、帝都における胡人の公用語でもあるとか」

遊圭が滞在したことのある異国は夏沙王国のみであるが、広く大陸で話されている西域語は、公文書に使われる文字も含めて康宇語であるという。

ルーシャンは、夏沙王国よりもさらに幾千里の彼方《かなた》にある康宇国の生まれだ。

少年期より故国を離れ、青年期は商人の見習いとして交易を学んだ。二十代半ばからは達玖のような雑胡を集めて傭兵《ようへい》稼業を営み、諸国を流れ流れて三十代にさしかかってから金椛帝国の辺境、慶城《けいじょう》に落ち着いたという。

夏沙王国に嫁ぐ麗華《れいか》公主《こうしゅ》を送って行った遊圭は、慶城で雑胡隊を率いていたルーシャンに守られて過酷な砂漠や山岳地帯を越え、敵意に満ちた異国の賊兵や道中に潜む朝敵どもの攻撃から逃れ、命からがら帰国を果たすことができたのだ。

皇帝の義理の甥《おい》を無事に送り届けた恩賞として、ルーシャンは正規の軍人として一万の騎兵を預かる胡騎校尉に出世し、西部の国境に近い城塞《じょうさい》を与えられた。

達玖《タルク》は、夏沙王国から帝都までの苦しい帰還の旅を共にした、雑胡隊の勇兵のひとりだ。辺境に戻るルーシャンが、禁城の奥、後宮に住む皇后の叔母《おば》以外には、頼れる身寄りのない遊圭の護衛兼相談役として残していった。

帰国してふた月余りも旅の疲労が抜けずに、微熱で床につくことの多かった遊圭は、枕に胡語の書物を広げては達玖に教えを受けた。この頃では簡単な読み書きと会話なら、康宇語でもできるようになっている。

早春の午後の陽射しの下、水面《みなも》を煌《きら》めかせる運河を前に、遊圭と達玖が目に映る風景や人々の動作、風俗などを異国の言葉に置き換えて会話を進める。

やがて、大勢の苦力《クーリー》を乗せた船が戻ってきた。桟橋に舫《もや》い、日焼けし埃《ほこり》にまみれた男たちを吐き出し始める。

遊圭はひとりひとりの顔に注目し、記憶の隅に残る面影と一致する若者を捜し出そうとした。どの苦力も真っ黒に汚れ、伸び放題のひげには何日も櫛《くし》を通したあとはない。誰もが疲れ果てた表情に、うつろな目つきでのろのろと進むため、まったく見分けがつかなかった。

どうにもならないと思った遊圭は、日当をもらいに集まった男たちの前に進み、大声で叫んだ。

「潘《はん》敏はいるか！　敏童！」

なかでも痩《や》せこけた青年がびくりと肩を震わせ、いぶかしげに遊圭の顔を眺めた。そして急に幽霊でも見たように悲鳴を上げ、男たちをかき分けて逃げ出そうとする。

遊圭は急いで声を張り上げた。

「逃げなくていい。おまえの母親に頼まれて迎えに来ただけだ。役所とも話はついている。配流先に送り返される心配もない」

地味な服装だが、文字通り掃き溜《だ》めに鶴といった貴公子と、垢《あか》と埃にまみれた逃走犯。何事かとふたりに注目する人垣が割れた。悠然と近づいてくる遊圭に怯《おび》え、敏童は膝《ひざ》をついて両手を握りしめた。目を大きく見開き、唇をわななかせて口を開く。

「星二《せいじ》ぼっちゃん。生きてたんで──運河に──」

膝をついたまま言葉に詰まる敏童に、遊圭は懐から出した一枚の書状を差し出した。

「敏、おまえが主家のわたしを売った罪は、錦衣兵《きんいへい》に騙され脅されてのことと証明して徒刑に減刑させた。労役はすでに配流先ですませているから、都から出ていく必要はもはやない。親の介護帰省のための保留期間を終えても、配所に戻らず逃亡した罪については、銅で贖《あがな》うことができる」

遊圭の言葉も目の前の光景も、まったく信じられないとばかりに地べたにへたり込む敏童の腕を、達玖がつかんで無理やり立たせた。周囲の目を気にして、早々にその場を去ろうとする遊圭の目配せに、達玖《タルク》は敏童を罪人のように引ったてる。

「で、でも、ぼっちゃんはそれでいいんで——俺は、ただ脅されて裏切ったんじゃない。金まで受け取ったんです」

痩せた背中を丸め、震えて聞き取りづらい低い声で、上目遣いに遊圭に問いかける。

遊圭は立ち止まり、敏童の目をまっすぐに見つめ返した。

「わたしは、敏があの時わたしにした仕打ちを赦《ゆる》すとは一言も言ってない。ただ、敏が受けた扱いは不当だと思ったから、筋を通したかっただけだ。それに、敏が配所に送り返される途中で逃げ出したせいで、潘のおばさんの病がまた悪化してしまったことも、おまえに知らせておきたかったしね。金を受け取ったことに関しては、主家が滅べば明日の暮らしがどうなるのか、法律も家政も知らない敏が不安になるのも無理はない。わたし自身、寄る辺なく貧しい体験をしたから、そのあたりは酌量しておくよ」

敏童の斜めうしろで、達玖が失笑を噛《か》み殺している。遊圭は胡人の用心棒兼語学教師を不満げに見上げた。

「星公子はひとが好《よ》すぎます。法を知ろうが知るまいが、家属の使用人でありながら、主人を追っ手に引き渡したり、あまつさえ金で売るようなやからを、そう簡単に赦していいんですか。本来なら釈明の余地なく死罪です」

達玖はからかうような口調で諭してくる。

「だから、赦すとは言ってません。逃亡罪は笞《ち》刑《けい》なら死ぬ心配はないから、贖《しょく》銅《どう》を立て替えるつもりはありませんし、杖刑《じょうけい》ならば死なない程度には受けたほうがいいと思っています」

ひとが好いとか人間が甘いなどと云《い》われるのが、遊圭は一番こたえる。それで何度も嫌な目に遭ってきたし、死にかけたこともある。まして敏童の身分にある者は、主家の人間に手を上げて怪我をさせただけで、故意なら死罪、過失なら流罪が金椛《ジンファ》国の掟《おきて》だ。

それにもかかわらず、敏童は報酬と引き換えに、遊圭を死に追いやろうとした。

「敏のためにやったんじゃありません。潘おばさんの頼みを断れなかっただけです。潘のおばさんは玲叔母《れいおば》さんや姉さんのお気に入りで、わたしが寝込むたびに、離れに見舞いを差し入れてくれました」

星家が隆盛であったころ、潘一家は家族ぐるみで星一門に仕えていた。族滅ののち、城下を逃げ回っていた遊圭は、家族を人質にとられた敏童におびき出され、錦衣兵に引き渡された。

初めから最後まで、遊圭の逃亡に骨を折ってくれた瘵母の胡娘《こじょう》がかけつけて、命からがらその難を逃れた遊圭だが、敏童とその家族がその後どうなったのか、つい半月前まで知ることがなかった。

外戚《がいせき》族滅法が廃止され、市井のいずこかに隠れ住んでいたという星家の次男が、恩蔭《おんいん》によって星家の嫡子としての品官と、財産の一部を返されたと聞いた敏童の妹が、遊圭を頼ってきたのが、ことの始まりであった。

流刑にされていた敏童が、病に冒された母親の介護のために、一時の帰京を許されていたのだが、母親が快癒したのちも配流先に戻らず、逃亡してしまったのだという。

「お母さんが、泣く泣く引き留めるので、兄にも里心がついてしまったのでしょう」

星家が滅せられていた当時は幼かった敏童の妹は、涙ながらに当時と現在に至るまでの事情を説明した。敏童が主家の次男を売ったことへの世間の非難は厳しく、潘一家は都の片隅で肩身の狭い暮らしを強いられていた。

敏童の消息を聞くまでは遊圭も知らなかったことだが、金椛《ジンファ》の法においては、身内の者が罪を犯しても告発してはならない。主家の戸籍に属する使用人や奴婢《ぬひ》にもまた、この容隠《ようおん》の掟が適用され、主《あるじ》とその旗親《きしん》を匿《かくま》っても罪に問われない。星家の家属であった敏童には、主家の次男を匿い守る義務こそあれ、当局に突き出すことは逆に重い罪であった。だからこそ、遊圭の父親は家婢であった胡娘と家属の敏童に遊圭の逃亡を託したのだ。しかし、敏童は法律を知らなかったために、星家の次男を捕らえて手柄を立てようと焦る錦衣兵の脅迫と甘言に、騙《だま》されてしまったのだ。

世間を知らず、当時は十五かそれくらいだった敏童が、最遠の地へ永年の流刑にされたことは、どう考えても公平とは思えなかったのも、遊圭が腰を上げた理由だ。

「潘おばさんを見舞ってきたけど、すっかり気が細ってしまって、このままだと危ない。すぐにでも帰って顔を見せてあげたほうがいい。それから、その足で役所に出頭して、逃亡した罪を償ってこい。一日延ばせば、それだけ刑が重くなる」

敏童は涙と鼻水で顔をくしゃくしゃにさせて、赦免状を受け取った。意味をなさない言葉で謝罪と感謝を繰り返す。何度もふり返りながら走り去る敏童を見送った遊圭は、精神的な疲労と全身を襲う倦怠《けんたい》感のために、その場に座り込みたい衝動に駆られた。

「本当にあれでいいんですか。星公子」

達玖《タルク》の安定した太く低い声に、遊圭の緊張が一気にほぐれた。大きな溜息《ためいき》をつく。

「顔を合わせたらどんな気持ちになるか不安でしたけど、思ったより冷静でいられました。怒ったり罵《ののし》ったりせずにすんで良かった」

「そうしても、良かったんじゃないかと思いますが」

遊圭は肩に手をやって、緊張で凝った首を揉《も》む。

「もう、罰は受けたんですから。胡娘や護衛に囲まれていたわたしでさえ、公主様の行列について異国へ行くのは心細かったし、怖かった。敏はたったひとりで、おとなの荒くれ囚人たちと一緒に三千里の辺境に流されたんです。三千里っていえば、ここから楼《ろう》門関《もんかん》くらいですよ。どこであれ、国境に近い現地の住民とは言葉も通じなかっただろうし、とても怖くて寂しかったことでしょう。もう少し遅く生まれていれば、小幼で刑を免除されたでしょうに、課される労役は大のおとなと同じで、体もつらかったと思います。一時の帰京が許されれば、二度と配所に戻りたくないのはわかります」

遊圭の顔を見分けたとき、文字通り幽霊を見たかのように怯えた敏童の言葉が「運河に」だったことを思えば、溺死《できし》とされていた旧主に対して、ずっと罪悪感も抱えていたのだろう。

「家が栄えていたときは、敏だけが遊び相手だったんです。兄は年が離れていたし、従《い》兄弟《とこ》たちは乱暴過ぎて、母様が離れに近づけさせませんでした。わたしに外の遊びを教えるのも、世話をするのも、敏にとっては仕事にすぎなかったんでしょうけど——」

それ以上のことを思い出すと、感傷的になって目頭が熱くなってしまいそうなので、遊圭は口をつぐんだ。背筋を伸ばして、気を取り直す。

「それにしても、一日が潰《つぶ》れてしまった。学問も鍛錬もいっこうに進まない」

「一日どころじゃなかったですよ。減刑の歎願《たんがん》のために刑部《けいぶ》のお偉いさんに手紙を書いたり、役所を往復したりして、何日潰しましたっけ。次の童試に落ちたら、そのときは敏童を罵ってもかまわないと思いますよ」

遊圭の外出について歩くのが仕事だけに、達玖《タルク》も敏童の実家や関連の官衙《かんが》を歩き回る羽目になったのだ。

実のところ、帰国してからの遊圭は、家の再興に焦る一方、体調がすぐれないために学問に身が入らず、家に閉じこもって漫然と日々を過ごしていた。むしろ敏童の減刑と捜索という、短期で実現可能な目的に本腰を入れたことが、良い気分転換となった。

「いまから準備したところで、今年の童試にはどうせ間に合いません。刑部の官吏と顔見知りになれたことも、そのうち役に立つこともあるでしょう。刑法にも詳しくなれたし、都にこんな場所があったことも初めて知りました。うちから半日もかからないのに、ずいぶんとようすが違いますね」

異国を訪れたことも、国境近くの砂漠や河北《かほく》の山岳地帯を旅したこともある遊圭だが、生まれ故郷の帝都については、宮城周辺と皇城の外はまったく知らなかった。人口の密集する都会の貧困区は、同じように貧しくとも水と空気のきれいな農村や、異民族の侵略に脅かされる辺境の移民部よりも、目をそむけたくなるほど不衛生であった。

都市部の陋巷《ろうこう》では、たとえ丈夫な体に生まれついても、健やかに生きていくのはとても難しそうに遊圭には思えた。

二、蔭位《おんい》の大少爺《ダー・シャオ・イエ》

今年はとくに、新春の冷え込みが厳しいように、遊圭には感じられる。

未明から起きだし、洗顔とうがいをすませて衣服をととのえ、家廟《かびょう》に祭られた両親と一族に灯明と香を供えて礼拝を捧《ささ》げる。

それが終われば沓《くつ》を履き替えて庭に出る。凍った朝霜をざくざくと砕く沓越しの感触がおもしろい。曙《あけぼの》を待つ淡い闇を背景に、大気に漂う氷霧が灯火をきらきらと反射した。喉《のど》を刺すような冷気を吸い込めば、眠気も一気に吹き飛ばされる。

達玖はもう起きて鍛錬のための準備体操を終えていた。

遊圭が達玖に習っているのは護身術と杖術《じょうじゅつ》だ。長い棒を使っての柔軟体操は体がすっかり覚え込んだ。身体が丈夫になればいいだけなので、激しい打ち合いなどはしないが、習得しておけば損のない体術の技も、いくつかの型を学んだ。

もっとも冷え込む季節でも、達玖《タルク》は早朝の鍛錬を休んだり、陽が昇って暖かくなるまで時間をおいたりしない。

子ども時代の遊圭は、明るくなるまで布団にくるまり、召使や療母の胡娘が用意する朝の飲み物を待ちつつ、暖かな室内で微睡《まどろ》んでいた。そんな幸福な日々がある日突然断ち切られ、一族を滅せられてから、遊圭は四度目の春節を迎えた。

思えばこれまで、早朝から戸外にでて自分のために時間を過ごしたことなどなかった。今年の春が特別に寒いわけではなく、季節を感じる余裕を初めて手に入れたのだ。

型のおさらいに集中しなければならないのに、ふと湧いた感慨に動きが鈍り、達玖の杖《つえ》が遊圭の二の腕をポンと叩《たた》いた。

「星公子、手合わせ中に気を抜いたら怪我をする。戦闘中なら殺されますよ」

「手合わせは達玖さんとしかやりませんし、戦闘は可能な限り避けて通ります」

遊圭は口答えをしたが、達玖の厳しい目つきに気がついてすぐに謝った。

「でも、教えてもらっているときに気を散らしてすみませんでした。こんな風に体を動かせることが嬉《うれ》しくて、雑念が入ってしまったんです」

達玖は武人らしく顔を引き締め、真剣な口調で諭した。

「星公子。ルーシャン隊長がおれをここに残した理由のひとつは、あなたの体を鍛えることです。隊長に命じられ星公子の護衛として、慶城からついてきた雑胡《ざっこ》隊の連中はみなな、あなたが帝に復命したらそのまま死んでしまうだろうと思っていました」

遊圭は急にそのようなことを言われて戸惑った。口を開きそうになったが、達玖の話の腰を折ることを怖れて黙り込む。

「人間はときに、追いつめられて絶体絶命に陥った時や、使命感に取り憑《つ》かれたとき、鬼神の力を発揮することがあります。絶命して当然の重傷を負いながらも戦い続ける兵士、心臓が破れるまで目的地へと走り続ける伝令、子どもを抱えて雪山を越え、人里にたどり着くなり息絶える母親。強すぎる意志の力によって、限界を超えて酷使された肉体はボロボロになり、目的を達成したとたんに血を吐いて死んでしまう。本来持っていた以上の能力を使い果たしたあと、生き延びた人間をわれわれは見たことがない」

乾燥した過酷な大地に生まれ育ち、戦場を渡り歩いてきた達玖の話に、遊圭はうなだれて耳を傾けた。

夏沙《かしゃ》王都からの帰還は、人並みの健康も持ち合わせない遊圭には、たしかに自殺行為であった。朝敵との遭遇を避けるため天鳳《てんぽう》山脈に分け入り、標高の高い山岳と草原を踏破して、砂漠の天鳳行路へと抜け、国境の緩衝地帯では紅椛《ホンファ》党と交戦を繰り返し、楼門関へ辿《たど》り着いた。だが命がけで到達した楼門関も行程の半ばに過ぎず、遊圭は全身に溜《た》め込まれた疲労に気づかぬほどの、異様な興奮に満たされていた。そして期日までに日蝕《にっしょく》の予言を都へ持ち帰らねばという使命感は、遊圭の足を止めることを許さなかった。

言われてみれば、あのときの精神状態はとても普通ではなかった。全蠍《ぜんかつ》や黄精《おうせい》などの強壮剤に頼り、疲労と痛みで軋《きし》む体を引き摺《ず》るようにして帰ってきたのだ。

「でも、北天江《ほくてんこう》を下るときは船では休めました。結局は日蝕に間に合わなかったので、明々《めいめい》の村から都まではゆっくり進んだわけですし。つらい旅でしたが、たえず極限状態というわけでもなかったので、死なずにすんだのかもしれません。ルーシャンが高山を行軍すると体が丈夫になると言ってくれたのも、本当のことだと思います」

達玖《タルク》はかぶりを振った。

「星公子、あなたの問題は、身体の能力に比べて意志の力が強すぎることです。先の強行軍は運が良かった。シーリーン殿が常に公子の顔色や体調に気を配り、隊長が行程を調節してくれましたからね。でも、これからはおひとりで行動することが増えるでしょう。この先は誰も、あなたの体の限界に気を遣ってはくれません。精神の勁《つよ》さに見合った身体に鍛えておかなければ、いつか自分自身の心に殺されますよ」

達玖の忠告は、思い当たることが多すぎて遊圭の胸に刺さった。精神力が強いかどうかはともかく、確かに自分の能力を顧みず無茶をしてしまうことはある。健康な人間ならば当たり前にできることを、自分にできないことが悔しく、許せない。あるいは、自分にしかできないことがあれば、命がけだと言われてもやり遂げたいと思ってしまう。

しかし、そんなことを続けていたら、悲願である星家の再興を成し遂げる前に、早死にしてしまうだろう。

遊圭は地面に突いた杖《つえ》の先を見つめて、小さな声で「はい。心に刻んでおきます」と答えた。

ようやく朝日が城下を照らすころ、厨房《ちゅうぼう》から庭まで炊飯の匂いが漂ってくる。初老の夫婦が厨房から出てきて、朝食の準備ができたと、遊圭と達玖に声をかけた。

昨年の晩秋、遊圭は加冠の儀をすませて成人した。それに伴い、星家嫡子として生前の父の官位に準じた官品と家屋敷を授かった。官家の子息は父や祖父が官人であれば、自動的に官籍を与えられる優遇制度だ。星家は罪があって族滅させられたわけではなく、先帝に一族を挙げて殉死した形であったので、遊圭が成人にあたって生活の保障を受けることは、問題なく受理された。

隠れ潜んでいた間に、庶民や官奴《かんぬ》に助けられて生き延びた遊圭は、自分に与えられた特権に戸惑った。しかし、手に職もなく、肉体労働にも向かない非力な体で路頭に迷うよりはと、この措置を受け入れた。

なにより、後宮や異国の宮廷では、皇室と金椛《ジンファ》帝国のために、非公式ながら多大な貢献をしてきた遊圭に、表向きの恩賞を授けることのできない皇帝陽元《ようげん》の、厚意あふれる圧力に逆らう理由もなかったのだ。

かくして、遊圭が生まれ育った星家の邸宅に比べれば、こぢんまりとはしているが、家族のいない身には広すぎる屋敷に途方に暮れていた遊圭のもとに、最初に戻ってきてくれた使用人が、この趙《ちょう》夫妻だった。

遊圭は、母親の星夫人が趙姐《ちょうそ》と呼び、信用して厨房を任せていたこの使用人を覚えていた。そして、遊圭が後宮で世話になった料理人の女官と同じ姓であったことから、いっそうの親しみを覚え、この老婦を趙婆《ちょうば》と呼んで家事を任せている。

その後、族滅を免れ、難を避けて地方に移っていた遠縁の者たちが、ぽつぽつと上京して遊圭のもとに身を寄せたり、遠巻きに見守っていた母方の親戚《しんせき》が見舞いに訪れたりなど、遊圭の周りは少しずつ賑《にぎ》やかになっていた。

「でも、これ以上は居候が増えても困る。職務のない名目だけの寄録官《きろくかん》に支払われる棒給だけでは、養える人数は限られているからね」

銀茸《しろきくらげ》入りの鶏湯粥《けいとうがゆ》に、お決まりの枸杞子《くこし》と松の実を散らして、遊圭はぼやいた。

「だから、大少爺《おぼっちゃま》が童試に受かれば、国士のお手当も出て、星家の奴婢《ぬひ》を買い戻すことも、有能な家宰を雇うこともできますよ。家の主《あるじ》が自分で家計をつけるやら、こんな大きなお屋敷を年寄りに掃除させておくやら、星の大家《ターチャ》がお聞きになったらどんだけお嘆きになるか」

ふわふわに炒《いた》めた玉子焼きを漬物に添えながら、趙婆は遊圭の父を引き合いに出す。趙婆にとって、星家の主はいまだに遊圭の父親で、遊圭は家長とは見なされていないらしい。遊圭にしても元服したばかりで『大家』などとは呼ばれたくない上に、事実上親の残した恩蔭《おんいん》の上にあぐらをかいてその日を暮らしている『大少爺――おぼっちゃま』

なのだから、とくに逆らいはしない。

官僚を養成する国士太学《こくしたいがく》や、各種の国立教育機関の学生は、難関の入学試験を通った時点で官籍を与えられ、俸禄《ほうろく》を伴った官位を有する。国士太学の学生であった兄の伯圭《はくけい》が、月にいくらの手当をもらっていたかなどと、趙婆はおぼろげな記憶を口にした。

遊圭が記憶している限り、主人一家の団欒《だんらん》や客の同席する食事中に、使用人が口を差し挟むことはなかった。しかし、最初にこの家にやってきて家事を切り回してくれたことから、趙婆にはなんとなく逆らえない。呼び名のつけかたも、鬼籍に入ってしまい、ぞんざいに扱えない恩人に因《ちな》んだことは、失敗だったかもしれない。

この屋敷に引っ越したころ、ひと気のない新居の厨房で、自分で火を熾《おこ》して自身の食事を用意し、洗濯も自分でやっていた遊圭を見て、趙婆は涙をぼろぼろ流しながら「星二ぼっちゃまがそんなことまでご自分でなさって！　この四年、いったいどこでどんなご苦労をされてきたことか！」と泣き叫んだ。

趙婆は、遊圭が作る薬膳粥《やくぜんがゆ》などの粗末な食事（趙婆にはそう見える）や、達玖《タルク》の豪快な塊肉の炙《あぶ》り焼きに、具のない練り粉の水飩《すいとん》、そして野菜をほとんど添えない献立にあきれ果てた。

だが、金椛《ジンファ》人の富裕層が好む油脂や肉の多い食事は、生まれつき胃腸の弱い遊圭には重すぎた。

趙婆は、遊圭が質素で淡白なものを好むのを、逃亡中の貧窮のためについた癖だと思い込み、さらに成長期にもかかわらず、いまにも折れそうに華奢《きゃしゃ》な体つきを心配し、とにかく贅沢《ぜいたく》なものをたっぷり食べさせようとした。

虚弱体質であった星家の次男が、一家のそろう団欒でも、医師や胡娘の処方した別の献立を供されていたことを、趙婆は覚えていないようだ。

食べきれない料理をどうしたものかと悩む間もなく、気がつけば使用人が増えていたので、その心配は無用となった。

「そしてですね、元服して家を構えた以上、しかるべき官家から才色具《そな》わった奥様を迎えるべきですよ、おぼっちゃま。そして立派に星のお家を再興してくださいまし」

ああまた始まった、と漬物をポリポリと噛《か》みながら遊圭は思った。

「受験勉強に集中できるよう、正妻《ターチャ》を娶《めと》り家政を任せて初めて、一人前の殿方です。そして進士《しんし》に上位及第され、亡き大家の官位官職をお継ぎになり、星のお家を再興なさるのです」

よほど大事なことなのだ。趙婆は『星家の再興』という言葉を毎食五回は繰り返す。

もちろん、家属とはいえ他人の趙婆に言われるまでもない。都の地下水道を這《は》いずるようにして逃げ回り、身分を偽り女装までして後宮に隠れ潜んで生き延びたのは、両親の菩提《ぼだい》を弔い星家を再興させるためだ。正四品まで進んだ父親ほどには出世できずとも、先祖を祭り、家系が子々孫々まで続くような土台を、遊圭はたったひとりで築いていかなくてはならない。

「でもね、趙婆。たとえ進士に及第したとしても、どの官職を賜るかは時の運だ。お父さまと同じ位まで上れる保証はどこにもない。あまり期待しないでくれないか」

若さに反して覇気のない主人に対して、趙婆はかぶりを振って溜息《ためいき》をついた。

朝食を終え、部屋に戻って書経を広げる。受験に必要な四書五経は、十歳までにほぼそらで言えるほど暗記をさせられたのだが、この逃亡生活の間に忘れてしまった部分も多い。ふたたび読み上げては書き写し、覚え直す日々である。

が、根気が続かない。墨を含ませた筆を数行走らせただけで置き、遊圭は重たい息を吐いた。廊下の気配に耳を澄ませ、だれも来ないことを確認する。書経の下に忍ばせておいた、古ぼけた羊皮紙の本草集をひっぱりだし、ぱらぱらとめくる。

頬杖《ほおづえ》をついた遊圭は、彩色をほどこされた植物の絵を目で追いながら、うんざりとした口調でつぶやいた。

「官僚になって出世するだけが、星家再興の道かなぁ」

生まれつきの虚弱体質であった遊圭は、療母の胡娘に教え込まれた医薬と薬膳に造詣《ぞうけい》が深い。このすっかりボロボロになった本草集は、異国人の胡娘が金椛《ジンファ》国の薬草学を学ぶために著したもので、遊圭が後宮に潜んでいたときの命綱の役割も果たした。幼かった遊圭や、星家のひとびとの病歴とその対応策についての、胡娘の書き込みを見つけるのも楽しく、いつも手元に置いて暇があれば眺めている。

知識として学ぶなら、道徳や礼儀作法よりも医薬のほうがよほど実践的でひとの役に立つと遊圭は思うのだが、金椛国《ジンファ》においては医師や薬師の社会的地位は低い。だれからも必要とされ、命を扱う職業なのだから、もっと尊敬されてもいいと思うのだが、商人のように卑しい職業とされている。

　帝都の宮城に設置された太医署《たいいしょ》の他には医師を養成する大学がなく、どこで医薬を学んだのかも怪しい藪《やぶ》医者が、いいかげんな診断で庶民から金を巻き上げているせいもあるのだろう。地域によっては、読み書きもできない上に、生薬の調合も自己流の呪術師《じゅじゅつし》の方が尊敬され、頼りにされている。

　後宮では女医生として活躍した遊圭は、すぐにでも医生官試験《いせいかん》に合格するだけの知識と学力を身につけている。そちらの試験を受けて官医の道に進めば、手っ取り早く自立できそうなのだが、趙婆以下、周囲から猛烈な反対を受けた。官医に授けられる最高の位が侍御医《じぎょい》の従六品上というのが理由だ。工部《こうぶ》の侍郎であった遊圭の父親が、この世を去った当時の正四品とは天と地の差がある。

　主家を失った趙夫妻のような使用人は、他家に仕えるとなれば最下層からの再出発になり、ともすれば奴婢と変わらない扱いを受ける。勤め口を得られるだけでも運がいいとはいえ、もともと仕えていた家で厚遇されていたかれらが、他家でどれだけの辛酸を舐《な》めてきたかは、想像に難くない。

　遊圭を頼って新居の門戸を叩《たた》いた幾人かの旧使用人を、現在の寄禄では養えないために追い返してしまったことは、いまでも心が痛む。

家を構えるということは、家族から使用人、奴婢に至るまで、その屋根の下で暮らす人間たちの生活をも支えていく覚悟が必要であると、遊圭はいまさらながら思い知らされた。星家の再興は、遊圭ひとりの夢と希望ではないのだ。

以来、医師になりたいなどとは、口が裂けても言えない空気になっていた。

が、しかし——受験勉強に集中できない理由はほかにもある。

自分は本当に官僚になりたいのか、遊圭自身にもわからなくなっていたのだ。

進士に及第して官界へと踏み出し、中央の政界で登り詰めて栄耀栄華《えいようえいが》を誇る。誰もが憧《あこが》れ夢見てやまない人生だが、後宮の裏側から宮廷をつぶさに見てきた遊圭は、政治家になることの危うさを骨身に沁《し》みて実感していた。

地位が上がれば上がるほど、周囲の羨望《せんぼう》と妬《ねた》みを買って足元はあやうくなる。

遊圭は、後宮にいたとき、即位したての皇帝側と、実権を手放そうとしない皇太后側の、水面下の抗争に巻き込まれてしまった。命を狙われた皇后の叔母《おば》を守るために、時の軍務大臣にあたる兵部尚書《へいぶしょうしょ》の失脚に一役買ったのだ。若き新帝を凌駕《りょうが》するほどの力を、政界と後宮に及ぼしていた兵部尚書と皇太后、その仲間であった高位の宦官《かんがん》を追い落とすための、危ない綱渡りであった。

そうした遊圭の密《ひそ》かな活躍を知る者は、皇帝の司馬《しば》陽元とその腹心宦官である陶玄月《とうげんげつ》、そしてその周辺の一部の者だけである。陽元を感服させて勝ち取った外戚《がいせき》族滅法の廃止は、まさに遊圭自身の力と働きによるものであった。

しかし、なんの罪を犯したわけでもない一族を、老若男女問わず皇后の親族であるという理由だけで、先帝の陵《みささぎ》に殉死させるという非道な法律が定着するほどの、外戚を憎む風潮が金椛《ジンファ》の社会から消え去ったわけではない。

金椛帝国初代皇帝によって、このような理不尽な法律が定められたのも、前の王朝もその前の王朝も、外戚禍によって短命で滅んだのが原因であった。遊圭は皇后の甥《おい》であり、外戚であるというだけで、国民から嫌われ、官界から警戒される要因を抱え込んでいるのだ。

出る杭《くい》は打たれる。

官僚登用試験に合格して官職を得ても、下手に若くして出世したら、どんなに優れた実績をおさめたところで、外戚縁故の依怙《えこ》贔屓《ひいき》を囁《ささや》かれるだろう。官界に進んだところで、心を開いてつきあえる友人や同輩ができるだろうか。

恩蔭《おんいん》の品官に甘んじて贅沢をしなければ、寄禄《きろく》によって生活はしていける。もう少しおとなになり、家族を養えるだけの収入と貯蓄が得られる職が手につくまで、のんびり暮らしてはいけないという道理はない。

死と隣り合わせだった四年間、遊圭は身分と性別を偽り続けてきた。その偽りがいつなんどき周囲にばれるのではと、一瞬たりとも心の休まる暇もなく、文字通り必死で生きてきた。

いまは本名を名乗っても処刑される心配もなく、自分の居場所と安定した収入がある。

自分のやりたいことを、思うとおりにできるようになったはずだった。それが、張りつめていた糸が急にゆるんでしまったかのように、遊圭は気がつけばぼんやりと後宮にいたころの記憶や、夏沙《かしゃ》王国への旅の一幕、特に過酷であった砂漠越えや、朝敵の紅椛《ホンファ》党と交わした戦闘などを繰り返し思い出す。

将来のことより、過去を振り返ってしまうような年齢でもないのに。

そういうときは焦らずに心身を休めるのがいいと、達玖《タルク》は助言してくれた。

『寿命を前借りしたようなもんです。ゆっくりと休むほかに、回復する手立てはありませんよ』

それに――

遊圭は窓辺に寄って、いまにも名残りの雪が降ってきそうな鉛色の空を見上げた。

「明々、どうしているかな」

城下で気まぐれに助けた、通りすがりの庶民の姉弟《きょうだい》。麺麭《パン》を盗んで追いかけられていた阿清《あせい》という少年と、その姉の明々に食事を与え、勤め先を紹介してやった。ただそれだけの恩を返すために、明々は頼るあてのない遊圭を匿《かくま》ってくれた。他人の明々には遊圭を助ける義務はなく、見つかっていれば重い罰を受けたであろう。

それだけではなく、親戚に売り飛ばされるようにして、新帝の後宮入りが決まったときは、行くあてもない遊圭に、ともに後宮へ逃げ込んで苛酷《かこく》な帝都の冬を生き延びることを提案した。それから二年の間、女装がばれないように常に遊圭の背後を守り、そして皇太后にかけられた疑惑を暴くよう玄月に命じられた時も、明々は危険な任務を一緒に引き受けてくれた。

いまは故郷の村に戻って、後宮で得た教育と恩賞をもとに薬種屋《やくしゅや》を営む明々は、両親と弟と平和に暮らしている。しかし明々は、女官としては位の低い宮官とはいえ、後宮に召し上げられたほどの美人だ。後宮にいたあいだに婚期を逃したものの、そこで磨かれた教養と、都の流行に乗った装いは、明々の容貌《ようぼう》をいっそう輝かしいものにしている。鄙《ひな》には珍しい垢《あか》ぬけた独身の女性が、放っておかれるはずはない。

寒い空に、常に前向きで潑剌《はつらつ》とした明々の笑顔を思い描いているうちに、その頰にぽつりと灰色のほくろが現れた。注視していると、その点は少しずつ、少しずつ大きくなってこちらに向かって来る。

遊圭は廊下へと駆け出した。母屋《おもや》を出たところで達玖《タルク》と鉢合わせし、意気込んで訊《たず》ねる。

「鳩がこちらに向かって飛んできたのを見ました。明々の飛ばした鳩ですか」

達玖は軽くうなずいて手にした布切れを差し出した。遊圭はいそいそと布を開いて、そこに書かれた文字を目で追う。

軍鳩の飼育経験のある達玖に教わりながら、育て始めた遊圭の伝書鳩は、ようやく明々の村と、都の遊圭の家を往復できるようになった。徒歩なら五日、馬では二、三日はかかる距離も、鳩なら半日で書簡や生薬などの軽い荷を送ることができる。

「生薬の発注じゃなくて、なにか問題があったようです。すぐに来てくれって。四泊か五泊の外出になります。馬の用意をしてもらえますか」

「了解」

軍隊式に短く答えた達玖は、来た方へ引き返す。遊圭も折り返して自室に戻り、財布の中身を確かめ、旅装束に着替えて、持病の喘息《ぜんそく》薬や健胃薬を薬籠《やくろう》に詰め込んだ。

支度を終えて、官家の若当主らしからぬ慌ただしさで廊下を走れば、趙婆に呼び止められて叱責を受ける。

「先ほど磨いたばかりの床を走らないでください。おぼっちゃま。それより、まもなく蔡大人《さいたいじん》のお使いが参られますよ。そんな恰好《かっこう》では失礼にあたります。お着替えなさってください」

遊圭は肩を落として嘆息した。帝都の豪商、蔡大人は遊圭と明々が後宮で世話になった蔡才人《さいじん》の父親だ。蔡才人は、陽元の妾妻《しょうさい》のひとりだが、後宮の寵《ちょう》争いからは一歩引いている。実家から仕入れた化粧品を女官に売りつけたり、女官同士の双六《すごろく》賭博《とばく》で儲《もう》けたりして、蓄財に励む変わり種だ。また蔡大人の弟は刑部の侍郎を務める高級官僚でもあり、遊圭とも面識がある。

さらに、蔡一族は皇帝陽元の最側近である宦官《かんがん》親子の、陶家ともつながりがあるらしい。蔡才人も蔡侍郎《じろう》も、遊圭の正体を明かされても驚きこそすれ、身元と性別を偽って

後宮に潜んでいたことは知らぬふりをして、両親や親族のいない遊圭になにかと便宜を
図ってくれている。
　おそらくそこには、入宮直後から遊圭の身元を疑い、その疑惑を以《も》って遊圭を脅して
宮廷の陰謀を暴く手伝いをさせた宦官の陶玄月や、遊圭の存在にはいっさい触れぬまま
外戚《がいせき》族滅法を廃止させた、皇帝陽元の意向も含まれているのだろう。
「どうせまた縁談の話だ。一族の喪が明けるまで、そのお話は保留にしてもらいたいと、
追い返しておいてくれないか」
　遊圭がうんざりした顔でそう言えば、趙婆はたちまち早口で説教を始める。
　若年の者が、年長者に口答えをすべきではないというのは金椛《ジンファ》国の常識ではあるが、
使用人が主人に説教を垂れるのもまた非常識な光景ではある。この場合どちらの慣習に
従うべきか悩むところではあるが、ここで趙婆を叱り飛ばせない己の気の弱さを、改め
て自覚する遊圭であった。
「趙婆、話はあとで聞く。急ぎの用ができた。五日は帰れないから、蔡大人の使いの相
手は趙婆に頼む」
　威厳をかき集めて趙婆を振り切り、厩舎《きゅうしゃ》へと走る。
　厩舎ではすでに馬の背に鞍《くら》を置き、準備をすませた達玖《タルク》が手綱を引いて待っていた。
　大通りの人混みも、馬上の貴人には道を譲る。特に異国風の容貌に兵装の達玖が進む
と、波が引くように道ができる。それでも、皇城の門を出て外濠《そとぼり》を渡り、さらに幾重に

も都を囲む城壁の門をくぐり、運河を渡って外京の大門を抜けるだけで二刻はかかる。

金椛《ジンファ》帝国は、大陸の東では最大の版図を持つ大国だ。その帝都は百万に近い人口を抱え、空前の繁栄を誇っている。

「とはいえ、史書によれば、かつて朔露《さくろ》が北大陸に帝国を築いたときは、朔露可汗《かがん》の軍が北天江を越えて帝都に攻め込んだこともあるそうです。二百年前のことですが」

遊圭は馬の背に揺られながら、達玖に帝都の歴史について語る。可汗とは、王や大王という意味らしいが、当時の中原《ちゅうげん》の史官はそのままの音で異国の称号を表記した。

「それから、金椛の前にこの中原を支配した紅椛《ホンファ》朝が倒れたときには、外京の西まで火災が及んで焼け野原になったといいます。いまそこは広大な庭園になっているとか。そのうち入園許可証の申請をして、行ってみましょう」

達玖は目を丸くした。

「入るのに許可証のいる庭園ですか。昨日の陋巷《ろうこう》には貧乏人を詰め込んでおきながら？」

「庭園だけど、植えられているのは果樹や堅果の木です。花壇に植えられた花も美しいそうですが、その実や根は薬や食用になるといいます。非常時菜園みたいなものですね。わたしの父は工部の官僚だったから、帝都の欠点や改善されてきた点についてよく話してくれました。例えば、火災があれば類焼を防いだり、焼け出された人々が避難できる火避け地が必要なのに、人間が急に増えすぎて、ちょっとでも空き地を見つけるとどんどん家を建ててしまうんです。その庭園を開けておくと、あっという間に浮浪者が入ってきて、荒らしたり住み着いたりしてしまうので、普段は閉めてあるそうです」

「むしろ、開放して市民を入れなくてはならない事態が起きない方がいいわけですね」

達玖《タルク》は納得してうなずいた。

遊圭はそこで一度言葉を切って、敏童を見つけた外京を思い浮かべた。溜息《ためいき》交じりにつぶやく。

「父さまが生きていたら、あの陋巷《ろうこう》についてなんと言われただろう。あれでは大雨が降れば、またたく間に運河が増水して町を呑《の》み込んでしまう」

区画の整理を待たずに、当局の目の届かないところまで無計画に広がっていく町並みに、遊圭はなんとなく不安になる。

街道に出て人影がまばらとなると、遊圭は待ちかねたように鞍から腰を上げて、気合をいれて馬の歩を速めた。

三、寒村の御曹司

遊圭が騎乗するのは、成人の祝いに皇帝陽元から下賜された、西域産の名馬だ。黄味がかった薄茶の毛並みが天鳳《てんぽう》行路の砂漠を思いださせ、遊圭はその馬に金沙馬《きんさば》という名をつけた。達玖の黒馬も同様の西域馬で、在来の東部の馬よりも体格がよく脚も長く、その分足も速い。おかげで翌日の昼過ぎには明々の村に到着することができた。

「達玖さんの世話もいいんですね。わたしのような素人《しろうと》でも、すごく扱いやすい」

急いだために筋肉痛で強張《こわば》った脚をかばいつつ、遊圭は慎重に鞍から降りた。

「星公子はもう素人とは言えませんよ。そろそろ襲歩《しゅうほ》か騎射の練習でも始めましょうか」

遊圭は苦笑いで答える。

「騎射ができれば、武官の試験を受けるときは有利になるでしょうね。ただ、喘息《ぜんそく》持ちは実技試験の前に落とされます」

西域行から戻って以来、遊圭の喘息は飛躍的に改善された。しかし、帝都の冬は暖房のために燃やされる薪や石炭の煙で空気が汚染されており、そのために引き起こされる胸苦しさと激しい咳《せき》は、喘息の発作を誘発する。特に石炭の煙は、その臭いだけで息苦しくなり頭痛がしてくるので、遊圭は自宅では趙婆《ちょうば》に石炭を使うことを禁じていた。

達玖に馬の轡《くつわ》を任せて明々の店へと急いだ遊圭は、『明薬堂《めいやくどう》』と濃い墨で書かれた看板が打ち割られ、地べたに投げ捨てられているのを見て驚いた、閉ざされた扉は斧《おの》で打ち壊され、壁のあちこちは汚されて不名誉な落書きがされている。

「なんだこれは。明々はいかさま呪術師《じゅじゅつし》なんかじゃない！」

遊圭は首がかっと熱くなって落書きを拳《こぶし》でこすった。表がこんなでは店を開けることもできない。遊圭はふたたび馬の手綱をとって明々の自宅へと急いだ。

遊圭が馬蹄《ばてい》を響かせて明々の家の門をくぐると、弟の阿清が棍棒《こんぼう》を握りしめて飛び出してきた。遊圭の姿を見て棍棒をおろし、ほっとした顔で眉《まゆ》を下げる。

「星郎《せいろう》さん！　来てくれたんですね」

阿清は遊圭より年下だが、身長は遊圭をとうに超えている。毎日畑に出て一人前の働きをこなし、村に来る行商の荷運びも手伝う阿清は日に焼けて逞《たくま》しく、幅も厚みも成人の域に達していた。朴訥《ぼくとつ》な田舎の青少年という印象そのままだが、目元が猫のようにきりっとしているところは姉の明々に似ている。

「姉さん、星郎さんですよ！」

家の奥へと声をかけた阿清は、遊圭が馬を降りるのに手を貸した。

「阿清。明々の店を妨害しているのはだれだ？」

「隣村の豪農、成《せい》家の大少爺《どらむすこ》です。明々の薬屋の評判を聞いて、妾《めかけ》になれってしつこいのを断ったら、嫌がらせがひどくなっちまって。店も昨日から閉めてます」

遊圭は驚きに次いで怒りを覚え、声を震わせてさらに訊《たず》ねた。

「相手の名は？　家はどこだ？　わたしが行って話をつけてくる」

いまにも飛び出しそうな勢いの遊圭を、奥から走り出てきた明々が止める。

「遊々《ゆうゆう》、待って！　ひとりで行ったら袋叩《ふくろだた》きにされてしまうよ。成家では乱暴な男たちをいっぱい飼っているんだから」

遊圭は明々の言葉に、わずかながら理性を取り戻した。たしかに若輩で非力な自分が乗り込んでも、相手にされずにつまみ出されるだけだ。現役の軍人である達玖《タルク》が味方についたところで、多勢に無勢である。遊圭は深呼吸して、気分を落ち着かせた。

「そいつらが店を邪魔したり、建物を傷つけたりしたことは、もう役所に届け出た？　なにか盗まれたものはある？」

「この村の役所には届けたけど、成家の連中がやったという証拠がないからどうしようもないって。なにか盗まれたかどうかは、今日はまだ見に行ってないからわからない」

「じゃあ、この家までおしかけてきたわけではないんだね」

遊圭よりも、拳半分ほど背丈の高い阿清が、あごに力を入れてうなずいた。

「うん。でも、ならず者が店で騒いでほかの客を怖がらせたり、脅して追い払ったりするから、姉さんの商売は上がったりだ。うちに来るのも時間の問題だと思う」

明々は、不安と喜びの入り混じった目で遊圭に微笑みかけた。

「伝書を受け取って、すぐに来てくれたのね。ありがとう、遊々。疲れたでしょう。とりあえず、お茶を淹《い》れるから、体を休めて」

奥から明々の両親も出てきて遊圭と達玖を迎え、席を勧める。

「そうだね。とにかく、詳しく話を聞かせてくれないか」

遊圭は息を弾ませて言った。

ことは春節の休み明けに始まった。

遊圭が都から遠ざかっていた間に、明々の薬種屋は順調に客を増やしていた。近隣の村からも客が訪れ、体がつらくて店まで来られない患者には往診を頼まれる。明々は婦人病一般に特化した生薬をそろえ、また症状に合わせた食材を選ぶ、薬食の指導も行った。評判が評判を呼んで、これまで様々な理由で男の医者にかかることをためらっていた女性たちが、遠方の村からも訪ねてくるほどだ。

　年末から春節にかけての休業中にも、あるいは主婦らが家政から休みを取れるこの時季だからこそ、薬を求めに来る女たちが途切れることはなく、明々は休む暇もなく生薬を調製しては処方していたという。

「それが、いきなり偉そうなどっかの御曹司が、手下を引き連れてやってきてね」

　明々が苛立《いらだ》たしげに吐き捨てた。

「思秋《ししゅう》の不定愁訴に悩む母親の使いで来たらしいんだけど、薬師が女と知ったとたんに態度がでかくなって。それ以前に順番も守らずに、先に来て薬を待っていたお客さんを押しのけて居座るの」

　隣村の豪農成家は大変な資産家で、七年前に息子のひとりが童試に合格し、一族から国士を出したと近隣三村に威勢を響かせていた。国士太学はまだ春節の休暇中であろうから、成家の御曹司は里帰り中に故郷に錦《にしき》を飾って練り歩いていたと察せられる。

「こんな田舎で、金鶏の羽冠をこれ見よがしに立ててさ。顎《あご》を上げて鼻の上から話しかけるようなやつなの。傲慢《ごうまん》て言葉が服を着て歩いていたら、きっとあんな感じ」

　明々は忌々しそうに付け加えた。

「成宗謙《せいそうけん》？　七年前に国士太学に入学したのなら、兄さまと同窓だ。名前に覚えはないから、うちに来たことはないと思うけど。いまは何歳になる？」

　遊圭は首をかしげながら口を挟む。

「年は二十六って聞いたわ。十九歳で国士太学に入るのも、大変なんでしょ？　頭はいいのかもしれないけど、ひとを見下すのに慣れていて、すごーく嫌な感じ」

　明々は小鼻にしわを寄せて言った。遊圭は空になった茶碗《ちゃわん》を置いて嘆息する。

「たぶん、物心ついたころから、一番いい部屋で勉強三昧《ざんまい》させられて、試験に受かってからは家では好き放題なんだろうな。兄さまにも、少しそういうところがあったよ。帰省中に羽を伸ばして、調子に乗っているだけなのかもしれないけど。とにかく、明々の店を壊した代償はきちんと払ってもらう」

　遊圭はきっぱりと宣言し、立ち上がった。明々は慌てて遊圭を引き留める。

「でも、どうするの。成家ってものすごいお金持ちなのよ。強面《こわもて》の家郎もいっぱいいて、とても太刀打ちできないわ。みんな怖がって、店を荒らした連中が成家の子飼いだって、証言してくれるひともいない」

　明々の両親と阿清も同意して、不安げに首を上下に振った。

「明々、金椛国《ジンファ》には法律というものがあるんだ。他人の家や所有物を壊すのは『毀損《きそん》』といって立派な犯罪だ。加害者には故意ならば窃盗に準じて刑罰が科せられ、過失でも賠償の責任がある。まずは役所の人間を連れてきて、店の損害をはっきりとさせよう。その、明々に無体なことをしようとしたりは、なかったんだね？」

言いにくそうに口ごもる遊圭に、明々はさばさばと答える。

「妾に上がれって話？　さすがに間にひとを立ててきたけど、馬鹿にしているわね。進《しん》士《し》にもなっていないのに、正妻に妾三人いるっていうのよ。そんなところに、黄金千両を積まれたって行けるもんですか」

明々は急に腹が立ってきたらしく、卓を拳でドンと叩《たた》いた。遊圭は半ばほっとして、しかし同時に戸惑いを隠しきれないように目を泳がせる。

「で、その話を断ってから、店に嫌がらせが始まったわけだ」

「そうよ。露骨もいいところよね」

一連の事情を学んだ遊圭は、村役所へと赴いた。身分を明らかにし、役人の立ち会いのもとに店の損害を書きだし、訴状に添えて提出した。中年の、生え際の白くなった役人は面倒くさそうに確認する。

「しかし、星公子。このあたりじゃみんな成家の力を怖れてますから、証人になってくれる者もいませんよ。訴訟を起こして損害賠償を請求するのは、無理なんではないでしょうか」

皇室に縁のある貴人とはいえ、遠い都から横やりを入れてくる豎子《じゅし》よりは、地元の富豪の機嫌を損ねる方が、村役人にとってはよほど恐ろしいのだろう。役人は厄介ごとに巻き込まれたくないという本音もあらわに顔に出して、訴状を受け取った。

遊圭は割り印を捺《お》した書類の控を、自身の懐にしまい込んで応じる。

「こんな無道がまかり通っていいはずがない。罪のない者が泣き寝入りしなくてすむように、法律があるんだ」

役人はまばたきをして、つける薬のない病人を見るような目で遊圭を眺める。理想家の青二才扱いされたことを充分に自覚した遊圭は、背筋を伸ばして念を押した。

「李明蓉《りめいよう》の薬種屋には、わたしも出資している。成家の関与が明らかになったら、店を閉めている間の損害も、請求させてもらうよ」

遊圭は明々とその家族を励まして、達玖《タルク》とともに店の修理を手伝い、翌日には商売を再開させた。

午前中にぽつぽつと客が訪れたが、どの客もあたりを窺《うかが》いながら店に顔を出し、低い声で必要な薬を頼んで、受け取ればそそくさと金を払って去ってゆく。

箒《ほうき》で店の前を掃いていた遊圭は、賑《にぎ》やかな笑い声と荒々しい複数の足音が近づいてくるのを耳にして、顔を上げた。

二本の雉《きじ》の尾羽を冠に挿し、薄藍《あいいろ》色をした縹《はなだ》の袍《ほう》をまとった青年が、無頼風の男たちを五人ばかり連れて、街道いっぱいに広がってやってくる。こんな集団にたびたび押しかけられては、客が怖がって逃げるのも道理だ。

成宗謙は明薬堂の前まで来ると、新しく軒に下げられた看板を見て舌打ちをした。

「懲りない女だな。お前たちの灸《きゅう》の据え方が足りなかったようだ」

遊圭の存在に気がついたようすもなく吐き捨てた宗謙は、ずかずかと店に足を踏み入れる。宗謙に続いて店に入ろうとした男に肘《ひじ》をぶつけられた遊圭は、突き飛ばされた形になって扉に倒れかかった。

「おう、邪魔だ。小僧」

男たちはどやどやと店に入り、勝手に中を物色し始める。宗謙は、先客のために生薬を調合していた明々に近づいた。その先客はできるだけこっそりと男たちの間をすり抜けて、早々にその場を逃げ出した。

「李明々、ちょうどお前の家に行くところだったが、手間が省けた」

明々の言った通り、成宗謙は傲慢な物言いの青年だ。遊圭から表情は見えないが、明々や阿清を威圧しようと、皮肉な笑みを浮かべているのが声の調子から感じられる。

勘定台に置いてあった壺《つぼ》が床に落ちて、陶器の割れる音が屋内に響く。

「おっとすまねぇ、手が当たっちまった」

男のひとりが、柄の悪い笑い声をあげて言い訳をする。壺に入っていた石灰が床に散らばって、宗謙は粉を避けて一歩足を引いた。

明々が気丈に声を上げる。

「壊した物を弁償しに来てくれたんですか。その石灰も勘定に乗せておきますから、ちゃんと耳をそろえて払って下さいよ」

「お前が俺の家に来れば、その必要もあるまい」

「だから、その話は父がお断りしたでしょう。郷長の御曹司がこんなところで良人《りょうじん》の未婚の女に声をかけるなんて、外聞も悪いです。とっとと引き取ってくれませんか」

一歩も引かない明々に、宗謙は声を荒らげる。

「お前、何様のつもりだ？　嫁《い》きおくれの年増女のくせに、俺の家と地位になんの不足がある？」

「その顔と性格も含めて、全部よ」

きっぱりと言い切った明々に、男たちの気色が変わる。ぎりっと歯を食いしばった宗謙は、そばの手下に目配せをした。

「きゃっ、何するの！」

大柄な手下が明々の肩に手を伸ばして踏み込む。阿清が男に飛びかかって止めようとしたが、その前に男が「ぎゃっ」と奇声を上げ、胸を反らすようにして膝《ひざ》をついた。いつのまにか明々と男の間に入り込んでいた遊圭が、男の腕と手首を下からつかんで、身を返しながらひねったのだ。体格のはるかに劣る少年に膝をつかされた男は、左手で遊圭の手を引き剝《は》がそうとしたが、決められた右手首がよほど痛いらしく、放せと叫ぶばかりだ。

一瞬のうちに起きたことが理解できず、虚を突かれた成宗謙とその一味だったが、反撃してきたのが細身の少年ひとりと知って落ちつきを取り戻す。

「そいつを取り押さえろ」

宗謙は壺を落とした男に命じた。壺男は難なく遊圭の後衿《あとえり》をつかんで仲間から引き剝がし、つま先立ちにまで引き上げる。

「この小僧、どうしますか、成のだんな」

「少し痛い目を見せて、身の程をわからせてやれ」

宗謙は苛立《いらだ》ちのこもった声で命じる。遊圭は息苦しそうに、しかし表情は平然として言葉を返した。

「そうしないほうが、いいですよ。わたしに傷をつけたら、あなたの家郎は遠流《おんる》の刑が確実ですし、命じた主人のあなたも徒刑を蒙《こうむ》ります」

「わけのわからんことを言う餓鬼だな」

壺男はげらげらと笑いだして遊圭を吊《つ》り上げ、黙らせようとする。細っこい少年が、首根っこから吊り下げられたウサギか鴨の体《てい》で言っても説得力がない。遊圭に手首を決められて恥をかかされた方の男は立ち上がり、ためらうことなく拳《こぶし》を振り上げる。

明々も阿清も、凍りついたように動けず、ひっと息を呑《の》む。

遊圭が両手を上げて顔をかばうのと、拳が振り下ろされたのが同時だった。

情けない悲鳴を上げたのは、殴りかかってきた男の方だった。拳を抱えて「なんだこいつ。袖《そで》の下になんか仕込んでやがる」と叫ぶ。遊圭は背後の壺男があっけにとられた隙に、両手を上げてその腕を握った。右足を軸に回転すると同時に、内側に曲げさせた相手の手首をその肘へ向けて鋭く突く。

遊圭の急な動きに重心を崩した男は、手首に走った激痛に尻《しり》もちをついた。

体勢を立て直した遊圭は、袖をまくり上げた。袍の下の禅衣の袖に、革帯が巻き付けてある。

「この革帯は二重になっていて、鉄の板が挟み込んであるんです。写経中でも筋力がつくようにと、そちらの達玖《タルク》さんが作ってくれたものなんですが。ちょっとした籠手《こて》代わりにもなります」

成一味がぎょっとしてふり返ると、明々をうしろにかばった達玖が、長剣を抜き放って仁王立ちになっていた。

「達玖さん。手首って本当に弱点になるんですね。教えてくれてありがとうございます」

遊圭は興奮して武術の師に礼を言う。

「初めての実践にしては、なかなかの腕前です。しかし、本気でこいつらを重刑につかせるつもりですか」

達玖に念を押され、遊圭は少し不満そうに言葉を返した。

「そういえば、打ち合わせでは、わたしに危害が加えられたところへ、助けに来てくれるはずだったんですよね」

遊圭は、成宗謙の一味からは見えないよう、達玖を店の奥に潜ませていたのだ。

「星公子に怪我をさせたら、おれがルーシャン校尉に半殺しにされます」

達玖は肩をすくめて反論した。

「星公子？」

宗謙は、目を細めた。

遊圭は埃避《ほこりよ》けに羽織っていた袍《ほう》を脱いで、阿清に手渡した。家屋の修繕と掃除で汚れた衣の下から、濃い緑色をした光沢のある絹織りの直裾袍《ちょっきょほう》が現れた。その腰に締められた銀の帯を目にした宗謙は目を剝《む》く。従七品下より上の位に許される緑衣銀帯は、田舎の小さな薬種屋の箒持ち小僧が着用していいものではない。

「だって、村役人が証拠も証人もなければこいつらを訴えられないというのだから、現行犯で押さえるしかないじゃないですか。店の物品を毀損《きそん》し、店の者を脅迫、致傷したとわたし自身が証人に立てば、一網打尽だと思ったんですけどね」

宗謙は震える指で遊圭を差した。

「星公子は、何年も前に死んだはずだが」

「それは、兄の星伯圭のことですか。成さんとは国士太学に同期合格だった」

遊圭は手荒にされてほつれた髪を、指で撫《な》でながら答える。

「どういうことだ」

「わたしの姓名は星游《ゆう》、字《あざな》は遊圭といって伯圭の弟です。星家の専属薬師でもあったわたしの療母の弟子が、せっかく故郷に開いた店を妨害されて、難儀していると相談を受けたので、ようすを見に来たのですが、まさか国士太学の学生が主犯となって村の良人《りょうじん》の店を荒らしていたとは」

成宗謙が射るような目で遊圭をにらみつけた。宗謙の背丈は標準より高く、肩幅も広い。達玖《タルク》ほどの勇壮な体格ではないものの、堂々たる押し出しといった部類には入るだろう。ようやく中背に達したばかりの、肩も胸も発展途上の遊圭を圧倒するには充分だ。値踏みするような宗謙の視線に、遊圭は物怖《ものお》じすることもなく、相手の目をまっすぐに見上げる。

「あなたの家郎がわたしを傷つけなくて、命拾いしましたね。そちらの達玖さんは正規の金椛軍人《ジンファ》です。成さんが町の薬屋を脅し、手下に店内の物品を破損させ、居合わせたわたしを威嚇、未遂に終わりましたが闘殴しようとした現場にいた証人としても、不足はないでしょう」

成宗謙は、唇の端を震わせて遊圭から達玖、明々へと視線を走らせた。その目の奥で状況の把握と対応に計算を巡らせていることが、表情からもあきらかであった。

「粗忽《そこつ》な家郎が誤って壺を倒しただけだ。壊した物は金で片がつく。そもそも無学の貧農出の小娘が、勝手に薬師を名乗り店を構えていることが、いかさまで笑止千万ではないか。社会の道理を教えて何が悪い」

たいていの揉《も》め事は金満郷士の財力と圧力で解決してきたのだろう。成家の力を頼みにして、傲慢《ごうまん》な態度を崩さない。それでも遊圭の銀帯にたびたび視線がゆくのは、彼我《ひが》のどちらが有利な立場であるのかを、慎重に推し量っている。

休暇中にもかかわらず、国士太学の制服である縹袍《はなだほう》を着こんだ成宗謙の帯は銅鉄色で、遊圭の締める銀帯の方が官位が上であることは見誤りようがない。

しかし、ひと回りは年下の、見た目も柔弱そうな豎子《じゅし》が上から物を言ったところで、成宗謙でなくても対等に話をしようとは思わないだろう。権威のあるおとながどこかに隠れていて、遊圭に指示を与えているのではと、達玖《タルク》の背後に視線を走らせる。

「明々の家は確かにお金持ちではありませんが、貧農でもなければ無学な小娘でもありません。太医署の正規の教本である医経四巻と神農本草集を修め、宮廷の薬食師からじかに薬膳《やくぜん》の知識を教授されて、薬食師の免状も持ち合わせています」

これは嘘ではない。後宮にいた当時に、皇帝のお墨付きで始められた医生女官の育成のために通った太医署で、明々が修めた課程までの修了証は授かっている。

だがしかし、成宗謙は鼻でせせら笑った。

「その銀帯を見せびらかして俺を見下しているつもりだろうが、族滅された星家の生き残りが実力で官位を授かるはずもない。試験も受けずに蔭《いん》にすがり、寄禄《きろく》をただ食らいする穀潰《ごくつぶ》しに過ぎない役立たずのぼんくらが、なにを偉そうなことを。帯の色で成家の惣領《そうりょう》たる俺にひざまずかせようとは、虎の威を借る狐という喩《たと》えが、そのまま当てはまる小物ではないか」

役立たずの小物呼ばわりされた遊圭は、否定できずに嘆息した。三年前の遊圭なら、親の官籍をそのまま相続することになんの疑問も抱かなかっただろう。しかし、族滅後には市井の底辺で泥を啜《すす》ってでも生き延びようとしてならず、明々に救われ養われた経験や、国内外の宮廷陰謀劇に巻き込まれたあとでは、仕事もなく何もせずに、明々らの払う税の上にあぐらをかいて暮らしていくことに罪悪感がある。

「明々を侮辱したことは許せませんが、あなたを見下しているつもりはありません。わざわざこの帯をしているのは自衛のためです。わたしはこの通り荒事に向かないので、これで手加減をしてもらえれば助かるくらいの気持ちで」

明々には法で解決できると大見得を切った遊圭だが、その法でさえ、金や権力で融通が利いてしまうのが現実だ。三村に威勢を鳴らす成家と、官位を有する国士の宗謙を相手に使えそうな武器は、皇后の謙親である星家の名と、中身のない官位くらいしか持ち合わせない遊圭だ。

虎の威であろうと銀帯は銀帯であり、星遊圭が皇室の外戚《がいせき》であることは事実であった。手を出せば大火傷《やけど》する相手に手を出せず、かといって、十歳も年下の若造にやり込められて退散するわけにもいかず、成宗謙はいまいましそうに遊圭と明々をにらみつけた。

遊圭は膠着《こうちゃく》した空気を払いのけるように、一歩足を踏み出した。

「毀損したものの賠償に応じて、この明薬堂から手を引いてくだされば、示談に応じる準備はあります。このことを中央にまで訴えれば、家郎たちの乱暴も取り締まれない成家の名誉も傷つきますし、宗謙さんの国士の地位も危なくなるのではありませんか」

詰め寄る遊圭に、成宗謙は眉間《みけん》に皺《しわ》を寄せ、奥歯をぎりぎりと嚙《か》みしめた。

国士ともてはやされても、進士に及第できなければ永遠に九品官にすぎず、素行の悪さを訴えられればその官位も剝奪《はくだつ》されかねない。宗謙が童試に合格し実力で勝ち取った九品が、親の七光りで投げ与えられた遊圭の七品に膝《ひざ》を折らねばならないのは、確かに屈辱であろう。

この二品の間には、それこそ天地の隔たりがあることは、国士太学に七年も通っている成宗謙も、骨身に沁《し》みて知っているはずだ。

「外戚なんぞ、皇帝陛下の寵《ちょう》を失えば明日《あした》にでも無官に転落する。能無しの豎子《こぞう》が蔭《おん》で得た官位なんぞ、すぐに追い越してやるさ。そのときになって吠《ほ》え面をかいても後悔するなよ」

能無しの豎子と嘲笑《あざわら》われて、怒りに耳と腹が熱くなるが、遊圭は両方の拳《こぶし》を強く握りしめてじっとこらえた。叔母《おば》に対する帝の寵愛や親の恩蔭にあぐらをかいて、帰国以後の遊圭が無為な日々を過ごしていたことは、否定のできない事実であったからだ。

そして、玲玉《れいぎょく》がいつまでも陽元に愛されるという保証はどこにもなく、愛情が別の妃に移り、その妃が産んだ息子を皇太子にしたいと陽元が思いつかないとは、誰にも断言はできないのだ。そのための後継者争いで内乱が起きた例は、金椛《ジンファ》の歴史に限らず、いつの時代でも枚挙にいとまがなかった。

陽元の玲玉に対する愛情だけが頼りの、外戚の栄光で得た地位など、確かにいつ沈んでしまっても不思議はないのだ。

事実を指摘された遊圭が耳と頬を赤く染めたまま、何も言い返せないでいるうち、成宗謙は捨て台詞《ぜりふ》を残して店を立ち去った。

　達玖《タルク》を除く遊圭以下一同は、重い息を一気に吐いて、肩の力を抜いた。

　へなへなと榻《とう》に座り込んだ明々の肩を、阿清が支えて落ち着かせる。

「大丈夫？　明々」

　正面に立って気遣う遊圭の袖《そで》にすがるようにして、明々が泣き声を上げた。

「怖かった～。来てくれてありがとう、遊々。助けてくれてありがとう～」

　つかんだ袖から遊圭の腕を抱き寄せようとする明々の手を、遊圭は優しく外して下ろし、一歩下がって穏やかに説く。

「あと数日もすれば国士太学の新季が始まる。成宗謙は都の下宿に戻るだろうから、もう手は出してこないと思うけど、万が一のことを考えて用心棒は必要だ。都に戻ったらすぐに手配するよ」

　すがりつこうとした手を外され、距離を置かれた明々はいっそう不安そうな顔で遊圭を見上げる。

「もう、帰っちゃうの？　成のどら息子が都に帰るまで、うちにいてくれないの？」

「冠礼を終えたわたしが、未婚女性のいる家に滞在するのは、明々の家にとって不都合なことだ。成宗謙があらぬ噂をたてて明々の名誉を傷つけるかもしれない。不安なら、もう二、三日は村の父老の家に泊めてもらうけど、そうしようか」

　眉《まゆ》をひそめ、落胆を露《あら》わにする明々の横に座って、阿清のように肩を抱いてなぐさめてやりたい気持ちを抑えつける。星一門が族滅してからの逃亡と潜伏時代、明々は遊圭をかばって弟のように世話をしてきてくれたが、本当の姉弟《きょうだい》ではないこともまた、事実であった。

遊圭は明々のがっかりした表情に気づかぬふりをして、事務的な口調で続けた。

「役所にいって示談の手続きを済ませてくるよ。明々が疲れているなら、李おじさんか阿清が届けてもいい」

阿清についてくるよう目配せをし、達玖《タルク》に店の用心を頼んで、遊圭は役所に向かう。

途中まで黙って歩いていた遊圭と阿清であったが、先に口を開いたのは阿清だ。

「星郎さんのおかげで助かりました。どうもありがとうございます」

「でもね、わたしのやったことは、成宗謙とあまり変わらないよ。権威をかさにきて、絶対に逆らえない相手を無理やり脅して、こちらの条件を呑《の》ませる。理不尽といえば、どちらも理不尽だ」

「そんなことはないです！」

阿清はぴょんと跳び上がって否定する。

「姉さんがあいつの妾《めかけ》にならずにすんでよかったです。ただでこき使える薬師を囲い込もうって魂胆が見え見えでしたし。それに姉さんの気性で四人もの妻妾《さいしょう》とやっていけるはずがない」

遊圭はそれには相槌《あいづち》を打たずに、袖に両手を入れたまま黙々と歩き続けた。阿清が不安げに追いつき、話を戻す。

「あれで、本当に成のどら息子は手を引くのかな」

「どうかな。縁談を断られて、男の面子《メンツ》を潰《つぶ》されたと感じているかもしれないから、しつこく嫌がらせをしてくる可能性はある」

「星郎さんはさ――」

阿清の言いたいことを察した遊圭は、先回りして話題を変えた。

「阿清、前に訊《き》いたこと、李おじさんに調べてもらえたかな」

阿清は困ったように口をもぐもぐとさせてから、首を横に振った。

「うちの先祖か親戚《しんせき》に、官人がいたかって、あれ？　父さんの知る限り、いないって」

「母方でもいいし、官職についたことのない、国士太学の学生だったひとでもいい」

阿清はもういちど首を横に振った。

「いないよ。うちはずっと農家。だいたい、童試に受かるくらい勉強するのに、めちゃくちゃお金がいるんだろう？　うちの先祖には無理だよ」

遊圭は少し間をおいて嘆息し「そうか」と答えた。それから急な思いつきを口にする。

「阿清の学問が進んでいるって明々が喜んでいたけど、阿清も童試を受けてみる気はないか。教材はわたしのを使えばいいし、教師を紹介することもできる。お金の心配はしなくてもいい」

阿清は明々に似た面差しを、情けなさそうにしかめる。明々はこういう表情はしないので、妙に新鮮だ。

「無理言わないでくださいよ。読み書きができるようになったお蔭《かげ》で、講談を読む楽しみは増えたし、頼まれて字を書くくらいなら小遣い稼ぎになって助かるけど、難しい経典を暗記したり、韻をそろえて詩を作ったりとか、おれ向きじゃないでしょ。たしかに姉さんが薬屋を始めてから、うちの暮らしも前よりは楽になってきたけど、本業は畑だからね。跡取りが家の仕事をできなくなったら本末転倒だ」

阿清は迷惑そうに鼻を擦《こす》った。

「もっと兄弟がいれば、良かったんだろうな。弟がもうひとりいたけど、五年前に麻疹《はしか》で死んでしまった。家族は多すぎても食べさせていくのが大変だけど、少なくてもうまく回らない」

つぶやくように阿清が付け加え、しんみりした空気が降りる。

「成のどら息子め。姉さんのことを嫁《い》きおくれって馬鹿にしやがって。縁談はいっぱい来てるんだ。でも、おれが家を継ぐまでは、家を切り盛りするのは自分の仕事だって、姉さんが聞かないんだよ。母さんの足では、厨房《ちゅうぼう》に立つのもまだ無理だから――」

おおげさな加冠の儀を挙げて成人を迎えるまでもなく、阿清はすでに家を継ぐ男子としていろいろ考えているのだろう。四年前にはその日の空腹を満たすことだけを考えて、屋台から麵麭《パン》を盗んで逃げ回り、遊圭に助けられた家出少年だったことが信じられない。

「星郎さん――」

物言いたげな阿清の口を封じるように、遊圭は念を押した。

「阿清にはつまらないことを訊いて悪かったね。とにかく、明々の店を守るために、わたしもできる限りのことはする。阿清も明々の仕事を支えてやってくれ」

都の自宅に帰ってからの遊圭は、成宗謙が明々の店と家族に手が出せないように手を打ったのちも、鬱々《うつうつ》としてなかなか気が晴れない。

別れ際の明々の、不安そうな、そして悲しそうな顔がまぶたから離れず、遊圭は情けない気持ちになる。明々の店でおきたいざこざを蔡大人《さいたいじん》に相談し、こうした地方の実力者とのつきあいや対処法など教わりながらも、その見返りに見合いなど押しつけられたのも憂鬱《ゆううつ》の種だ。

先物買いにおける眼力が明暗を分ける商賈《しょうばい》の主にとって、星遊圭は将来有望な優れた奇貨であるらしい。もともとの血統もさることながら、皇室の姻戚《いんせき》であり、族滅によって指名手配されていた間も逃げ切った遊圭の才覚は、蔡大人の目には非常に魅力的に映るようだ。後宮で女官を相手に商売と賭博《とばく》に励み、蓄財に励む蔡才人《さいさいじん》の父親だけあって、一分の可能性も見過ごそうとはしない。

成宗謙の一件以来のあれこれを思い出しながら、遊圭は無職の御曹司らしく、昼間っから自室の炕《カン》の上にごろりと横になった。戸外に舞う名残雪を眺めていると、達玖《タルク》が顔をのぞかせる。

「今日はどこにもお出かけにならないのなら、ちょっと外出してきていいですか。遣いが、ついでに回ってきますが」

達玖《タルク》は私用で外出する時も、必ず遊圭にひと言断ってゆく。達玖は遊圭の家に寄宿してはいるが、その行動は自由だ。胡騎校尉《こきこうい》に昇進したルーシャンの、都における情報収集が本来の任務なのだろう。非正規の外人部隊から一躍抜擢《ばってき》された異国人の新校尉は、中央の官界に伝手《つて》を持たない。前線で戦っている間に、味方の太守《たいしゅ》や将軍にいいように使い捨てられないためにも、都の趨勢《すうせい》について把握しておく必要があった。

信頼する部下を遊圭の護衛役に置いていったことは、ルーシャンの厚意には違いないが、それが表向きの理由であることくらい、遊圭は察している。

「かまいませんよ。京南《けいなん》に行くなら届けて欲しい書簡が何通かありますが」

上体を起こした遊圭は、卓の上から書簡の束を拾い上げた。急いで達玖に渡す書簡を抜き出した拍子に、ひらりと一通の書が落ちた。

「これは……今日でなくてもいいかな」

拾い上げた手が止まる。その手元をのぞき込んだ達玖が目を丸くして言った。

「童科書院の申込書ですか。童試を受ける決心がついたんですね」

公私の学問所を学館もしくは書院と云《い》う。童試に特化した童科書院では傾向と対策にみっちりと取り組めるだけでなく、国士太学の現役生が、小遣い稼ぎのために講師を務めるので、勉学以外の有用な情報が集めやすかった。

遊圭は恥ずかしそうに申込書をもてあそぶ。

「決心というか、これを逃したら次は三年後だったなと思って。とりあえず国士の資格が取れれば、将来の選択肢は広がるわけですし、必ず官僚にならなくてはならない、というわけでもない。ただ、蔡大人の持ってくる縁談を、親の喪を理由に断っているのに、喪中には受けられないはずの公的試験を受けたと知れたら困るなぁと、ふんぎりはつかないんですが」

「御両親が亡くなってから四年は経っているんですよね。じゃあ、もういいんじゃないですか」

異国人の達玖は、金椛《ジンファ》の社会的慣習には無頓着《むとんちゃく》だ。親の喪中は、童試はもちろん任官試験も受けられない。官職も喪中は返上するのが法によって定められている。

「公式には問題ないはずです。ただ、両親や親族を一度に亡くしたのと、喪に服すべきだった二年は自分自身の居場所もなくて、なんの供養もできなかったので、ちゃんとやりたいのです。でも、全員の喪に服していたら、それこそ百まで生きても喪が明けない。それに、十六で恩蔭の官位をいただいたのも特例でしたから、あまり目立つようなことはしたくないんです」

家督や遺産を相続するのは、通常は二十歳《はたち》を過ぎてからだ。遊圭の場合は、本人が当主であり、後見人にもなる血縁がいないために十六にして蔭位《おんい》を授かった。そうした特別扱いも外戚《がいせき》がらみの嫉視《しっし》を買うのではと思うと、なかなか決心がつかなかったのだ。

「それがまた、どうした心境の変化ですか」

首をかしげた達玖《タルク》は、ぱっと閃《ひらめ》いたらしく片手を上げて自分で答えた。

「成宗謙に言われたことを気にしているんですか。恩蔭で得た官位がどうこうという」

遊圭はゆっくりとうなずく。

「恩蔭では、進士ほどには早く昇官できないし、就ける官職も限られています。成宗謙の言うように、あっという間に追い越されて、あとでどんな仕返しをされるかわかりません。あちらには唸《うな》るほど財産があるだろうから、任官に必要な付け届けには事欠かないでしょう。こっちが忘れたころに明々に意趣返しをされないよう、あいつに後《おく》れず進士に及第するくらいしか、わたしには対抗策が思いつかなくて」

達玖は大きな目をさらに丸くして、くっくと笑った。

「女のためですか。しかも星公子は童試どころか、官僚の登用試験にもさっさと受かってしまう自信があるんですね。世間の童生や国士の学生が聞いたらそれこそ憤激ものですな。成のどら息子はもう七年も国士太学で学んでいるのに、進士及第を果たしてないわけですが」

「七年でも、普通はなかなか及第できません。十代で受かるのはとても難しいけど、前例がないわけではないし。猛勉強はしないといけないでしょうね」

難関の医生官試験を十四歳で突破したことのある遊圭は、童試も進士になるための官僚登用試験も、楽観的に捉《とら》えていたのは確かである。

「でも、成宗謙がそんな先まで明々さんや星公子のことを覚えて、しつこく仕返しに来ますかね」

「達玖さんは、金椛《ジンファ》人の性情をまだよくわかってないんですね。金椛の民はどんな小さな恩も恨みも、一生引き摺《ず》りますよ」

達玖は薄気味悪そうに顔をしかめる。

「星公子もですか」

遊圭は、一生をかけて恨む相手をすぐには思いつかなかったが、冷淡な美貌《びぼう》がふっとよぎったので、慌てて明々の顔を思い出してにっこりと笑った。

「少なくとも、受けた恩は何があってもこの身をかけて返します。明々はわたしの命の恩人なんです。だから、明々を不幸にするやつは、絶対に許さない」

ひとによっては、そんな理由であれだけ悩みしぶった童試を受ける決心をするのか、と笑うかもしれない。遊圭にとって何より大事なことは、ひとつは星家の再興であり、次に明々の幸福を守ることであった。そのふたつを同時に叶《かな》えようとすれば、まずは国士太学に進むことが、現在進むべき道ではないかと思われたのだ。

四、風雲の兆し

帝都の中心であり、天子の住まう宮城をぐるりと囲む皇城。宮城からあふれた官衙《かんが》や、皇族と官家の豪邸が居並ぶ皇城の下町には、商家や工人らが軒を連ねている。

遊圭の医学の師である初老の宦官医《かんがんい》、馬延《ばえん》の自宅は、この下町の一角にある。

手土産をもって馬延の家を訪れた遊圭は、取次ぎを待つ間ぼんやりと古びた邸宅を眺めた。多少さびれた感はあるが、邸宅と言えるほどの規模はあった。置かれた調度を見れば経済的に恵まれていることは察せられる。奴婢《ぬひ》も何人かいて、妻女を厨房《ちゅうぼう》で見かけたことはない。

かつては太医署《たいいしょ》でも有数の官医として皇室の侍御医《じぎょい》まで務めた馬延は、宮刑に処されて宦官となり、その後も鍼医《はりい》として後宮に勤めている。後宮の女官は、男性との接触は禁じられているため、外の医師にはかかれないが、馬延のようなすでに男性の枠から外されてしまった宦官医に診てもらうことはできる。

優秀な医師である馬延が、宦官に落とされた理由については、遊圭は知らされていない。いずれかの皇族を誤診したか、治療を誤って責任を取らされたとか、そのあたりであろう。天子の専属医師などは、それが死病であろうと治せなければ崩御と同時に殉死させられるのだから、理不尽な職業だ。馬延が宮刑ですんだのは不幸中の幸いと言えなくもない。

貧困のために職を求めて自宮したり、刑罰によって去勢されたりして宦官になった者は、文字通り卑賤《ひせん》の官奴《かんぬ》となって底辺の見習いから這《は》い上がらねばならない。皇族の側近や内侍省《ないじ》の管理職に出世できるのはほんの一握りで、ほとんどは浄軍《じょうぐん》宦官と呼ばれる宮城の苦力《クーリー》として一生を終える。

馬延のように、受刑前まで築き上げてきた財産や家屋敷を保ち、家庭を維持できるものは稀《まれ》だ。それだけ医師とは需要の高い職業なのだ。

「なのに、医者の社会的地位は低いんだよな」

遊圭は口の中で小さくつぶやいた。

金椛《ジンファ》帝国の官界では、文学的素養があり文章能力に長《た》け、古今の歴史に通じていることと、かつ見た目の押し出しと、弁舌の爽《さわ》やかさが官僚に必要な資質とされていた。反対に、実務や技術に長けた人材が就く専門職は、労働階級の仕事として商工業と同列に見なされ、軽んじられる傾向がある。

常人には理解できない高等数学を操り、星の軌道や日蝕《にっしょく》の周期を正確に計算できたにもかかわらず、官僚たちからは見向きもされずに異国で朽ち果てた天文学者を思い出して、遊圭はふたたび憂鬱《ゆううつ》になる。

「どの仕事が崇高だとか、卑しいとか、そんなことはないと思うんだ。卑しめられる職業なんて、あっていいはずがない」

思わず独り言が漏れる。

「妓館《ぎかん》のおやじもですか」

先客がいると待たされている間、そばに控えていた達玖《タルク》が冷やかすように口を挟む。

遊圭は真面目に受け取り、口を尖《とが》らせて考え込んでしまった。

妓楼や娼館《しょうかん》の経営は卑しい職業とされていて、家族や先祖がこの仕事に従事していることがわかると、童試その他の国家試験が受けられない。

「妓楼の経営って、なくてはならない仕事なのでしょうか」

生真面目な顔で、達玖《タルク》に問い返す。妓楼に行ったことのない遊圭には判定しかねる問題だ。達玖は笑いを嚙《か》み殺しながら応じた。

「こんど、お連れしますよ。御自分の目で判断されるのが一番です」

馴染《なじ》みの酒楼にでも誘うように気軽な口調だ。都での長期にわたる単身赴任を命じられた達玖には、それこそ相方とも呼べる遊女か芸妓《げいぎ》でもいるのかもしれない。そこへ取次ぎの女中が戻り、遊圭を奥へと案内する。達玖には一刻後に迎えに来てもらうよう頼んで、女中のあとについて行った。

居間に通された遊圭は、腕を高く上げて拱手《きょうしゅ》し、挨拶《あいさつ》の言葉とともに尊師に対する揖《ゆう》礼《れい》を馬延に捧《ささ》げた。顔を上げたとたんに、遊圭は思わず「ひっ」と息を呑《の》む。

「なにを驚いている。先客がいると伝えてあったはずだが」

白濁した両の目を細めて、馬延はからかうように言った。

馬延の居間では、遊圭が極力顔を合わせたくないと願っている、中世的な美貌の青年が悠然と茶を口に運んでいた。

「げっ、玄月《げんげつ》さん。いらしてたんですね。お邪魔しました。で、出直してきます」

猫に追い詰められ逃げ場を求める鼠の体で、うしろ向きで扉へにじり寄る遊圭に、馬延が宦官特有のぎしぎしとした笑い声を上げる。

「邪魔ではない。むしろ賑《にぎ》やかになってよいわ。こっちへ来て年寄りの淹《い》れる茶を飲め」

師と仰ぐ相手にそう言われては、背中を向けて逃げるわけにはいかない。

「遊々は、こうしてわしの非番の日には、こちらの診療所を手伝ってくれる。このごろは新しい患者は紹介されてもなるべく断っておるせいで、助手を雇う余裕もなく、とても助かっておる」

眼疾のために、ほとんど目の見えなくなっている馬延だが、脈診と触診だけで患者の体調を知り、病気を正確に診断してみせる。さらに全身の経絡を指が覚え込んでいる鍼《しん》術《じゅつ》にいたっては、まったく衰えはない。宦官となっても休みで自宅に戻れば、馬延に診てもらいたい古くからの患者が絶えることはない。

帰国してから、遊圭は疲労回復のために馬延の自宅の診療所に通い始めた。同時に後宮で学んでいた医薬の勉強を続けようと、快癒したのちも馬延の診療所を手伝いながら、鍼術についても学んでいる。国の官医養成機関である太医署で学ぶ以外の方法で医師になりたければ、ほかの職人と同様に町の開業医に弟子入りし、実地で学んで独立を目指すのが一般的だ。

遊圭に師事されていることを、自慢げに語る馬延の楽しそうな顔に、遊圭は童試の受験勉強に専念したいので、しばらく来られなくなったとは言い出せず、黙々と茶を口に運ぶ。いっぽう、玄月は声音だけは愛想の良い相槌《あいづち》を打ちながらも、無表情な瞳《ひとみ》は遊圭を見ようともしない。

数か月ぶりに再会した玄月は私服姿で、季節に合った淡い臙脂色《えんじいろ》の直裾袍《ちょっきょほう》が、雪のように白い肌によく映えていた。

遊圭が最後に玄月の顔を見たのは、去年の初秋であった。秋といっても、そこは都から何千里も離れた灼熱《しゃくねつ》の砂漠地帯で、玄月はもう少し日焼けしていたように遊圭は記憶している。

そのとき帯びていた重要任務を果たすために、玄月は紛争で通れなくなっていた街道を避け、隊商も怖れて避ける苛酷《かこく》な砂礫灘《されきなだ》と、夏でも雪が降るという山岳地帯を行路に選び、昼夜兼行の強行軍を貫いて、期日までの帰国を成し遂げた。

よく生還できたものだと、後日陽元《ようげん》に話を聞いた遊圭は、玄月の剛毅《ごうき》さと体力に舌を巻いた。紛争が落ち着いたあと、玄月の隊より後に帝都へ向かった遊圭たちも強行軍を重ねたが、少なくとも駅逓《えきてい》の整った街道を通ってきたので、玄月が乗り越えてきた困難とは比べものにならない。

生還したときの玄月は、かつては後宮中の女官たちに溜息《ためいき》をつかせた美貌《びぼう》も、見分けがつかなくなるくらいにやつれ果て、回復に一か月を要したほど衰弱していたという。

そのときの陽元の表現が大げさだったのか、顔に怪我を負ったわけではなかったためか、目の前の玄月の美貌が損なわれたという印象は、いささかもない。

変わったと思えるのは、頬がいっそう薄くなり、そのために細面の輪郭はさらに鋭く、切れ長の目は以前よりも酷薄な印象を与えているところだろうか。また、肌はかつての少年らしい瑞々《みずみず》しさを失ってはいるが、それも普通の男子ならとうに髭《ひげ》をたくわえている年齢なのだから、当然とはいえる。

女中が顔を出して患者が来たと告げ、馬延は中座を詫《わ》びて椅子を立つ。ついていこうと慌てて立ち上がる遊圭を、馬延は手ぶりで制した。

「すぐに終わる。お前たちは久しぶりだろう。積もる話でもして待っておれ」

玄月とふたりきりで残されても、話すことなどない。遊圭は緊張して、脇が濡《ぬ》れるほど汗がにじむ。

「お元気、そうですね。すっかり回復されたようで、良かったです。もうお仕事には復帰されたのですか」

ひと月以上を実家で静養していたという玄月に、見舞いのひとつも送らなかった遊圭は、罪悪感のために空虚な挨拶しか口から出てこない。

茶碗《ちゃわん》を卓に置いた玄月は、遊圭の問いには応《こた》えず、無感動な瞳を遊圭に向けた。

「童試を、受けるそうだな」

「えっ、ええ」

なんという地獄耳だと、文字通り茶を噴きそうになりながら、遊圭は問い返した。

「なんで、御存知なんですか」

遊圭は恐る恐る問い返す。

「蔡大人《さいたいじん》に、願書の保証人を紹介してもらうよう、頼んだだろう」

蔡家と陶《とう》家はどれだけ筒抜けなんだと、遊圭は鳥肌が立つ。しかし、一族が滅せられた当時の遊圭は、外の世界に知り合いのいない箱入り息子だった。願書の保証人の手配を頼める名士は、かつての主人だった蔡才人《さいさいじん》の父親である蔡大人しかいない。それに、蔡大人の弟は現役のしかも高級官僚であり、これ以上の適任者はないと思えたのだ。

いずれわかることとはいえ、玄月に知られるのはできるだけ先に延ばしたかった。

玄月は、もとは遊圭と同じく名門官家の生まれであった。十二で童試に合格した天才児ともてはやされ、その優秀さに末は宰相か大臣かと、周囲から期待されていた。それが国士太学《こくしたいがく》に進んで一年も経たないうちに、弾劾《だんがい》された親戚《しんせき》の罪に連座させられて、宦《かん》官《がん》に落とされた。

官家の男子にとって、試験によって登龍《とうりゅう》せず、男を捨てて後宮に入り込み、皇帝や皇族に取り入って私腹を肥やし、国政に干渉する宦官は唾棄《だき》すべき人種である。宮刑を受けて宦官に落とされるくらいなら、むしろ斬刑にあまんじるか、自刎《じふん》を選ぶほどの不名誉な選択であった。

本人に罪なくして、ある日突然宮刑の宣告を受けて宦官にされた相手に、それも男子に生まれた者なら誰もが渇望し、世人の羨《うらや》む官僚への道を約束され、その秀才ぶりに未来の栄光を疑ったこともなかったであろう玄月の前で、これから童試を受けて国士太学に入学し、将来は官僚を目指します、とはものすごく言い出しにくい。

しかも後宮から解放されたときに、すぐには童試を受けるつもりはない、外戚として疎まれている自分が、族滅法が廃止されてすぐに官僚を目指すのも気が引けると言った舌の根が、一年やそこらで乾いてしまったと思われるのもきまりが悪かった。

「あの、明々《めいめい》の薬屋に嫌がらせをしかけてきた豪農の息子が、国士太学の学生だったんです」

成宗謙を牽制《けんせい》するためにも、恩蔭《おんいん》で得たのではない、実力で勝ち取った官位が必要ではないかと告白する。玄月は遊圭の話を最後まで聞き、そして淡々と言葉を返した。

「それだけの不品行を犯したのなら、そなたが告発すれば、成とやらの官籍を剝奪《はくだつ》することは容易だろうに」

「その結果、成家の一族郎党の恨みを、明々の家族に向けさせるのですか」

玄月はすぐに「ああ」と息を吐くようにうなずいた。

「そなたも思慮深くなってきたのだな」

褒められているのだろうか。遊圭は背中にむずがゆさを感じてもぞもぞと動いた。

「地方では、ひとりでも国士を出せば郡民すべての誉《ほまれ》であるらしい。その国士がやがて行政官として国政にかかわれば、その恩恵は出身の村のみならず一帯の郡県に及ぶ。その成何某《なにがし》とやらが弾劾され官籍を剝奪《はくだつ》されれば、明々は故郷の者たちに恨まれ、薬屋を閉めて家族ぐるみでよそへ引っ越さねばならなかっただろう」

そこまでの思慮には及んでいなかった遊圭は、怒りに任せて成家に殴り込まなくてよかったと、いまさらながら冷や汗が滝のように背中に流れる。同時に、公職にある者がその特権を振りかざして、庶民の生活を脅かしている現実に対して、別の怒りが込み上げてくる。

それにしても、成宗謙を返り討ちにしたときの、最悪の事態を充分に展望できていながら、玄月が遊圭に告発をけしかけたのはどういうことか。玄月には常に、機転と深慮が試されているような気がするのは、きっと遊圭の気のせいではない。

そして、遊圭はふっと気がついた。

もしかしたら、玄月は蔡大人から遊圭の童試申し込みを聞き、この日に遊圭が馬延を訪れることを知っていて、待っていたのだろうか。

その疑問に答えるように、玄月は横を向き、脇の小卓に置かれていた包みを重たげに持ち上げて、遊圭の前に置いた。

「大家《ターチャ》より、これをそなたに授けるようにことづかってきた。そなたが童試を受けるとお知りになって、大家も娘々《ニャンニャン》もたいそうお喜びになっている。最善を尽くして試験に臨むようにとのお言葉を、そなたに賜っている」

自分の行動が叔母《おば》や陽元まで筒抜けになっていることにも愕然《がくぜん》としてしまうが、よりによって全力を尽くして入学した国士太学から、自ら罪なくして放逐され、進むべき未来を閉ざされた玄月にこんな使いを命じるとは——と、遊圭は陽元の神経を疑ってしまう。

用はすんだとばかりに席を立つ玄月に、遊圭も立ち上がって礼を言った。

「わざわざすみませんでした」

「そなたが医師になるのをあきらめたと知れば、馬延殿は残念がるだろうが」

「あきらめた、わけじゃないです。官僚登用試験に合格しても、すぐに官職を授かるわけではないと聞きますし。せっかく職務についても、ちょっとしたことで左遷されたり、降格されたりするんですよね。都にいられなくなったり、官籍を失ったりしても、家族を養っていけるよう、手に職はあった方がいいと思うので、落ち着いたらまた医学も学びたいと思っています」

　壮絶な受験地獄に勝ち残り、晴れて官僚となる資格が与えられても、上が塞《ふさ》がっていれば、なかなか実入りのいい官職にはありつけないのが現実であった。職務を伴わない寄禄《きろく》の棒給だけでは家族を養っていけない官僚は、その特権を駆使してさまざまな副業で収入を得ている。

　元服したばかりで、童試に受かる前から失脚したときのことまで心配するなと笑われそうであったが、玄月はしごく真面目に同意した。

「明日の浮沈がどうなるかわからぬのが、官界であるからな。いい心がけだ」

　玄月の口から出ると、ずっしりと重みのある助言であった。

　玄月の父親の陶名聞《とうめいぶん》は、表の官界では皇太子の側近として教育係を務めていたが、同じく官僚であった親戚の罪に連座させられた。そして名聞を師父と仰ぐ陽元に請われて減刑され、息子の玄月とともに宦官の身に落とされた。

いまでこそ、皇帝陽元の内廷における側近として、名聞は宦官の最高位である司礼太監《しれいたいかん》に就き、玄月は宮城内外の内部調査機関である東廠《とうしょう》の幹部に出世しているが、世間の考える栄華とは無縁の、日陰の存在である。

玄月が帰ったあと、愛弟子《まなでし》に師事の中断を伝えられた馬延の落胆は明らかであったが、むしろ遊圭の決断を褒めた。町医者よりも国士の方が、はるかに前途は開けていることを、医官でもあった馬延はよく知っている。

「お前さんには才能も度量もある。それを試さないのは、天が許さないだろうよ」

そう言って、試験の合格を祈ってくれた。

「勉強をし過ぎて頭に血が昇ったり、肩が凝ったらうちへ来い。鍼《はり》を打ってやる」

白く濁った目を細めて、孫でも励ますような優しさのこもった別れ際の言葉に、遊圭は胸を詰まらせて揖礼《ゆうれい》を捧《ささ》げた。馬延には見えていないことはわかっているが、遊圭は尊師に対する礼を欠かしたことはない。

陽元からの賜物は、宮城の紙工廠《しこうしょう》で作られる最高級の紙の束と、こちらもまた一流の職人が作った最高級の筆の束であった。紙はまだ、公文書や上流階級の書簡に使われるのみで、一般には出回っていない。国家試験の答案に使われるのは紙であったが、一般の受験生が書き取りに使えるのは、昔通りの竹簡か木簡、布帛《ふはく》であった。竹簡などは削れば何度も再利用できるが、場所を取るために量を置けず、削って均《なら》す手間が勉強時間をも削る。

紙は間違い箇所を小さな鑢《やすり》で削るのも簡単で、破れたら切れ端を貼り付ければいいのだから、いままでよりもずっと能率よく書写や随筆が書ける。これだけで他の受験生の三倍の速度で進めることができた。

これも外戚の特権かと思うと良心が痛むが、他の受験生よりも四年は遅れていることを思えば、きれいごとは言っていられない。

馬延に暇《いとま》を告げた翌日から、遊圭は受験準備のために童科書院に通い始めた。

日の出とともに太鼓が打ち鳴らされ、帝都の大門が開く。それを受けて、坊と呼ばれる、壁に囲まれた居住区の門も次々に開かれるのを待ちかねて、遊圭は家を出た。そして午後に帰宅したのちは、火を灯《とも》す時間になるまで自室にこもって書を読み、書き続ける毎日だ。

同じ目的で書院に通う少年たちとの情報交換も、新鮮な経験だ。教材をそろえたり、家庭教師を雇ったりする余裕のない中流以下の家庭の童生は、市井の学問所に通う。

なかでも意気投合したのは、西北部出身の史尤仁《しゆうじん》という、ひとつ年上の十七歳の若者だった。尤仁の故郷は、遊圭が夏沙《かしゃ》王国へ旅したとき、朔露《さくろ》賊軍に襲われて負った傷を癒《いや》すために、何日か逗留《とうりゅう》した慶城市とはそれほど離れていない。

尤仁の訛《なま》りはどことなくルーシャンの発音を思い出させ、そのために遊圭はいっそう尤仁に対する親しみを深めた。

「では、僕は君をどう呼べばいいのかな。星公子？」

遊圭ら中原の椛《ファ》族と変わらぬ扁平《へんぺい》な顔立ちだが、眉間《みけん》から鼻梁《びりょう》の立ち上がった鼻だけがすっと高く、まっすぐ通っている。鳶色《とびいろ》の髪は直毛だが細くて柔らかい。母親が金椛《ジンファ》人で父が胡人と聞けば、なるほどそうかと納得がいく。左の頬骨に沿って、夜空に輝く参宿《しんしゅく》の星のように、三つ並んだ小さな黒子《ほくろ》が印象的だ。

「遊圭でいいよ。わたしも君を尤仁《ゆうじん》と呼んでいいかい」

尤仁は自分の見た目や田舎の訛りを気にしているのか、恥ずかしがりやなところがあった。しかし辺境の胡部出身では初めての童生であると、控え目な自慢をする。

辺境では教材や資料も手に入れるのは難しい。また中央とは極端に異なる方言や、さまざまな異国の言語が日常的に使用されている環境で、学問を続けるのはさぞかし大変なことと思われる。まして、帝都とその近辺では、家が裕福なら誰でも童生を自称できるが、遠方では少し事情が異なる。

まず、優秀な童生希望者は地方の学館で選抜され、州試に合格することで国士太学の受験資格を得る。帝都への旅費や滞在費は、いかに裕福でもとても一家庭でまかないきれるものではない。それゆえ童試の受験者は、州の代表として住民から資金を募り、また同時に公費の支援も受ける。

学問を志した時点で、中央と地方の格差はすでに大きく広がっていた。その中で十代半ばで童試の受験資格を勝ち取って上京し、試験までの日々を帝都の書院で追い込みに励む尤仁は、とてつもなく頭がいいのだろう。

明々の店に嫌がらせをした成宗謙が、実家と三村の栄光を背負って進士を目指すならば、史尤仁は胡部全体と辺境の州民の希望をその両肩に載せている。胡人の血を引く官僚を中央の政界に送り出すことは、農業に適さない風土で重い租税と異民族の絶え間ない侵攻に苦しむひとびとにとって、長年にわたる悲願であった。

人生で初めて、同世代で対等な友人ができた遊圭は、書院に通う毎日が楽しみとなった。同じ地方から来た達玖《タルク》と尤仁を会わせたく思い、何度か家に招待したのだが、遠慮しているのか応じない。

試験の日まで遊んでいる暇はない、というのは遊圭も同じだ。

「ともに合格できたら、わたしに都を案内させてくれるよね。尤仁」

期待に満ちて遊圭がそう言えば、尤仁は「まずは合格しなくてはね」と苦笑を返した。


気がつけば早春は過ぎ、汗ばむほどの気候にあたりを見回せば、どこもかしこも樹花や草花の咲き乱れる春爛漫《らんまん》である。

童試の範囲である書籍群を読みこなし、どこを出題されても正しく解答できるよう、積み上げられた書経の五十七万字を超える文章を一字一句正確に暗記するのに、通常は八歳から始めて六年から八年かかる。

「それを半年でやってしまおうってことですか」

童科書院への送り迎えを仕事に追加した達玖《タルク》が、ある日の帰り道に驚きの声を上げた。

達玖は金椛《ジンファ》帝国ではどのようにして行政官を養成するのか、このとき初めて知ったという。西域ではいまだ先祖代々の名族や貴族が、生まれながらに約束された教育を受け、成人すれば国の中枢で政務を執る。庶民にも官僚への門戸が開かれているという金椛国の制度に並々ならぬ関心を見せて、遊圭にいろいろな質問を浴びせた。

「一応、十歳過ぎには、全部覚えたことは覚えたんですけどね。でも、あのころは意味なんて理解してなかった丸暗記でしたから、読み直してみるといろいろと思うところがあってなかなか進みません。それに、試験には教本よりも分厚い注釈書からも出題されるし――それはまあ、いいんですけど――」

遊圭はうんざりして眉《まゆ》を寄せ、声を低く落とした。

「もっと難題が出るんですか」

山のような書籍をすべて暗記するだけでも、常人には達成不可能な試練と思えるのに、まだあるのかと達玖は目を丸くした。

いまはどこにあったかも覚えていない砂漠の町に生まれた達玖は、遊圭の年ごろには家を飛び出していた。隊商について東西を巡って通商を学び、ルーシャンと出会って傭《よう》兵《へい》に鞍替《くらが》えし、各地を転戦しているうちにおとなになった。年下だが決断力に富み、人望もあるルーシャンの幕友として戦い続けているうちに、いつしか金椛国の辺境守備隊に落ち着き、家庭を得ていた達玖には想像もつかない生き方だ。

命のやり取りを必要としない安楽な官吏の暮らしも、そこへたどり着くには血の滲《にじ》むような努力が必要であることを知り、達玖は素直な驚きを見せる。

遊圭はうんざりした顔でぼそっとつぶやく。

「詩作がね……」

「政治家になるために、詩が作れないといけないんですか」

口ごもる遊圭に、達玖はあきれた声を上げる。行政と詩に、なんの関係があるのか、商人から傭兵に、傭兵から軍人になった達玖にはさっぱり理解できない。西域では詩人は楽人と同じで、政治闘争や戦争に忙しい王侯貴族に奉仕し、娯楽と癒しを提供する職人的存在であった。

「知ったことや思ったことを、ただ文章にするだけじゃだめなんですよ。しゃれた言葉を選んで、韻や律の整った、だれが聞いても『素晴らしい、名作だ』ってくらいの詩文を詠めないと、文士とか国士として認められません。それも古典から引用して気の利いたひねりをいれないと、駄作扱い」

「ははあ――」

口調だけでなく、歩調まで脱力して弱音を吐く遊圭に、達玖は慰めの声をかける。

「だれにも得手不得手はあるものですからねぇ。おれなんか、用件と要点だけ書かれた命令書と報告書を読むだけで、充分ですがね」

「まったく、達玖の言う通りだ。文章なんて、要点だけを伝えれば、どれだけ実務も効率化されるだろう!」

その実務は官僚ではなく胥吏《しょり》の仕事なのだから、遊圭は官僚向きではないのかもしれない。

*　*　*

「それで、私の義理の甥《おい》の受験勉強は、進んでいるのか」

新緑が日増しに濃くなる初夏。宮城の奥の、自分専用の鍛錬道場である青蘭殿《せいらんでん》で、たっぷり汗を流して政務の疲れを癒した陽元が、玄月に下問した。

玄月は立ったまま、自身も激しい鍛錬のために噴き出した汗を拭《ふ》きながら、答を返す。

「星公子の通う安寧坊《あんねいぼう》の童科書院からは、書科と経科は問題なく、史科も順調であるとの報告を受けております。ただ、詩賦だけが水準に達していないもようですが」

ほかの場所であれば、皇帝の前では公私を問わず膝《ひざ》をつき、言葉をかけられるたびに叩頭《こうとう》し、お決まりの口上を上げてから返答しなくてはならないのが宮廷の作法であるが、青蘭殿ではその手続きは省略されるのが陽元の定めた決まりだ。

「今年の合格は無理か。そなたが手ほどきしてやれば、少しは上達するのではないか」

皇帝の提案に眉ひとつ動かさず、玄月は無表情に即答する。

「奴才《わたくし》が童試を受けたときは未冠でございましたので、自分の作った詩ではなく、古典を諳《そら》んじて間違いなく筆記できれば合格できました。その後も詩作については学ぶ機会がございませんでしたので、ひとに教えるほどの知識は持ち合わせておりません」

「十五歳を過ぎると出題が難しくなるというのは、そういうことか」

陽元は自分が良句をひねり出そうと難渋しているような顔つきで、近侍の宦官《かんがん》に額の汗を拭かせた。そして急に思いついた良案を口にする。

「こう、全科目の平均をとって合格点に達していれば、一科目だけ歯が抜けたようでも合格させることはできないものかな」

「受験時の席次や成績が、国士太学内での序列や待遇にかかわってきます。底辺の成績で合格しても、だれにも相手にされません。学生同士の交際や、現役官僚も出席する会や宴《うたげ》の折に、詩のひとつも即興で詠めなければ恥をかくだけでなく、進士《しんし》に及第しても引き立ててくれる名士と知り合うこともできず、官界入りしても鳴かず飛ばずということになります」

玄月本人は、そうした付き合いなど覚える暇もなく退学させられたはずだが、官家の男子であれば、それは常識として知っておくべきことなのであろう。

「まあ、なるようにしかならぬか。文官がだめなら武官で出世する手もある」

そうあっさりと断じると、急に表情を引き締めて話題を変えた。

「ところで、先ぶれなしに青蘭殿に参内したのは、なにか重要な報告でもあったか」

最近では重要な案件でもない限り、陽元の宮まで顔を出すことのない腹心に、恨めしげに問いかける。

「朔露《さくろ》軍の動きに、新しい情報が入りました」

大陸北部の統一を十五年前に果たした朔露可汗《かがん》が、西大陸に侵攻して西海の沿岸諸国を征服し、南下東進して康《こう》宇国に攻め込んできたという知らせが、夏沙《かしゃ》王国の伝令によって金椛《ジンファ》帝国に伝えられたのが、二か月前であった。朔露国の勢いを警戒する夏沙国王イナールの要請に応じ、陽元はすぐに夏沙へ二万の援軍を送るよう、兵部尚書《へいぶしょうしょ》に命じた。

金椛全軍六十万のうちの二万は少なく感じるものの、東西に七千里、南北に五千里という広大な版図を有する金椛帝国の四万里にわたる国境、そして帝都と各主要都市を守る禁軍の数は六十万ではむしろ足りない。緊急時には兵役を終えた府兵をも徴兵して、数だけは百万まで押し上げることはできても、砂漠の彼方《かなた》、国境よりさらに三千里の彼方にある従属国へ送ることのできる数は限られている。

「康宇国の都は陥落したそうです」

陽元は息を吸い込み、しばらく留《とど》めてからゆっくりと吐いた。

「三月《みつき》と持たなかったか。その知らせがいま届いたということは、朔露の尖兵《せんぺい》はすでに夏沙の領内に切り込んでいることだろうな。もっと援軍の数を増やすべきであったか」

陽元は額に拳《こぶし》を当てて、歯を食いしばるようにして言った。

玄月はかれには珍しく眉を曇らせ、ためらいながら話を続ける。

「怖れながら奴才《わたくし》の愚考を申し上げてよろしければ、太平に慣れたわが軍の兵士が、剽《ひょう》悍《かん》な朔露の兵士に持ちこたえられないことは、昨年の襲撃にこちらが大きな損害を被《こうむ》ったことからも明らかです。まして、これから酷暑を迎える夏沙の気候風土には慣れておらぬわが軍の兵馬を、何万と送ったところで文字通り焼け石に水でございましょう」

去年のちょうどこの季節に、麗華《れいか》公主の輿《こし》入れに随行して夏沙王国へ旅をした玄月がそう言えば、陽元は素直に信じて嘆息した。

「麗華は、怖い思いをしていることだろうな」

一拍おいて、玄月が低い声で提案する。

「昨年の旅に随行した宦官兵に、天鳳《てんぽう》行路と高原行路の両方の道を学んだ者がおります。万が一に備えて、麗華さまの救出に差し向けましょうか」

どんなに体力のある者が馬を乗り換えて急がせても、二か月はかかる道のりだ。その道のりを、さまざまな障害を乗り越え、奇跡的な速さで帰り着いた玄月も遊圭も、帰還したときは疲労困憊《こんぱい》で倒れ、回復にひと月もかかるほど衰弱しきってしまったのだ。温暖な地で生まれ育った兵士に、死の砂漠の外縁に沿った天鳳行路を走り抜けて、朔露の攻撃を避けながら公主を連れて帰還する能力を期待するのは、無謀にすぎた。

玄月の提案が、自分のための気休めでしかないことを陽元は察していたが、その気休めを受け入れるほかに、自身の罪悪感をなだめる方法はなかった。

「そうしてくれるか。私があれのためにしてやったことで、裏目に出なかったことはひとつもない。やはりあれが自ら選んだ尼寺に、置いておくべきであった」

陽元が政略結婚など持ちかけなければ、麗華はいまも都の片隅の尼寺で、心静かに平穏な生活を送っていたはずであった。

「麗華公主さまは、夏沙の王妃になることを、御自分で決断されたのです」

事実ではあったが、それもまた陽元には気休めにしかならなかった。

大きな手で頬をこすり、パンと音が出るほど叩《たた》いた陽元は、厳しい顔つきで宙をにらんだ。

「朔露の可汗が東進してくるならば、天鳳山脈北麓《ほくろく》の朔露高原を治めている小可汗も呼応して、我が国の国境を目指して南下してくるであろうな」

小可汗とは金椛《ジンファ》の言葉でいえば皇太子にあたる。これもまた勇猛な戦士であり将であり、そして次代の朔露を担う君主であるという。

「疑うまでもなく、二面攻撃で我が国の兵力を分断するつもりでしょう」

玄月は即答する。

「楼門関《ろうもんかん》一帯の守備兵の増強を朝議に諮らねばなるまい。ルーシャンだが、新城主としてどうだ」

「いまのところ、よく守っているようです」

「ルーシャンは康宇国の出身だったな。もとから配下であった兵士はみな胡人《こじん》であるが、校尉昇進にあたって増強したのは金椛人兵士ばかりであったと思うが」

「御意」

陽元は目を細めて考えをまとめる。

「金椛《ジンファ》兵と雑胡兵の融和は楽ではないだろう。督励《とくれい》のために監軍使を遣わすように。適任者を選んでおけ」

監軍使は藩鎮などの軍隊を監督する役職であり、外廷の官吏ではなく皇帝が信頼する宦官が派遣されることもある。

玄月は拱手《きょうしゅ》して拝命した。

「夏沙国よりの帰還の旅を共にした宦官なら、警戒されることもなくルーシャンの帷幕《いばく》に出入りできるでしょう。ひとりはルーシャン軍の監軍使として、もうひとりを麗華様の救出に差し向けます」

五、宮中の七夕節

万里の彼方でまたひとつの国が滅んだころ、遊圭は桶《おけ》に浸した水で足を冷やしつつ、ひたすら受験勉強に励んでいた。

季節はすでに夏も半ばにさしかかっていた。糯米《もちごめ》と鶏肉を蒸すよい匂いが厨房《ちゅうぼう》から漂ってきて、遊圭の腹がぐうと音を立てる。青草の清々《すがすが》しい香りがほのかに混じって、趙《ちょう》婆《ば》がいつもとは違う料理を用意していることが察せられた。

筆を置いた遊圭は、足の滴を振るい落としてから外に出て、青い夏空を見上げる。

そのまぶしさに目を細める遊圭の前を、菖蒲《しょうぶ》の束を担いだ趙爺《ちょうや》が通りかかった。

「今日は、菖蒲の湯を用意しますからね。秋の受験まで、暑気で病を引き込まないように、しっかり清めてくださいよ」

遊圭は伸びをしかけた手を下ろして「あっ」と声を上げた。

「もう端午節《たんごせつ》か！」

五月になっていたことも失念していた遊圭は、慌てて居間に駆け込んだ。遊圭と親交のある各所から送られてきた、蓬《よもぎ》や薬草で作った邪気除《よ》けの人形や門飾り、籠《かご》に盛られた粽《ちまき》が彩りよく並べられている。

遊圭が青ざめてひとつひとつの送り主を確認していると、袖《そで》を括《くく》って折り上げ、二の腕まで露《あら》わにした趙婆がやってきた。

「蔡大人《さいたいじん》やら馬延先生やら、端午の縁起物を贈ってくださった方々には、返礼のお飾りや粽を差し上げておきました。配達してきた小者にも祝儀を渡してあります。ぼっちゃまはご心配なさらずにお勉強なさっていて大丈夫ですよ。お后《きさき》さまのお使いの宦官《かんがん》にも、たっぷり付け届けを持たせておきましたから」

宮中とも季節行事の贈答品のやり取りをする身分になったというのに、すっかり忘れていた。かつては星家の厨房をきりもりしていた趙婆がいてくれて、とんだ恥をかかなくてすんだ。遊圭は自分の要領の拙《つたな》さを思い、この暑さの中で冷や汗が止まらない。

遊圭は、ほかの贈り物に比べると、飾り気のない麻紐《あさひも》で閉じられた籠を手に取った。

中を開けてみれば、春に摘んだ蓬の新芽や若葉を乾燥させた蓬茶だ。薬効のもっとも高い時期に採っておいたものを、この日のために調製しておいたのだろう。健胃や呼吸器系の風邪に効き目のある蓬茶は、邪気払いの飾り以上に遊圭にとっては実用的な薬である。

「明々からだ。誰が持ってきた？　阿清《あせい》？」

「ぼっちゃまが、李《り》さんの手伝いに遣わしている、うちの小者ですよ。あちらは農繁期で大変だっていうのに、義理堅いご家族ですね。たくさん粽を持たせて返しました。傷む前にあちらに着けばいいですけどね。いくら笹の葉に包んでも、この陽気ではどうでしょうか」

趙婆は手をかざして青空を見上げた。

遊圭は腕に覚えのある食客や使用人を、五日おきに明々の村に遣わして、その後の経過を報告させている。

成宗謙《せいそうけん》が都の下宿に戻って以来、成家の嫌がらせはないという。この農繁期に、成家としても一介の女薬師にちょっかいを出している暇はないのだろう。

それでも、不安な日々を過ごしているであろう明々に、こちらから邪気除けとなる門飾りを送らなかったことを、遊圭はひどく気まずく思った。

とりあえず、時候の挨拶《あいさつ》に不義理の詫《わ》びを添えて伝書鳩を飛ばそうと思いつき、遊圭は達玖《タルク》の離れに向かった。

いま飛ばせば粽よりも早く、今日中に明々の村へ遊圭の詫びを伝えてくれるはずだ。遊圭は庭に咲いていた葵《あおい》の花を二輪手折り、布帛《ふはく》の書簡に包んで細い絹紐で結わえた。鳩の脚に結び付け、夏の空へと解き放つ。

そのようにして端午節と夏至が過ぎ、盛夏もいつしか朝夕は過ごしやすくなり、蝉の声が調子を変えて、夏の終わりを告げ始める。

七月七日の乞巧祭《きっこうさい》には、避暑のために河北宮《かほく》に滞在中の皇室一家から招待された。大河を渡っての河北宮へ、一夜の祭りのために往復で十日。しかし、皇帝じきじきの招きを断るわけにもいかない。

受験生に七夕節の休みは無縁であるはずと、史尤仁《ゆうじん》がびっくりして忠告してくる。

「十日も書院を休むのかい？　先生にやる気を疑われても仕方がないよ」

「そうなんだけど、叔父《おじ》さんには逆らえないんだ。詩賦《しふ》の名人をわたしのために招待したから、指導を受けろって言われているし。そうだ、尤仁も——」

一緒に来ないか、と言いかけて遊圭は口ごもった。

義理の叔父が皇帝であることは、まだ尤仁には話していない。院生のほとんどは、遊圭が皇室の外戚《がいせき》であることも知らされていなかった。かつては工部《こうぶ》の侍郎《じろう》であった星大官の一族が外戚族滅法のために滅ぼされたことは、すでに都の人々の記憶から薄れ始めていた。星氏はありふれた姓ではなかったが、遊圭が姓名を名乗っても、族滅された一族を思い出す庶民はそれほど多くはない。

まだ、四年しか経っていないのに。

普通とは違う親戚の別荘に、庶民の友人を連れて行っていいものか、とっさに判断できず戸惑う遊圭に、尤仁は先回りしてやんわりと誘いを断った。

「ありがとう。でも遠慮しておくよ。僕も、七夕節は教会に呼ばれているから」

「胡人《こじん》の宗教でも七夕節を祝うの？」

遊圭は実家にいた当時、胡娘《こじょう》がときどきひとりで異教の祭りをしているのを見かけたことを思い出して訊《たず》ねた。

「七夕というか、同じような時期に大事なお祭りがあるんだ。えーと、椛《ファ》語では祖霊祭？　でいいのかな。都で暮らす胡人やその眷属《けんぞく》が教会に集まって、地上に戻ってくる祖先の霊を導き、迎え入れるために火を焚《た》く」

尤仁の丁寧な説明に、遊圭の胸がふっと詰まる。

毎朝欠かさず亡魂のために灯明を上げている遊圭だが、その灯を目印に両親と家族の魂が帰ってくるとは考えたことがない。

「どうかした？　遊圭」

「いや、河北へ発《た》つ前に、わたしも先祖の供養塔を手配しに、菩提寺《ぼだいじ》に寄らないといけなかった。金椛《ジンファ》でも先祖の供養は夏にやるんだよ。思い出させてくれて、ありがとう」

遊圭は湿った目尻《めじり》をさりげなく袖で拭《ふ》いた。

「まだ元服したばかりなのに、遊圭は受験のことも家のこともがんばっている。すごいことだけど、あまり無理しない方がいいよ」

慰めと励ましの、微妙に混ざり合った尤仁《ゆうじん》の気遣いが心に沁《し》みた遊圭は、じわりとする嬉《うれ》しさに笑みを返す。

「故郷から遠く離れて、都会でがんばっている尤仁の方がすごい。お互いに無理せずにがんばろう」

遊圭の空元気に、尤仁は控え目な笑みで応じた。

胡人といえば、胡娘《こじょう》にルーシャン、達玖《タルク》のように勇敢で剛毅《ごうき》な人々とばかり出会ってきた遊圭だが、尤仁のような文人のはにかみ屋もいることは新鮮な驚きだった。

夏の朝服、絹綾《きぬあや》の緑衣に銀の帯、正装用の冠を行李《こうり》に詰め、隙間に文具と詰められるだけの教本と詩編集を突っ込んで、達玖とともに陽元らの避暑先へ向かう。

河北宮に参内した遊圭に、灰褐色の毛皮に覆われた小獣が走り寄り、裾《すそ》から肩へと爪をかけて駆け上がる。

「天狗《てんこう》。元気にしてたかい」

遊圭は、満面に笑みを浮かべて、ふわふわした天狗の毛並みに頬ずりをした。天狗も尖《とが》った鼻先を遊圭の頬に押しつけ、赤い舌を伸ばして旧主の顔を舐《な》めまわす。

丸い顔と細い手足が狸と間違えられやすい天狗だが、西域に棲息《せいそく》する希少な瑞獣《ずいじゅう》で、病弱で遊び相手のいなかった遊圭のために、両親が値段も問わず買い求めたものだ。

星家族滅の折に連れて逃げることもできず、置き去りにしなくてはならなかったが、その希少性ゆえに皇室に献上され、いまは皇太子翔《しょう》の愛獣となっている。

天狗はひとの言葉を理解しているのではと思えるほど賢く、懐《なつ》いている人間はどこにいても探し当てるという特技を持つ。このごろでは宮城を抜け出し、遊圭と胡娘との間で書簡のやりとりまで請け負っている。

「遊々、元気そうだな。童試の準備は進んでいるか」

天狗の後に続いて迎えに出たのは、青灰色の瞳《ひとみ》と、麦藁《むぎわら》色の髪をした異国人の女官、胡娘だ。本名をシーリーンといい、西域出身の女薬師で、遊圭が五歳のころから星家に仕え、遊圭の療母を務めてきた。現在は叔母玲玉《れいぎょく》の皇后宮で薬食師を務め、遊圭のいとこたちの乳母も兼ねている。

久しぶりに再会した胡娘との、積もりに積もった近況報告も始まらないうちに、遊圭のいとこたちが、宦官らの制止も聞かずに宮殿から転がり出てきた。六歳の翔皇太子が元気よく、三歳になる瞭《りょう》皇子が危なっかしい足取りで、遊圭に走り寄る。左右の袖にぶらさがられた遊圭は、皇族に対する拝礼もそこそこに庭園へ連れ出されて、天狗も交えてかくれんぼやら鬼ごっこなどの遊びを強制された。

禁城ほど厳格な規則に縛られない離宮の空気は思いのほか居心地がよく、胡娘や叔母の玲玉との他愛のない会話に、時の過ぎるのを忘れた。

二日目には、詩賦の指南書をひもとく間もなく、幼い従弟《いとこ》たちにまたも遊びをせがまれ、打毬《だきゅう》で汗をかく。翔が力任せに打った毬《まり》が、庭園の塀を飛び越えた。遊圭は毬を探しに庭園に入ろうとしたが、門番に追い払われた。翔は地団太を踏んで毬を欲しがる。特別の毬を持ってきて渡しても、父帝にもらった大事で特別な毬なのだ、と満足しない。

一計を案じた遊圭は、胡娘から上等の簪《かんざし》を借りてきた。

「天狗《てんこう》、ちょっと頼みを聞いてくれるかい？」

天狗の口に簪を咥《くわ》えさせて、門番の前を往復させる。門番の注意を引いたところで、天狗は門から少し離れたところに簪を落として通り過ぎる。門番が簪を拾いに来たところへ、天狗は素早く引き返し、簪を咥えて逃げ去った。門番は罵声《ばせい》をあげつつ天狗の後を追いかけてゆき、遊圭は楽々と庭園に入り込むことができた。

「宮城ではありえない警備のゆるさだな」

こんなことでいいのかと思いつつも、遊圭は毬を探して生い繁る樹木の間をうろつきまわった。なかなか見つけられず、暑さで眩暈《めまい》がしてくる。濃い緑の向こうに涼しげな四阿《あずまや》を見つけた遊圭は、そこで衿《えり》を広げて汗がひくのを待つことにした。

「なんと、イナール王の弟が朔露《さくろ》に寝返ったか」

近づきかけた四阿に先客がいたことに、遊圭はびくっとして足を止めた。遊圭はその若さと威厳を帯びた声の主を聞き誤ることはない。

「大家《ターチャ》、お待ちください」

低く透き通った声が応《こた》えた。四阿を覆う枝葉の向こうから、清涼な白檀《びゃくだん》の香りとともに薄墨色の宦官《かんがん》服に身を包んだ玄月が姿を現す。このうだるような暑気にも衿をきっちりと重ね、黒く丸い宦官帽に強調される白い頬には、汗をかいた気配もない。

一寸の隙もなく、会うたびに一切の感情を排したかのような硬質さを増していく玄月の美貌《びぼう》は、中性的を通り越して人間離れしているのではと、遊圭は思ってしまう。

「星公子。誰も通すなと門番には命じてあったはずだが。そなたとて例外ではない」

夏だというのに、氷柱《つらら》でも背中に放り込まれたように震えあがった遊圭は、体をすくめて膝《ひざ》をついた。陽元に叩頭《こうとう》して拝礼したのち、無礼を詫《わ》びる。

「翔太子の毬が庭園に飛び込んでしまい、太子はあの毬でないとならぬと仰せられたので、なんとかして探し出そうとしたのです。門番に罪はありません。陛下がこちらにおいでと知らされていれば、決して門番の隙を見て忍び込むようなことはしませんでした」

「私の甥《おい》をあまり脅すな、紹《しょう》」

籐《とう》の長椅子に、略式の冠もつけずにゆったりと肘《ひじ》をついて横臥《おうが》する陽元からは、先ほどの緊張と驚きを含んだ声は想像できない。皇帝が部屋着姿でくつろいでいる場所は、近侍の女官と宦官以外は、決して目にすることの許されない、外戚といえども立ち入ることのできない領域であった。遊圭は叩頭したまま震えが止まらない。

「太子だからといって、翔のわがままをすべて叶《かな》えてやる必要はない。天子となる身であろうと、叶わぬことは叶わぬのだと、教えてやるのも従兄《いとこ》の役目ではないか。游《ゆう》よ」

常に精悍《せいかん》で闊達《かったつ》な印象を遊圭に与えてきた陽元は、この日はどこか物憂げで、怠惰な空気を隠そうともしない。

「申し訳ございません」

遊圭は拱手《きょうしゅ》と肘を地べたにつけて叩頭した姿勢のまま、ふたたび謝罪する。

「よい。このたびは見逃そう」

陽元は遊圭に出てゆくようにと、庭園の門を手ぶりで示した。

上体を伏せた姿勢でゆっくりと立ち上がった遊圭は、耐え切れずに顔を上げた。

「あの、夏沙《かしゃ》王国に、異変が――？」

「そなたが知る必要はない」

玄月にぴしゃりと言い叩《たた》かれて、遊圭は組んだ両手を握りしめた。

「紹、游の耳に何が入り込んだかは知らぬが、勉学の妨げになってもよくない。知りたいことがあれば教えてやるといい」

「御意」

玄月は陽元に丁寧な揖《ゆう》を捧《ささ》げると、無表情に遊圭を見おろした。

「夏沙国王イナールの次弟、ハタン市の都令ザード侯が朔露軍に降伏した。戦闘の結果ではなく、ザード侯ははじめから朔露に通じていた可能性について、大家《ターチャ》に申し上げていたところだ」

遊圭は渇いた喉《のど》からかすれた声を出した。

「でっ、では、朔露軍が夏沙領を侵しているのですか」

夏沙の王に嫁いだ麗華公主の面影が目の前に浮かび、遊圭の背中や脇から、冷や汗が噴き出す。

「端的に言えば、そういうことらしい」

陽元は落ち着いた声で遊圭の問いを肯定した。

夏沙王国の西端にあるハタン市が陥落したという知らせは、早馬を乗り継いでも金椛《ジンファ》の帝都にもたらされるのに三か月はかかる。軍鳩《ぐんきゅう》に中継させても、ひと月以上は必要だ。

それだけの時間があれば、いまごろ朔露はどこまで軍を進めているのか。

「遊圭。夏沙王都はそなたも見てきた通り、堅牢《けんろう》な難攻不落の城塞《じょうさい》都市だ。備蓄も豊富で、万の市民を抱えても半年は籠城《ろうじょう》可能。また、春に送った金椛の援軍が、すでに夏沙王都に着いたころだ。そなたが心配することは何もない」

「金椛の援軍がすでに王都に？　では何か月も前から、朔露は夏沙へ侵攻していたということですか！」

「これまで夏沙より届けられてきた知らせより遡《さかのぼ》れば、朔露は夏沙より西の諸国を三月までには征服していたことになる」

あまりにも淡々と説明する玄月に、遊圭は歯ぎしりするほどの苛立《いらだ》ちを覚えた。

千里万里の彼方《かなた》で起きていることは、その知らせを受け取ったときにはすでに何か月も経っている。たとえいまここで、麗華が無事であるという最新の報告が舞い込んできたとしても、それは少なくとも二か月も過去のことなのだ。

陽元がゆっくりと上体を起こした。薄い絹綾の衿を開いて風を入れる。団扇《うちわ》で風を送る役の近侍すら遠ざけた国家の密議に、遊圭は足を踏み込んでしまったらしい。

「游、われわれは可能な限りの手を打っている。そなたが心配することはなにひとつない。やがてはそなたの手も借りることになろう。いまは勉学に専念せよ」

気だるげな声でそう言われて見上げれば、陽元の顔色はあまりよくない。暑さに加えて睡眠を損なうような心労が蓄積されているのだろうか。

遊圭が麗華のためにできることはない。あるいは陽元の、そしてあるいは祖国のために遊圭ができることは、ほんとうになにひとつないのだ。

遊圭は力なく首《こうべ》を垂れ、「御意」と返してその場を立ち去るほかはなかった。


——革の冑《かぶと》に革鎧《よろい》、戦袍《せんぽう》の代わりに毛皮をまとった異国の戦士が、戦斧《せんぷ》を振り上げて迫りくる。肩を鷲《わし》づかみにされた遊圭は地面に突き転ばされ、背中にのしかかられて身動きもできない。襟首をつかまれ、露《あら》わになった首筋に幅広の短剣が突き付けられる。冷たい刃《やいば》がじわじわと皮膚に食い込んでいく。ふつっと皮膚の切れる鋭い痛みと、鼻腔《びこう》を刺す鉄の臭い。

遊圭は悲鳴を上げて飛び起きた。

震える指先で首を撫《な》でる。うっすらと残った刀傷の痕《あと》は、指で触れればかすかに盛り上がっていることがわかる。

夏沙王国へ向かう麗華の輿入《こしい》れ道中を襲ってきた朔露の賊軍。金椛《ジンファ》精鋭の錦衣《きんい》兵《へい》を蹴《け》散《ち》らし、麗華と遊圭の命を奪いかけた異国の戦士の記憶は、たびたび明け方の夢に現れて、底のない恐怖を呼び覚ます。

しかも、今朝の夢はいつにも増して細部にわたって鮮明で、垢《あか》じみた朔露兵の臭いや、首を流れていく生温かい血の感触まで蘇《よみがえ》り、遊圭の手は震えが止まらない。

一度は直面し、覚悟した死を、二度と思い出したくはないのに。

夏沙王都は、あの岩山に築かれた城塞都市は、いまでも持ちこたえているのだろうか。気丈な夏沙王妃、金椛の公主でもある麗華は、目前に迫る危機にどう立ち向かっているのだろう。

遊圭は寝台から下りて書斎に入った。封印してある文箱《ふばこ》を書棚からおろして卓の上に置く。夏沙から送られてきた二通の書簡は、麗華の筆によるものだ。懐妊の知らせを述べた二通目はこの春に陽元のもとに届けられ、遊圭の手に転送された。

いつか必要になるだろうという胡娘の意見によって遊圭が著した、妊娠時の注意や悪阻《つわり》の対策などがとても役に立っていることに、感謝の言葉が述べてあった。あのような急ごしらえの書付に礼を言われても、恥ずかしいばかりではあったが。

金椛産の紙につづられた異国の暮らしには、故郷を恋しがる言葉はひとつもない。

――それから以前、皇族になど生まれてこなければ良かった、と言ったのは撤回するわ。もういちど、公主として生きる道を示してくれてどうもありがとう。母になることができて、とても嬉《うれ》しいです。男の子でも女の子でも、とても楽しみでたまりません。遊々、あなたのお蔭《かげ》だわ。けして楽な道ではないでしょうけど、自分で選んだ生き方だと思えば、後悔はありません。

遊々も自分自身の人生をその手につかめるよう、砂と太陽の国から祈っています——

河北の離宮で凶報を耳にして以来、何度も取り出しては読み返したその書を、遊圭は丁寧に折りたたみ、そっと文箱にもどした。

六、桂林の一枝

勉学に集中することの困難な夏が過ぎ、風は日々涼しくなってゆく。

試験まであとひと月を切ったころ、童試の申し込みに必要な保証人が手配できたと、遊圭は蔡大人《さいたいじん》の邸《やしき》に呼び出された。

三代にわたって賤業《せんぎょう》についた者がいないこと、肉親の喪に服していないことを、官籍を有する者に保証してもらわなければ、申し込みは受理されない。それも血縁や姻戚《いんせき》上の関係にある官人では認められず、ただでさえ官界に人脈のない遊圭には誰にも頼むあてがない。

そこで都の皇城とその内外で、手広く商いを営み、弟が刑部《けいぶ》の高級官僚でもある蔡大人の顔の広さは、遊圭のただひとつの頼みの綱であった。

応接室で待たされていた遊圭は、案内されてきた客を目にしたとたんに、喉から心臓が飛び出しそうなほどの驚きに思わず声を上げた。

「成家のどら――」

「星家のぼんく――」

金鶏羽冠を戴《いただ》き、折り目正しく縹色《はなだいろ》の袍をまとった成宗謙もまた、目玉が飛び出るのではというほど目を見開き、遊圭と同時に声を上げ、同時に口を閉ざした。宗謙の耳は赤く染まっている。耳も首筋もひどく熱く感じられる遊圭もまた、同じような顔色と表情をしているのに違いない。

「おや、お知り合いでしたか」

驚愕《きょうがく》に目を見開いたままにらみ合う若者たちに、蔡大人は中年を過ぎて艶々《つやつや》とした額を撫でつつ、声を弾ませて言った。最初に乾いた唇を舐《な》めて声をかけたのは遊圭だ。若輩の方が拱手《きょうしゅ》して挨拶《あいさつ》をするのが、礼節というものだろう。

「成秀才。この度は、保証人を引き受けてくださってありがとうございます」

遊圭は宗謙の姪に国士太学生《こくしたいがくせい》に対する尊称を添えて、完璧《かんぺき》な角度で揖《ゆう》を捧げた。宗謙は、思い切り苦い種でも大量に嚙《か》み砕いてしまったような顔でにらみつける。保証人を頼まれた相手の素性を、たったいま知ったばかりのような反応だ。

相手に対する嫌悪感をさらけ出して、この話を断りたい気持ちは遊圭も劣らない。しかし、こちらから頼み込んでおいてこの話をぶち壊しては、せっかく保証人を探し出してくれた蔡大人の顔に泥を塗ることになる上に、間近に迫った試験を前に、他の誰かを見つけることはおそらく無理であろう。

成宗謙は苛立たしげな視線を蔡大人に向けた。

「私が保証する童生というのは、星――公子でしたか」

「はい、星遊圭公子です。今上帝の後宮において、三千の寵愛《ちょうあい》を一身に受けておられる星皇后陛下の、甥御《おいご》様にあたられるお方です」

蔡大人は、艶やかな額をペタペタと叩《たた》き、上機嫌で遊圭を宗謙に紹介する。

最悪の初対面によって、互いを不倶戴天《ふぐたいてん》の敵とみなし合っても不思議ではない遊圭と宗謙は、いまさらではあるが本心を顔に出さないように、どちらも硬い無表情を必死で保つ。

受験生とその先輩が、保証し保証される間柄になるということは、双方に連帯保証の義務が生じる。

遊圭が受験に失敗すれば、それは宗謙の不名誉となり、合格すれば、在学中も将来官界へ進み出た先にも、遊圭は宗謙を師と仰いで何かにつけて尊重しなくてはならない。

双方にとってまったく嬉しくない人選であったが、蔡大人はふたりの間に張り詰めた緊張をまったく察する気配もなく、運ばれてきた茶菓を勧めた。

「星公子はお若いながら、大変優秀なお方です。数々の進士を輩出した星家の末裔《まつえい》として、恥じない学力と見識をお持ちなのですが、早くに尊親《そんしん》の係累を亡くされて、世に出る伝手《つて》をお持ちでない。お若くしてご苦労も重ねておられ、われら下々の暮らし向きにもご理解がおありです。御相談を受けたときは、どなたをご紹介すべきかと悩みましたが、さるお方から成宗謙殿のご尊名を示されて、これは最善のご縁、あるいは天の配剤かと、お引き合わせを願ったわけです」

　蔡大人はぺちっと艶やかな額を右手で叩いて見せる。

　遊圭には、名門官家の現役官僚や太学生が、外戚《がいせき》の生き残りである遊圭の保証人を忌避したであろう状況が、容易に想像できた。遊圭がいかに奇貨の可能性を秘めていたとしても、それは蔡大人のように、中央官界に枝葉を伸ばしたい種類の人間たちにとってであって、すでに地歩を固め、己の出世を最優先とする名門出の若手や中堅の官僚には、新たな対抗馬の出現を助けるだけに過ぎない。

　落剝《らくはく》した名門子弟の保証人になりえるのは、官界の裏事情に詳しくない裕福な豪農や商家から国士を出した郷紳階級の太学生か、外戚の威光にあやかりたい中流以下の若手官僚くらいなものだろう。

　試験によって官僚への登竜門が万民に開かれているといっても、実際に試験を突破できるだけの学力を支えるための知的資産は、繰り返す王朝革命を生き残り、何世代も富と権力を蓄えてきた名族に独占されてきたのが現実だ。それゆえに、金椛《ジンファ》の王朝がもたらした太平の世に力を伸ばしてきた蔡家や成家のような郷紳階級は、不確定な希望であろうと、天子に直結する人脈の模索を求めてやまない。

名門の出身が敬遠する星遊圭は、野心あふれる新興の官人にとっては、まさにうってつけの保証相手であった。

明々《めいめい》の一件さえなければ、確かに双方ともに問題のない配剤ではあった。成宗謙は油断のない目つきで遊圭を一瞥《いちべつ》し、血色のよい厚い唇を湿らせて口を開いた。

「しかし、星公子はすでに銀帯の官位を授かっておいででしょう。しかるべき年齢に達すれば、いずれ相応の官職を授かるものを、一から国士太学に通う必要など、ないのではありませんか」

恩蔭《おんいん》によって得た地位では、進士及第によって官僚となるであろう成宗謙を掣肘《せいちゅう》することは難しい。が、もちろん当の本人に向かって、国士太学に進みたい本当の理由が言えるはずがなかった。

遊圭はいちど深く呼吸し、心を落ち着ける。

「国士太学に進み、進士に及第することは、両親の存命中よりの願いでございました。兄伯圭《はくけい》もこの世におりませぬいま、星家の再興はわたしの肩にかかっております。寄る辺のない身の上でございますれば恩蔭の恵みは拝受いたしましたが、人並みの手続きを以《も》って進士となり、天子にお仕えすることが両親の遺志に沿うものと考えております」

宗謙の口元が薄い笑みでゆがみ、瞳《ひとみ》には軽侮の色が浮かぶ。

「皇族のごとく、元服直後に人並み以上の官位を与えられても満足されず、その上を目指されるか。星公子は素晴らしい向上心の持ち主でございますな」

微妙に嘲《あざけ》りを織り込んだ世辞は、軽輩の童生を威圧し、受験の志を折ろうとする意図が明白だ。外戚と手を結ぶ利点より、手下の前で面子《メンツ》を潰《つぶ》された恨みの方が勝ったらしい。ただ、宗謙もまた蔡大人の顔を潰すことは得策と考えず、遊圭が辞退したくなるような圧力をかけてくる。

とはいえ、遊圭は針をぎっしりと詰め込んだ真綿で首を絞めてくるような嫌味や皮肉には慣れている。動じることなく微笑み返してうなずいた。

「恩蔭に甘んじていては、一度は廃《すた》れた家を再興することは難しいでしょう。外戚としての特典も、主上の寵が頼りの立場では、先の浮沈は予見しがたいもの。最後に己を救うものは、おのが実力で手に入れた地歩のみかと愚考しての、童試受験です」

明々の店で宗謙に言われた言葉をほぼそのまま返して、示談ですませた相手の暴力行為を思い出させる。無意識に口にした言葉によって、宗謙の弱みを握っていることを思い出した遊圭は、さらに悠然と微笑んだ。

不本意ながらも、遊圭の保証人たることを断れないと悟った宗謙は、ますます口元を歪《ゆが》め、眉間《みけん》に皺《しわ》を寄せた。込み上げてきた不快感を表に出すまいとする葛藤《かっとう》が、しっかり見えている。二十六で容易に感情が顔に出るようでは、進士に及第しても出世は難しいかもしれないと、遊圭はお節介な気を回す。

ふたりの若者の間に漂う緊張に注意を払うようすもなく、蔡大人はにこやかに事を進めた。硯《すずり》と筆に受験申込書を載せた広盆を差し出す。

「保証人を、お引き受けいただけますか、宗謙どの」

宗謙はこのたびも、ひとまわりも年下の少年に膝《ひざ》を折る形となり、むっつりと口を引き結びつつ童試の申込書に署名をした。

宗謙は遊圭と師弟の契りを交わして進物を受け取った。酒食が出され、盃《さかずき》を交わした宗謙が邸《やしき》を辞したのち、遊圭はこの人選は蔡大人の人脈によるものかと訊《たず》ねた。蔡大人は陽気のためか、艶やかな額を薄紅色に染めて答える。

「玄月《げんげつ》どののご推薦です。宮中の娘から手紙が送られてきましてな。帝と大后さまが遊圭どのの受験準備がうまくいっているか、とてもご心配なさっているとかで、玄月どのを召して相談されておいでだそうですよ」

遊圭は啞然《あぜん》としてしまった。玄月に宗謙との確執を話してしまったのはうかつに過ぎた。玄月が遊圭に嫌がらせをする機会を逃すはずがないのに、砂漠の国における任務を力を合わせて遂行したことで、妙な信頼感を覚えてしまった自分がいかに甘かったか。

成宗謙を保証人にしたことで、官界に入ってからもずっと師弟の縁は続く。互いの官位の上下にかかわらず、遊圭は常に宗謙を師として立てなくてはならず、こちらの外戚特権を見越して、成家のためにさまざまな便宜を図るように要請されるかもしれない。

遊圭は合格する前から、暗澹《あんたん》としてきた未来に重い溜息《ためいき》を吐《つ》いた。

こもごもの思いを抱えて迎えた秋の童試に、遊圭は合格した。

「それにしては、ちっとも嬉《うれ》しそうじゃないですね。金鶏羽冠を受け取るときも、その不景気な顔で国士監《こくしかん》へ行くんですか」

達玖《タルク》に冷やかされた遊圭は、合格通知の捷報《しょうほう》を横に置いて歯を食いしばる。

「むしろ三年後に受け直したほうがいいかもしれないという席次ではね。ぎりぎりで上院学舎に入れたけど――」

遊圭は、白目が見えるほど上目使いに天井をにらみつけた。十代で合格することがどれだけ難しいかということは、入学してしまえば関係がない。むしろ十代半ばで合格できるほどの学力を育てた家の財力を妬《ねた》まれ、その割に上院とはいえ最下位に近い席次が出発点であることは、一生の汚点となるだろう。

世間の親が、試験問題の易しい未冠のうちに息子を合格させようと、必死になる理由を、遊圭はようやく理解した。席次を決めるのは点数がすべてなので、学力に優る成人済の受験生が、未冠の童生よりも席次が下になってしまうことは珍しいことではない。

「成宗謙の苦り切った顔が目に見えるようです。恩蔭《おんいん》にすがって寄禄《きろく》を貪《むさぼ》るぼんくら公子の兄貴分では、なんの役得もないわけですから」

「それくらいが、ちょうどいいのではないのですか。嫌われ者の外戚が出過ぎた杭《くい》になれば、帝の贔屓《ひいき》や不正を疑われたりして、打たれてしまうのでしょう？」

実力でひとつひとつ這《は》い上がっていけばいいんですよ、運は天に任せれば、と達玖は叩き上げの軍人らしからぬ呑気《のんき》さで遊圭をなだめた。

「そういえば、達玖《タルク》さんも慶城を離れてずいぶん経ちます。わたしとしては、いつまでもこの家にいていただきたいのですが、ご家族が懐かしくはありませんか」

達玖は鷹揚《おうよう》に答える。

「ルーシャン校尉《こうい》は、春節の朝賀《ちょうが》に上京されます。おれはそのときいっしょに帰郷しますので、ご心配なさらず」

遊圭が表の騒々しさに誘われて奥の部屋から出てゆけば、このごろ数の増えた使用人が手分けして来客をさばいていた。宮中や蔡大人から送られてくる祝儀はもちろん、挨《あい》拶《さつ》程度にしか見知らなかった隣人が続々と祝いにおしかけ、星家の門前は足の踏み場もないほどの賑《にぎ》わいであった。趙婆《ちょうば》は伯圭の合格を祝ったとき以来の賑わいに、歓喜の涙をこぼしながら客に祝儀を配る。

親族のほとんどを失い、交友関係も狭い遊圭は、いきなり増えた隣人知人、滅せられて存在しないはずの親族の多さに閉口した。誰の家の、何の祝いかも知らずに、騒ぎに便乗して、祝儀や振る舞いの酒食をせしめに押しかけた不届き者の方が、多いのではないか。

その人混みの中に、明々と阿清の姿を見つけた遊圭は、玄関を埋め尽くす人々を掻《か》き分けてふたりの側までたどり着いた。

「明々、阿清！　来てくれたんだね」

田畑は収穫で忙しいこのときに、わざわざふたりが駆けつけてくれたことに、遊圭は喜びを隠せない。

「合格おめでとう。なんかすごいことになっているのね」

人混みに押されて離れないように三人で手をつないで玄関を抜け、奥へと通る。すれ違った女中に茶菓を三人分、遊圭の私室に持ってくるように言いつけようとして、書斎へと変更した。

「それから、一番上等の離れを、こちらのふたりに用意して。遠くから来てくれて疲れているから、足洗い用のお湯もふたり分、そちらに運ばせておいて」

書斎に落ち着いた遊圭は、自分で焜炉《こんろ》に火を熾《おこ》して茶を淹《い》れる。

「兄さまが合格したときの騒ぎを忘れていたよ。もっとも、わたしは母屋《おもや》から一番遠い静かな離れにいたから、この目で見てはいないんだけどね。それでも一日中賑やかだったのが離れまで聞こえていたし、親戚《しんせき》は大勢いた。父さまの同僚や部下もたくさん来て、もっとすごかったんだろうな」

明々たちも、あきれて首を振り振り同意した。

「童試合格でこれなら、進士に及第したらどうなっちゃうの？　都中のひとが押しかけて、家を壊されそう」

阿清も不安げに表へと視線をやった。

「どさくさにまぎれて、こそ泥が入り込んでも気がつきそうにない。明薬堂も、風邪が流行《はや》って客がごった返すような日は、何かしら薬や道具がなくなっているんだよ」

「盗まれて困るようなものはないよ。明々は元気にしてた――？」

もう半年以上も明々に会っていなかったことを思い出した遊圭の語尾が細く消える。

「便りを送らなくてごめん」

明々は慌てて首を横に振る。

「星家のお使いが十日おきにようすを見にきて、家や店のことを手伝ってくれてたから、とても助かったよ」

「わたしがそばにいて明々を助けてあげられたら良かったんだけど、この通り荒事には向かないからね」

「そんなことないよ！ 遊々があいつらの手首をひねって押さえつけたの、すごくかっこよかった！」

明々は身を乗り出し、熱心に遊圭の武勇を讃《たた》える。しかし遊圭は苦笑いを浮かべて片手を振った。

「あれは、相手がわたしを見くびって油断していたから、有効だった技だ。次からは警戒されて懐に入ることもできないだろう。達玖《タルク》さんが教えてくれたのは、非力な者が相手の隙を突いて逃げるための護身術だ。同じ相手に二度は通用しない。それに、達玖さんがうしろに控えていたからこそ、宗謙相手にはったりもかませたわけだし」

その通りであることを、明々も阿清も否定はできず、曖昧《あいまい》に笑ってかぶりを振る。とはいえ、明々はすぐに気を取り直し、ひと抱えもある布包みを差し出した。

「さっきは人混みに潰《つぶ》されちゃうんじゃないかと思って、すごく焦ったけど。これお祝い。試験の合格祝いには、都のひとはこれを贈るんだよね」

受け取ると、ふわりと甘い香りが鼻腔《びこう》をくすぐった。布をとっただけで、籠《かご》の網目から桂花《もくせい》の匂いが漏れて空気を染める。

「蕾《つぼみ》の固いのを折ってきたから、運んでいる間にいい感じで花が開いたね。萎《しお》れないように、いつも切り口を濡《ぬ》らしておくのが大変だったけど」

蓋《ふた》を開ければ、書斎は甘やかな香りに満たされた。明々がほっとして、中身をのぞき込む。金と銀に喩《たと》えられる、黄色と白の小粒の花がみっしりとついた桂花の枝に、遊圭は満足そうに鼻を埋《うず》めた。

「学業成就の報告に桂林《けいりん》の宮祠《ぐうし》に参るのは、まだ早いけどね。童試は、始まりに過ぎない。でも、ありがとう」

花瓶を引き寄せ、水差しから水を注いで花を生ける。部屋は桂花の香りでむせかえるようだ。

「そういえば、成宗謙だけどね。明々には手を出せないようにしたから、これからも安心して明薬堂を続けていける」

それから急に用事を思い出した遊圭は、ポンと膝《ひざ》を叩《たた》いて立ち上がった。

「遠いところを来てくれてありがたいけど、今日中に挨拶に回らないといけないところがいくつかある。できるだけ早く帰ってくるから、昼は一緒に食べよう。ふたりとも、お湯を使ってくつろいで待ってて。好きなだけ滞在していいから、旅の疲れが取れたら都見物もしていくといいよ」

満面の笑みで明々たちにそういうと、遊圭は浮き浮きした足取りで表へと出ていく。

残された明々と阿清は、ぬるくなったお茶と棗《なつめ》の実を口に運んで、瀟洒《しょうしゃ》な内装の書斎を見回した。阿清が言いにくそうに口を開く。

「遊々さんは、姉さんがずっと村で薬屋をやっていくものだと思ってるんだね」

明々は指を組んだりほどいたりして、溜息をつく。

「まあ、そうしたいって言ったのは私だからね。ひとりでやっていきたいわけじゃなかったけど、遊々は都で家を再興しないといけないわけだし。医者じゃなくて官僚になるって決めたんなら、応援しないとね」

「姉さんはそれでいいの？　帰ったら父さんたちが乗り気になってる縁談に、どう返事するつもり？」

阿清は気遣わしげに訊《たず》ねる。明々は素早く手を上げて、弟の頭をポカリと叩いた。

「痛っ。腕力ないのに、なんで姉さんのげんこつは痛いんだよ」

「あんたが家を継ぐのが先！　だいたい、自分の店があって、私が努力して学んだ知識で生きていけるのに、どうして結婚する必要があるのよ！　いままで稼いだお金を持参金に取られるとか、ばっかばかしいじゃないの！」

「何言ってるの、姉さん。遊々さんの本心を確かめに都まで来たんじゃなかったの？　姉さんは、初めから父さんに勧められた縁談を受ける気はなかったわけ？」

阿清は頭を押さえて言い返し、明々はいらいらを隠さずに応じた。

「遊々はあんたと一緒で、手のかかる弟みたいなものだもの。私は薬屋が面白いんだから、主婦になりたいとは思わないだけ」

気まずい沈黙が降りたが、やがて阿清が小声で囁《ささや》いた。

「遊々が姉さんのことどう思っているのか、おれが訊《き》いてみようか」

間髪を容《い》れず、明々の拳《こぶし》がゴツッと音を立てて阿清の頭を殴りつける。

「余計なことをしたら、承知しないわよ！」

阿清は頭を両手で押さえ、目に涙を溜《た》めて「わかったよ」とつぶやいた。

七、青雲の光

帝都から遠ざかること三千里。

夏も秋も砂塵《さじん》の吹きすさぶ金椛《ジンファ》帝国の北西の門、楼門関《ろうもんかん》にほど近い城塞《じょうさい》を任されたルーシャン胡騎校尉《こきこうい》は、伝令のもたらした報告に絶句する。

「イナール王が戦死？　確かなのか」

戦場として名をあげられた地域から、この知らせが楼門関に届くまでかかった月日を逆算する。朔露《さくろ》の騎馬軍団が一日に進むであろう距離を推算することはできても、現在の夏沙《かしゃ》王都がどうなっているのかは誰も知ることはできない。

酷暑の天鳳《てんぽう》行路を日夜駆け抜け、楼門関にたどり着いた伝令は、凶報をもたらした罪で罰を受けるのではと身をすくめる。

「朔露の夏沙領侵攻は、防戦に国王の親征を必要とするほど激しかったのか。朔露の奴らは解き放たれた野獣の群れのようなものだな」

ルーシャンは首のうしろで束ねた赤銅色の巻き毛に手を突っ込んで、ボリボリと頭を掻いた。頭頂で結い上げた髪を冠か頭巾《ずきん》で包むのが、金椛《ジンファ》における成人男子のたしなみだが、異国出身のルーシャンは、勤務中でも軽くひとつに束ねるだけだ。東朔露の賊軍の動きが活発なこのごろ、いつでも冑《かぶと》をとって出動できるようにそうしている、というのが本人の言い訳である。

戸外では砂を巻き上げる風が収まったらしい。ルーシャンは西の窓を開いて、屋内に新鮮な空気を入れる。

ルーシャンの生まれ故郷、康《こう》宇国が朔露軍に征服されたという報がもたらされて、すでに四か月が経つ。

朔露に服従することを選ばなかった西域の民は、都市や城邑《じょうゆう》を蹂躙《じゅうりん》される前に、持てる財産を馬や駱駝《らくだ》、あるいは馬車に積み込み、それぞれの縁故を頼って大陸に散った。

どのような行路を取ってきたものか、ルーシャンの同胞も金椛《ジンファ》帝国の辺境に流れ着き、近隣の胡部と呼ばれる移民たちの聚落《しゅうらく》に受け入れられている。難民の男子で壮年に達したものはことごとく徴兵され、国境の防人《さきもり》について朔露の来寇《らいこう》を待ち構えていた。

ルーシャンは伝令のほかに誰もいない部屋を見渡して、声を低めた。

「康宇国の元老どもの消息はつかめたか」

砂と埃《ほこり》でもとの色もわからなくなった髪の伝令は、直射日光と風に晒《さら》されて肌がボロボロになった顔をしかめた。

「有力氏族の首長たちの半数は朔露に降服し、拒否した者は処刑されたと」

「だれも、逃げ出せなかったか」

「もっとも近い南のタルク帝国へ亡命できた元老もいたかもしれませんが、東へ逃げた元老の眷属《けんぞく》は、ことごとく朔露可汗《かがん》に追討されたものと――」

伝令が上目遣いにルーシャンの顔色を窺《うかが》うあいだ、城塞の主《あるじ》は遠く西の空を凝視したまま彫像のように立ち尽くしていた。太陽が赤みを増して砂丘の地平にさしかかる。ルーシャンは急に思い出したように伝令にふり向くと、軍吏に帰還の報告をして休暇を取るよう命じた。

伝令が退出したあと、窓を閉じて日没とともに忍び寄る冷気を防いだルーシャンは、そっとつぶやく。

「それでも康宇の人間は生き延びるさ。国が滅んでも、都市が滅びたことはない。朔露が地上から消えても、交易都市はそこに在り続ける。おれたちの誰かが戻って再建する。それまで生きて見届けられるかどうかは知らんが」

北の高原に朔露の第一帝国が興る以前から、東大陸の中原に金椛《ジンファ》帝国とその前の王朝が建つはるか昔から、そして、西や南の大陸にいまも連綿と続く古代帝国の神話時代から、大陸の中央に康宇の都はあった。

幾度も戦火に崩れ落ち、騎兵の馬蹄《ばてい》に踏みにじられ、支配者が変わり続けても、必ず再興して東西の物流を支配し続けてきた。康宇国の真の支配者は特定の王族でもなければ暴君でもない。交易という名の、大陸における富の環流を知り尽くした、死の砂漠も大河の奔流も怖れない、歴史にその名を残すこともなく、硬貨にその顔を刻むこともない、流動する無数の勇敢な商人たちであったからだ。

＊　　＊　　＊

童試に合格して、最初に遊圭がやらねばならないことは、成宗謙《せいそうけん》に挨拶《あいさつ》をすることだった。

田舎の資産家を実家に持つ宗謙は、いずれかの寺か名士宅の離れに居候しているのではと、遊圭は想像していた。しかし、住所の覚書を頼りにたどり着いたのは、思いがけなく皇城の片隅に並ぶ、国士太学の用意した学生寮の一室であった。

寮監に呼び出され、階段の上から顔を出した宗謙は、遊圭を見て驚いた顔をした。生成色のこなれた麻の直裾袍《ちょっきょほう》をだらしなくまとった宗謙は、迷惑そうに眉間《みけん》に皺《しわ》を寄せ、衿《えり》を直しつつ下りてくる。

「試験が終わったのか。そのかっこうだと、合格したらしいな」

日も高いうちから酒臭い。受験から発表までは、国士太学の講堂も書院も休みになるので、講義が再開していることも知らずに寮でくだを巻いていたのだろうか。

七年も官僚登用試験の勉強をしていると、中だるみにもなるのかもしれない。

「先だってはどうもお世話になりました。これからもお世話になりますので、どうぞよろしくお願いいたします」

心のこもらぬ口上を添えて礼を正した遊圭は、乾物や団喜《だんき》餅《もち》、煮卵に干し肉を詰め合わせた小行李《しょうこうり》を差し出した。

「ああ」

進物を受け取り、生返事をした宗謙は、遊圭の背後に視線をさまよわせる。

「達玖《タルク》さんは、御自分の用件を済ませてから、迎えに来るそうです。学生さんたちを怖がらせては申し訳ないですから」

用心棒を怖れて及び腰になっている宗謙に、にっこりと微笑みかける。宗謙は唇を歪《ゆが》め、苛立《いらだ》たしげに吐き捨てた。

「武官ごときを怖れていたら、官僚になんぞなれないだろうが。なんだ、乾物ばかりか。

酒はないのか」

「こうした折のお礼については、蔡大人に相談しましたが、酒は勧められなかったのでお持ちしませんでした」

如才なく宗謙にとっても頭の上がらない人物の名を出して、矛先を逸《そ》らす。

贈り物の中身に文句を言い、講義が休みだからといって、昼間から酒を飲んで後輩を相手に酒を無心する人柄が、遊圭はどうにも我慢できない。

これから在学中、下手をすると後輩として一生こんな男に礼を尽くしていかなくてはならないのかと思うと、遊圭は憂鬱《ゆううつ》になる。玄月は滅多に顔を合わせなくなったあとも、意地の悪い土産を置いていくものだと胸の内で嘆息した。

じろじろと遊圭の顔を見おろしていた宗謙は、ふいに興味を覚えたらしい。顎《あご》をしゃくって二階を見上げる。

「まあいい。上がっていくか」

心の底から「結構です」と言いたかった遊圭だが、これからの太学生活を思えば、保証人の社交辞令を初っ端《ばな》から断るのが得策かどうか量りかねた。束脩《そくしゅう》という、師事する教授たちへの謝礼は、縁故のある先輩を通すのが国士太学の流儀であると聞く。

達玖《タルク》が間もなく迎えに来ることを思い、遊圭は宗謙のあとについて階段を上がった。

部屋に通された遊圭は、酒を注《つ》いだ茶碗《ちゃわん》を出されて、反射的に鼻に皺を寄せた。

「酒は飲まんのか」

面倒臭そうに鼻を鳴らした宗謙は、遊圭に出した酒を自分で飲み干し、その茶碗をゆすぎもせずに水差しから水を注ぐ。言葉による挑発や駆け引きならともかく、こうした生理的に受け付けないことに対して、遊圭は嫌悪感を隠し切れない。思わず茶碗から目を逸らし、床や書机の上に積み上げられた竹簡の書籍に視線を向ける。

　宗謙の個室は遊圭の書斎よりも狭く、机の横に寝台という、いつか軟禁されたことのある玄月の質素な官舎を思い出させる。書机と書棚のほかには、小さな榻《とう》がふたつと、食事用と思われる小卓がひとつあるきりで、自室で茶を沸かしたくても焜炉《こんろ》を置く場所もない。こういうところに七年も住んでいたら、向学心も失《う》せるのではないかと要らぬ心配をしてしまう。

　国士の棒給と、三村に威勢を及ぼす実家からの仕送りで、もう少しましなところに住めないのかと思ったが、遊圭は慎重に口を閉ざす。宗謙が狭苦しい宿舎を恥じるようすもないところを見れば、地方から出ている学生には、これが普通なのかもしれなかった。

「おま……君は、妻帯はしているのか」

　いきなり改まった口調に変えた宗謙を、遊圭はきょとんとして見つめ返す。後輩であろうと十歳違いだろうと、国士太学の学生という立場は、官僚登用試験を目指す競争相手という意味では対等ではあった。

「まだですが」

「薬屋はお、君の女か」

「違います」遊圭は即座に否定し、宗謙の言い草を訂正する。

「明薬堂の李《り》明々は、薬食学と医経を修めた薬食師です」

触れたら刺すぞという刺々《とげとげ》しさで言葉を返す遊圭は、自分もまだまだ未熟だなと反省する。しかし腹立たしさを隠していたら胃が痛くなりそうだ。

「女が医経を修めた？」

「わたしの療母は異国人ですが、金椛《ジンファ》語の医経も本草集も読みこなします。機会さえ与えられれば、男に劣らぬ才能を発揮する女性は少なくないのではありませんか。明々は貧しさや羞恥心《しゅうちしん》、家族に対する遠慮から男の医者にかかれない女たちの痛みや苦しみを取り除くために、手習いから始めてついに薬師になったのです」

顎を上げ、立て板に水のように一気にしゃべってしまったのは、宗謙を敬遠するためなのか、明々を自慢したかったのか遊圭にもよくわからない。

宗謙は不愉快そうに鼻をふんと鳴らして、自ら注いだ酒をあおる。

「まあ、どうでもいい。君の保証人になった以上、下手に問題を起こされては俺の成績にかかわってくるからな。まず、そうだな。経義《けいぎ》科の教授の中でも魏《ぎ》道山《どうさん》先生は特に気難しく作法に厳しい、史科の厳啓《がんけいし》師は菜食主義で、束脩は干し肉でなく果物が喜ばれる、それから——」

あっさりと話題を変えて、太学内の注意事項について解説を始めた宗謙に、遊圭は意表を突かれた。ことを構えるべきでない古株あるいは名家の学生や、教授間や学生間における派閥、注意すべき気質の教授への対策といった助言は、遊圭が『問題』を起こせば連帯で呼び出され責任を追及される宗謙にとっては、親切というより本人のための保身なのであろう。

「特に、劉宝生《りゅうほうせい》には気をつけろ。国士太学在学十一年の間、席次は一度も上院から落ちたことはなく、国士太学に籍を置く劉一門の子弟の数も、他の官家に比べると群を抜いている。父親の劉源《りゅうげん》大官は、次の任期には六部《りくぶ》いずれかの尚書《しょうしょ》と目されているやり手だ。宝生は一門の子弟とつるんで学府を闊歩《かっぽ》して、官界と学府における劉家の権勢を見せつけている。やつらの虎の尾を踏んで面倒は起こすなよ」

いろいろとためになる話を聞いたあと、達玖《タルク》と待ち合わせた茶楼へ向かいながら、遊圭は宗謙の態度の変化について考えた。

田舎に帰れば豪邸に住み、妻と妾《めかけ》三人を抱え、多くの召使にかしずかれている郷紳の御曹司とはいえ、成宗謙は都では一学生に過ぎない。進士に及第しない限り、自分の所帯を持つことも叶《かな》わないのだ。最低限の家具と、隙間という隙間に書籍ばかりが積み上げられた寮で、茶を淹《い》れてくれる者もおらず、冷まし湯か冷や酒に甘んじなくてはならないほど、都で学問を続けるのはお金がかかる。

一度は滅せられたとはいえ、名門星家の末裔《まつえい》かつ現皇室の外戚《がいせき》であり、皇城の官邸街からさほど外れてない立地に、こぢんまりとした邸宅を構える遊圭とは、官位だけでなく社会的な身分がそもそも違う。

明々がらみの怨恨《えんこん》をいっとき横に置いて、遊圭との縁故を固めた方が得策であるとの判断だろうか。故郷に帰れば箍《たが》が外れて威張り散らすのも、都会生活の鬱憤《うっぷん》を晴らすためかもしれないが、遊圭に対する態度が都ではがらりと変わるのは、国の政《まつりごと》を預かる官僚を目指す人物としては評価できない。

「おとなって、嫌だなぁ」

遊圭は口の中で呟《つぶや》いて、こういうときに『おとな』は唾《つば》を吐きたくなるんだろうな、と考えた。

秋が深まる中、遊圭の太学生活が始まった。

遊圭の期待に反して、国士太学の羽冠授与式に皇帝の臨席はなかった。礼部《れいぶ》の尚書が祝辞を述べ、国士太学生となった青少年たちに激励を述べる。

かつて遊圭が女医生として受験した、医生官《いせいかん》の羽冠授与式に陽元《ようげん》が出向いたのは、もともとそういう伝統があったのか、初の女医生が誕生したゆえの特例だったのか、だれに訊《き》けば教えてもらえるのかわからない。

ただ、太医署《たいいしょ》に入った者が数年後に医生官から医官へと位を上げても、進士及第ほどには周囲の注目を集めない。医官の位を得ても、就ける侍御医《じぎょい》や博士、地方医官の席は限られている。学位が医生のまま太医署を辞めても、権威ある町医者として開業できることもあり、官界に残らず野へ下る医生も少なくないことから、世間の興味を惹《ひ》かないのだろう。

一方、国士太学に入った者すべてが官僚になれるわけではない。何年国士太学で学ぼうと、最終的に進士に及第して初めて、国士は天子に声を賜る栄誉に与《あずか》るのだ。

新入生の年齢は十四歳から四十代までと幅広いが、二十代後半から三十代後半がその大半を占める。講堂に集まった男たちの幅広い年齢と身分に、遊圭は陽元との賭《か》けに乗って、医生官試験のために通った太医署の講義を思い出す。女装で通っていたときは恐ろしく感じた男子学生の集団だが、自分が同じ制服をまといそのひとりになってみれば、誰もが未知の場所に集められて緊張し、互いの実力を推し量っては根拠もなく萎縮《いしゅく》しているることが実感できる。

新入生と在学生の対面集会で、壇上の挨拶《あいさつ》に立ったのは、劉宝生という三十歳の秀才であった。名前に聞き覚えがあった遊圭は少し考え、成宗謙に警告された名門御曹司のことだと思い当たる。

いかにも何世代も上流に居続けた官家の子息らしく、整った顔立ちに端正な居住まいの青年であった。人当たりのよさそうな笑顔と滑らかな弁舌。在学生の代表として選ばれるほどの学才を匂わせる演説の濃さ。

しかし、引き込まれるような爽《さわ》やかさに、遊圭はむしろ心が引けていく気がした。

——あの笑顔って、作り物っぽい。

成宗謙に先入観を仕込まれたせいではない。自分自身の優れた容姿と、親切な微笑みが、他者に与える影響を知り尽くしたある人物を思い出させたからだ。

入学生の群れに、遊圭は金鶏羽冠を頭に載せた史尤仁《ゆうじん》を見つけた。嬉《うれ》しさに笑みをあふれさせながら近づいて、その縹色《はなだいろ》の袖《そで》を引っ張った。

「遊圭！　合格していたんだね」

尤仁も喜びに満面の笑みを返し、遊圭は百人の味方を得たような気持ちになった。

ただ、残念なことに市井の書院にいたときのように、机を並べて切磋《せっさ》琢磨《たくま》というわけにはいかなかった。

帝国中から集められた秀才たちに交わっての学問は、市井の書院と比べ、水準が格段に上がる。実に、十万を超える全国の童生のなかから、三年に一度選ばれるのは千人のみ。その中でも、帝都宮城内に設置された、定員五百名の上院学舎に受け入れられる童試合格者の数は、上位百人に限られる。

その百人の新入生の、講堂における席順は童試の順位に従う。尤仁は五十位で遊圭は九十七位であったので、あいだに四十六席の隔たりがあった。講堂の真ん中あたりで講義を受けている尤仁の後頭部を、遊圭は最後列の座席から眺めて過ごすのだ。

「よう、星公子」

尤仁と構内を歩いていた遊圭は、突然うしろから声をかけられてふり返った。合格直後の挨拶以来であった成宗謙が、馴《な》れ馴れしい笑みを浮かべて近づいてくる。

遊圭は拱手《きょうしゅ》して丁寧な挨拶を返した。

「成秀才」

「宗謙でいい。御無沙汰《ごぶさた》じゃないか。もう少しあれこれ頼ってくると思っていたが」

気安げな口をききながら、宗謙は尤仁を無遠慮に眺める。

「宗謙殿。右も左もわからない状態ですが、ほかの方々も同じようなので、とりあえず日々の流れを把握できればというところです」

「上院に食い込めるとは思ってなかったが、よくやったじゃないか。まあ、九十番代合格じゃあ、いつ中院に落とされるかわかったもんじゃないがな」

褒めているのか嫌味なのか、どちらにしても好意はほとんど感じられない。遊圭は宗謙との書類上の師弟関係を尤仁に紹介して、その場をやりすごそうとした。

だが、がやがやと宗謙の学友が遊圭の周りに集まり、立ち去りにくい空気になる。

「これが噂の星公子か」

「ずいぶんと可愛い顔をしているな」

「そりゃそうだ。三千寵愛《ちょうあい》の血筋だそうじゃないか」

遊圭と尤仁を取り囲んで囁《ささや》き合う。

遊圭の叔母《おば》玲玉《れいぎょく》は、この秋には女児を出産して、三児の母となった。とはいえ、陽元は皇后の星玲玉だけに夢中なわけではなく、他の妃嬪妾妻《しょうさい》との間にも、順調に子どもの数を増やしている。馬上打毬《ポロ》の試合に必要な騎手数を自分の皇子だけでそろえたいと言いだし、玲玉をあきれさせているという。

『でも、機会があれば、ひとりひとりの皇子にお言葉をお授けになって、母親の身分にかかわらずお心にかけておられるのが、嬉しいことです。係累なき天子としては、それではいけないのでしょうけど。子どもたちにとっては、ただひとりのお父君なのですからね』

出産の祝いに訪問が許されたとき、玲玉はふくふくとした頰に慈母の笑みを湛《たた》えて、後宮の近況を遊圭に話して聞かせた。

外戚族滅法が廃止されてから、わが子が皇太子となっても実家が族滅に遭う心配がなくなった妃嬪とその一族は、自分たちが擁する皇子を陽元に売り込もうと運動を始めている。だが、そうした動きに対する不安をいっさい顔に出さず、他腹の皇子たちの嫡母として努める叔母は、とても腹のすわった女性だと、遊圭は尊敬の念を新たにした。

玲玉に女児が生まれたせいか、陽元は公主にも注意を払うようになったという。後宮にいる七歳以下の着飾った少女は公主と判断して、目につけば呼び止めて名前を訊《たず》ねているらしい。それまで自分たちに興味を示さなかった、後宮唯一の男性に急に名前を訊ねられた公主たちは、それが父親なる人物とわかっていたとしても、さぞかし驚き怖れたことだろう。

「――で、蔡大人から、星公子の合格祝いに観月楼《かんげつろう》に席をもうけていると、招待がきた。酒を飲まない君には退屈だろうが、ありがたく参上すると蔡大人に伝えてくれ」

「観月楼？　高級官僚御用達のあの妓楼《ぎろう》か」

成宗謙の学友たちは、変に甲高い声を出して騒ぎ立てた。

この人通りのあるところで、学友たちの前でわざわざ遊圭を捕まえ、蔡大人の名前を出して、一流どころらしい妓楼の名前をあげる。

皇室の外戚にあたる遊圭に、後輩として礼を尽くされている自分を、宗謙は学友に見せびらかしたいのだ。

不快感を顔に出さないために、遊圭はぼんやりとした微笑を宗謙に向ける。

「このあと蔡大人の邸《やしき》に伺うようにと連絡をいただいておりますが、妓楼の話は聞いていませんでした」

「元服したのだろう？　妓楼くらい通わなくてどうする。現役官僚との人脈づくりも進士及第には重要だぞ」

観月楼などの敷居の高い妓楼は、庶民向けの娼館《しょうかん》とは異なり、官僚にとっては女を買う場所というよりはむしろ社交場でもあった。

「そうですね。蔡大人のご指図なら、深いお考えあってのことでしょう。そのような場所に上がるのでしたら準備が必要ですね。わたしの家は遠いので、ここで失礼します」

作法も正しく、師弟関係にある先輩に対する礼をこなすと、遊圭は尤仁《ゆうじん》を促して宮城の通用門へと向かった。

「遊圭って、有名人だったんだね」

尤仁は素直な驚きを口にする。

「有名かどうかはともかく、叔母さまが今上帝の後宮に上がって寵愛を受けているから、良くも悪くも注目はされているだろうね。宗謙さんの学友には、亡くなった兄さまの同窓生もいるだろうから、わたしの顔を覚えているひともいるかもしれない」

「僕はまた、とんでもない人物と知り合ったものだな。どうして話してくれなかった？　僕はきっと、君にずいぶんと無礼な口をきいてしまったのではないか」

遊圭は飛び上がるほど驚いて、足を止めた。

「とんでもない。君とわたしは互いに一介の童生同士だったし、いまは入学したての太学生だ。いままでも、そしてこれからも対等に付き合っていけるゆ――」

遊圭はそこで急に咳《せ》き込んで、深呼吸を入れた。

「その、わたしの友人になってくれないか。わたしは、友人というのを持ったことがないので、こういうときの流儀がよくわからないのだけど」

尤仁《ゆうじん》は驚きに目を丸く見開いて、目が乾いてしまうのではないかというほどじっと遊圭を見つめてから、恥ずかしそうに微笑む。

「もちろんだ。光栄だよ」

尤仁は潤んだ瞳《ひとみ》を隠すように、両手で顔をこする。

「安寧坊《あんねいぼう》の書院では、顔立ちや訛《なま》りがおかしいって笑われて、都で友達ができるのはあきらめていたけど、遊圭のような都人もいるんだって知って嬉しかったよ。本音をいうと何度もくじけそうになってたけど、君のお蔭《かげ》で太学でもやっていけそうだ」

遊圭は喜びに文字通り舞い上がった。玄月を伴友と呼び命を預ける陽元と、陽元のために命懸けで行路のない砂礫灘《されきなだ》を越えた玄月の、そこまでの絆《きずな》ではないにしろ、気も合えば話も合う同性の友人が、遊圭にもようやくできたのだ。

「尤仁、いまからうちに来ないか。君との友誼《ゆうぎ》を記念して、趙婆《ちょうば》にごちそうをつくってもらおう！」

咳き込みながら家に誘う遊圭に、尤仁は困惑の笑みを返した。

「でも、君はこれから蔡大人とかいうひとの家に行くんだろう？　妓楼で合格祝いを準備してくれるなんて、きっとすごい名士なんだろうね。失礼があってはいけない。君の住む福安坊《ふくあんぼう》はここから距離があるから、この陽気では家に着くころには汗をかく。身支度に湯浴《ゆあ》みの時間も考えれば、いますぐ帰るべきだ」

ひとつ年上の落ち着きを見せる尤仁に背中を押されて、遊圭は不承不承そこで別れた。

八、月下の薔薇《ばら》

遊圭が金鶏羽冠をつけて街を歩くようになってから、用心棒は必要がなくなった。官位を持つ者に難癖をつける与太者はいないからだ。国士太学《こくしたいがく》の制服と冠に挿した金鶏の尾羽を見れば、誰もが道を譲り、茶楼に入ればどんなに混んでいても特上の席が用意される。

最近では達玖《タルク》と遊圭が顔を合わせるのは、朝の鍛錬と食事時くらいとなっていた。達玖は鳩の世話をしていなければ、外出していることが多くなっていたものの、この日はたまたま家にいた。妓楼で入学祝いの席があると聞いた達玖は、顔いっぱいに意味深な笑みを貼り付けた。

「達玖さんもご一緒しますか」

「地方の下っ端武官が同席できるような場所じゃありませんよ」

ひとりで行くのが不安な遊圭は、無意識にすがるような目で誘ったが、達玖はにやにやしながら軽く受け流す。

不安に押しつぶされそうになりながら、儀礼用の絹の縹袍《はなだほう》に袖《そで》を通し、鏡をのぞき込んで冠の位置と金鶏羽の角度を確かめる。

「御武運を！」

使用人一同には意味不明な激励の言葉で見送られ、遊圭は蔡大人《さいたいじん》の邸《やしき》へと向かった。

蔡大人に用意された輿《こし》で連れていかれた妓楼は、後宮を連想させるほど豪奢《ごうしゃ》な建物で、調度も宮殿に劣らず格調高いものが並んでいる。

同行する成宗謙《せいそうけん》は、こうした場は初めてらしく、目玉が飛び出るほどあたりを見回し、小さく開けた口を閉じることも忘れている。取次ぎに出てきた女童《めどう》を妓女と勘違いして、にやけてしまいそうな顔を真面目に保つことに必死になっていた。

脂粉《おしろい》の香りや薫香は、遊圭にとってはむしろ懐かしさを感じさせるせいか、あまり緊張はしなかった。三階建ての楼閣が、馬上打毬《ポロ》のできそうな広さの風光明媚《めいび》な中庭を囲んでおり、これも遊圭には後宮の安寿殿《あんじゅ》を思い出させた。三つの池をつなぐ五本の川には太鼓橋がかかり、美しく着飾った妓女や、紳士貴顕と思《おぼ》しき緋衣《ひい》や緑衣の官服をまとった男たちが戯れている。

　蔡大人について歩く遊圭は、緋の官服に金帯を締めた二人連れの客と、それを取り巻く数人の妓女とすれ違った。鼻腔《びこう》をくすぐる白檀《びゃくだん》の香りとともに、妓女のひとりが視界に入った遊圭は、反射的にふり返って背後にいた宗謙とぶつかりかけた。

「おい、どうした。好みの妓女でもいたか」

　自らもふり返って遠ざかる男女の後ろ姿を眺めた宗謙は、卑し気な笑いを口の周りに浮かべて遊圭をからかう。

「遊圭はああいうのが好みか。めったに拝めない美形だが、背が高すぎるし、痩《や》せていて旨味《うまみ》はなさそうだ。やめとけ」

「いえ、好みとかではなくて、見覚えがあった気がして――」

　ぼそぼそと口ごもりながら、遊圭は蔡大人の横顔をちらりと見た。福来神の彫像を思わせる福々しい頬に、曖昧《あいまい》な微笑を浮かべて先へ進む蔡大人の表情からは、なにも読み取れない。

　――蔡大人は気がつかなかったのかな。まあでも、いろいろ事情があるんだろうし。わたしには関係ない。

遊圭はそう思い直し、通された広間に足を踏み入れた。

部屋にはすでに数人の客が来ていた。そのひとりは蔡大人の弟で刑部の次官、蔡侍郎《さいじろう》であった。

遊圭は素早く拱手《きょうしゅ》を掲げ、最上級の礼を捧《ささ》げる。

「いつかは大変お世話になりました。加冠の儀にも菊を贈っていただきまして——」

「その礼はもう受けている。今日はそなたの祝いの日だぞ、遊圭君。誰にも頭を下げる必要などない」

遊圭は恐縮しながら楼主に勧められた席につく。蔡侍郎は成宗謙にも鷹揚《おうよう》に声をかけ、遊圭の保証人になってくれたことを感謝した。

「わしが保証人になるには、いろいろと柵《しがらみ》があってな。四品以上の者が後ろ盾にいると思われると、試験に不正や依怙《えこ》贔屓《ひいき》を疑われて、かえって星公子には不利になってしまうのだよ。兄さんはよい人間を保証人に見つけてくれた」

そう言いつつ、蔡侍郎は漆塗りの小箱を両手で恭しく持ち上げ、成宗謙に差し出す。

箱の中には紅葉《もみじ》の描き込まれた金杯が鎮座していた。

「成宗謙どのには、義理の甥《おい》の学業成就に、お気を揉《も》んでおられる畏《かしこ》きあたりからも、謝意を預かっている。非公式なものなので、他言無用ではあるが。納められよ」

宗謙のいつもは尊大な体が、二寸は縮んでしまったかのように恐縮して杯を受けとる。一滴の酒も口にしていないのに、顔を真っ赤にして震えながら、下賜品の杯がいまにも熔《と》けてしまいそうな灼熱《しゃくねつ》の銅滴かなにかのように捧げ持って、途方に暮れていた。

皇帝より賜った杯を納めた箱を手に、固まってしまった宗謙をよそに、蔡侍郎は同席者を遊圭に紹介した。ここに集まった刑部《けいぶ》、礼部、吏部《りぶ》に属する中堅から高位の官僚は、国士《こくし》太学《たいがく》時代より遊圭の父親と親交のあった人々であった。

「星大官の令息の前途に」

「星家の再興に」

ひとりが自己紹介をするたびに杯が回り、遊圭の将来に祝いの言葉を贈ってくれる。

「星大官は、名門出の進士でおられながら、学生時代も、官界に入ってからも、われら郷紳出身の官僚にも隔たりのない付き合いをなさるお方であった。惜しい方だった」

蔡侍郎は沈んだ声で死者を悼む。星大官よりは十歳は若い、かつては部下であったと思われる客が袖で目頭を押さえる。

「蓄財に励むために実入りのいい地方官を渡り歩く官吏や、中央における出世に血眼な輩《やから》とは違い、星大官は工部《こうぶ》の官職を歴任して技術者の意見に耳を傾け、都の造営と設備の充実に、とても尽力なさっていた」

行政を司《つかさど》る官僚が現場に足を運んだり、専門の技術者に詳しい説明を求めたりすることはあまりない。刑部では司法と法律、工部では土木や建築の知識、財政を司る戸部《こぶ》では経済の専門知識が必要なのだが、各部署での任期が限られている現在の制度では、専門職の官僚が育ちにくい。そして、ひとつの部署の専門家となってしまった官僚は、周囲から一段低く見られ、出世が難しくなる。

そのような状況で工部の官職にこだわり続けた遊圭の父親が、四十代で侍郎まで登れたのは、名家の出であり、恩蔭《おんいん》によって進士及第時に他の者より高い官位を既に得ていたからだ。

遊圭は、その気になれば宰相の地位をも目指せたであろう父親が、工部という華やかとはいえない業務に、官僚人生のほとんどを注ぎ込んだ理由を知ることは、もはやない。

「母屋《おもや》の書斎に入ることを許されたわたしは、新区画の設計図を見ながら、父の膝《ひざ》の上で都造りの話を聞くのはとても好きでした」

父親は、政治家よりも専門職に向いていたのだろう。家門の期待を背負って官僚になったのちも、自分の好きな分野の学問に打ち込み、社会の役に立つことはできる。

父親という見本が、物心つく前からそばにいて教えてくれたのに、いまごろになって気づくとは。

遊圭は自分の知らない父親の学生時代の話を、目の前に並べられた珍味酒肴《しゅこう》に箸《はし》もつけずに聞き入った。こらえても滲《にじ》み出る涙が頰を濡《ぬ》らす前に、何度も袖で目を押さえる。

やがて酒が回った客人たちは、流行りの詩を吟じたり、即興で作った詩を批評し合ったりする。さらに妓女《ぎじょ》を招かせて舞や楽を所望するなど、祝いの宴《うたげ》にふさわしい空気が盛り上がっていった。

杯が回されるたびに、形だけ杯の縁に唇をつけていた遊圭だが、舐《な》める程度の量でも回数を重ねればさすがにいくらかは口に入る。甘く香りの高い酒ではあったが、遊圭は慣れない浮遊感と火照る頰を冷ますために、宴を中座して厠《かわや》に案内してもらった。

達玖《タルク》や宗謙が期待していた妓楼遊びとは違っていたようだが、遊圭にはありがたい。官僚のなかにいまでも亡父に心を寄せるひとがいて、遊圭が生還したことを忌憚《きたん》なく祝ってくれる赤の他人がいた。

まぶたを冷やし、気持ちを落ち着かせてから遊圭は厠を出た。が、右も左も同じような妓楼の内装に、自分がどこから来たのかすら思い出せず立ち往生する。案内の女童や僕童は見当たらない。

数滴の酒で酔った気分はすっかり吹き飛び、きょろきょろとあたりを見回していると、背の高い妓女の後ろ姿が、奥の階段を上っていくのが見えた。遊圭は無意識にあとについて行きそうになり、慌てて足を止める。

――かかわり合いになったら駄目だ。おかしなことに巻き込まれたら困る。『李下《りか》に冠《かんむり》を正さず、瓜田《かでん》に履《くつ》を納《い》れず』。いや、この場合は違うか。『君子危うきに近寄らず』――

ぶつぶつと己に言い聞かせながら、とにかく妓女の行ったのとは反対の方向に歩きだす。見覚えのある回廊に出たはずであったが、個室や広間に掲げられたどの扁額《へんがく》にも見覚えがなかった。

気がつけば外は日暮れ時である。遊圭は焦りだした。そろそろ帰らねば坊の門が閉まって家に帰れなくなる。

帝都では治安維持のために、夜間に街を歩き回ることは禁じられている。捕まれば刑罰の対象になるが、官人の身分ならば笞刑《ちけい》は免れる。とはいえ成績に響くことは確実で、入学したばかりで捕吏《ほり》に捕らえられては不名誉な処分は免れない。

ようやく料理を運んでいた小者を見つけて近寄り、蔡大人の名前を出して案内を頼む。下りた覚えのない階段を上り、連れていかれた部屋の扁額は記憶と違うものだった。遊圭が間違いを指摘する前に、小者が中に声をかけた。

「お客様がお見えです」

遊圭は困りきったものの、とりあえず間違いを謝罪すべく、促されるままに中に踏み入れ——ようとした足が凍りついた。低い背もたれのある、片方の肘《ひじ》掛《か》けの高くなった寝椅子型の榻《とう》に、くつろいだ姿勢でこちらを見上げる妓女を見たとたんに、遊圭はそのまま回れ右をして妓楼自体から逃げ出すことを考えた。

金椛《ジンファ》の後宮に二年、夏沙《かしゃ》の後宮に半年もいた遊圭は、普通の美姫《びき》から絶世の美女まで見慣れていた。しかし、いま目の前にいる妓女は、もともと端整な目鼻立ちにほどこした艶《あで》やかな化粧が、人間離れした美貌《びぼう》に輪をかけていた。秀でた白い額に描かれた、小さな真紅の花鈿《かでん》は可憐《かれん》な睡蓮《すいれん》を模したものだが、その下の双眸《そうぼう》はただひたすらに冷淡に、突然の闖入者《ちんにゅうしゃ》をじっと見つめている。

「また余計なことに、要らぬ首を突っ込みに来たのか」

赤く塗られた唇から吐き出された、独特の透き通った低い声に、緊張で固まっていた遊圭の体がほぐれる。むしろどうして玄月《げんげつ》が妓女に化けてこのような場所にいるのか、訊《き》きたいのは遊圭のほうだ。

「いえ、蔡大人のお招きで宴《うたげ》に出ていたのですが、用を足しに出たら迷って戻れなくなっただけです。蔡大人の名前を出したらここに案内されました。ところで、お取込み中のところを邪魔して申し訳ありません。すぐに退散します」

「今日の仕事は終わった。今夜はもう誰も来ぬ。酒で喉《のど》が渇いたのなら、そこに冷ました湯がある」

玄月は手にしていた煙管《キセル》で、卓の上の茶器と水差しを示した。

仕事といっても、玄月がこの妓楼で客を取っていたわけではないことくらい、遊圭には推察できる。どこから見ても絶世の美女に仕上げた化粧は完璧《かんぺき》で、衣裳《いしょう》にも高く結い上げた髪にも乱れはなく、何本も挿した金銀の簪《かんざし》も歪《ゆが》んでいない。高官の出入りする妓楼に女装して入り込んでいるということは、東廠《とうしょう》の秘密任務なのだろう。

かかわってはいけない。

「いえ、そろそろ蔡大人に暇《いとま》をお願いするところでした。ゆっくりしていたら、日が沈んで坊門が閉まって帰れなくなります」

踵《きびす》を返そうとした遊圭は、麻勃《まぼつ》の香りを嗅《か》いだ。玄月の手元で煙を燻《くゆ》らせる煙管に目を向ける。

「麻勃を、吸っておいでですか」

喘息《ぜんそく》持ちには発作を和らげ、痛みの激しい疾患や重傷を負った患者には鎮痛薬になる麻勃だが、健康な人間には判断を誤らせる高揚感や、強い酒に似た酩酊《めいてい》をもたらす生薬だ。体質に合わなかったり、量を過ごしたりすれば副作用もある。

「どこか、お悪いのですか」

先年の激務がたたって、ひと月の静養を必要としたくらいだ。まだ回復しないまま無理をしているのではないかと、遊圭は榻の肘《ひじ》掛けに近づいた。

玄月は、扉の前に立っていた小者を招き寄せ、手間賃を与えて何事か囁《ささや》いた。小者が出ていくと、遊圭へと視線を戻す。

「この麻勃に、ひとの胸の内をさらけ出させる効用があると言ったのはそなただろう。さっきまでこれを使って口の堅い吏部の高官を接待していたのだが、くだらぬ冗談ばかり言って効いたようでもなかった。偽物でもつかまされたのかと試しているところだ」

「効き目には、個人差がありますから。産地によっても効能が微妙に違いますし」

麻勃を吸って高揚しているときに誘導尋問をされれば、内心を吐露せずにいることは難しい。だが麻勃が曝《さら》け出すのは陰謀や秘密だけとは限らない。その吏部の高官が理性をもって内側にため込んでいたのは、ひとに言っても笑ってもらえないような、くだらない冗談ばかりだったのかもしれなかった。

遊圭の見ている前で、玄月は煙管の吸い口に紅い唇を当てて煙を吸い込み、ゆっくりと吐き出す。漂ってきた煙の臭いを嗅いだ遊圭は、それが極上品ではないにしろ、偽物でないことはわかる。

正常な状態であれば、偽物であろうと酩酊効果のある薬物を、玄月が遊圭の前で試すはずがない。吏部の高官とやらを接待したときに、玄月もいくらか吸ってしまったのだろう。無意識に吸い込んだ麻勃の煙によって、無謀かつ楽観的な好奇心が引き起こされ、正常な判断力を失いつつあったところへ遊圭が迷い込んできた。

麻勃が玄月にどのように作用するのか、遊圭は好奇心を抑えられずに近くの榻に腰を下ろした。玄月の衣裳に焚《た》き込まれた白檀《びゃくだん》の香と、燻《いぶ》る麻勃が混ざりあった、なんとも形容のし難い空気を吸い込むことのないように、遊圭は袖《そで》で鼻と口を覆った。

「東廠のお仕事ですか。でも、陛下は玄月さんが女装までして間諜《かんちょう》の仕事をなさっていると、御存知なのですか」

東廠の主な仕事は内部調査だ。その調査対象は外臣たる官僚と、内臣である宦官《かんがん》の両方の官衙《かんが》すべてに及ぶ。東廠の宦官たちは、帝国の獅子《しし》身中の虫を焙《あぶ》り出し排除する、皇帝の耳目であり手足であり、そして懐の刀であった。

「東廠において私に与えられた任務を、どのように果たしているか、大家《ターチャ》がお知りになる必要はない」

後宮で実務の官吏をしていたころから鍛錬に励み、立ち居振る舞いから発声にいたるまで、失われた男性性を保つ努力をしてきた玄月だ。それが、少年のころは後宮の妃嬪らのおもちゃとして、生き人形のように女装させられ、もてあそばれた通貞時代を思い出させるような仕事を与えられているとは。

なぜか自分の胃がじくじくと痛むような気がして、遊圭は抗議じみた声を上げた。

「玄月さんは、それでいいんですか」

玄月のゆるやかな弧を描いた眉《まゆ》が上がる。

「東廠は皇帝直属の機関だが、大家《ターチャ》のお気に入りと目される一部の宦官が、恣意的《しいてき》に組織を回すようでは全体の業務に支障が出る。多少の特権に恵まれ、ひとより早く出世したからといって、何もかも自分の思い通りになるわけではない。無理を通せば必ず反動がある」

玄月が理不尽な任務を負わされていることに義憤を表明したつもりが、逆に説教をされてしまった。

東廠に幹部として異動した玄月は、陽元の幼馴染《おさななじみ》であり、寵臣《ちょうしん》の息子という理由で、古参の宦官たちとの避けられない軋轢《あつれき》に日々直面しているのだろうか。後宮の女官たちを籠絡《ろうらく》してきた美貌と笑顔、そして耳に心地よいお世辞は、叩《たた》き上げの宦官たちには通用しないのかもしれない。

妓女《ぎじょ》を装って妓楼に潜伏しろと上司に命じられれば、玄月の早すぎる出世を妬《ねた》む者たちとの摩擦を避けるために、唯々として従わなくてはならないのが、宮仕えというものかもしれなかった。

命がけの砂漠越えを繰り返し、危険地帯を駆け抜け帰還し、帝国を救った希代の忠臣を祖国で待っていた待遇がこれかと、遊圭はやるせない腹立ちに唇を噛《か》んだ。

さらに一服の煙を吸い込んだ玄月は、納得がいかず顔をしかめる遊圭に苦笑する。

「勘違いするな。この部屋に来る客は、妓女を買いにくるわけではない。私は話を聞くだけだ。宦官と官僚は特別な場合を除いて、公私の場で会うことが禁じられているのは、そなたも知っているな？　しかし、猟官のために皇帝や皇族の近侍宦官に取り入ろうとする官僚は後を絶たない。必要となれば接触する方法はいくつかあるが、私は表では顔が知られているので、ここの妓女、松月季《しょうげつき》の名で指名してくる官僚と会う。有能だが芽の出ない中堅以下の人材を大家《ターチャ》にお勧めできる上に、官界の人脈も広げられる。李徳《りとく》や紅椛《ホンファ》党の残党も、ここで得た情報をもとに調べ上げ、虱潰《しらみつぶ》しに取り除いてきた」

麻勃が効いてきたのだろう。いつもの玄月より饒舌《じょうぜつ》といえなくもない。ときおり煙に咳《せ》き込む玄月の声からは、落ち着いた低さも消えている。変声期前の少年のように高く澄んだ、そして同時に妙に年老いたさびを含んだ声。

かつては神童ともてはやされ、童試を記録的な若さで合格し、宰相の位さえ一門に期待されていた玄月が、いまは宦官に落とされて、妓女に扮装《ふんそう》し外廷で出世街道を進んでゆく官僚たちの接待をさせられている。

もちろん接待は口実で、互いに足を引っ張りあう官僚たちの密告を受け付け、あるいは調査対象の秘密を探り出し、その足元をすくうか、猟官の請願を受け付けるかは玄月の腹ひとつなわけであるが——怜悧《れいり》な美貌《びぼう》の奥にある内心の葛藤《かっとう》は、遊圭には理解も想像もできない。

ただ、もし自分が同じ立場だったら、とてもたまらないと遊圭は思った。

胸にわだかまり、喉を塞《ふさ》ぐ重たい塊を、麻勃には一時的にでも溶かして夢も見せない眠りをもたらす効用があることを、遊圭は臨床例から知っている。ただ、翌日は頭痛と倦怠《けんたい》感でどうにもならないのだが。

「わたしの喘息《ぜんそく》薬の麻勃は、天竺《てんじく》産の極上の品を取り寄せています。副作用も他の産地のものに比べて、あまりないといいます。そちらの麻勃とは少し香りが違うようですが、比較してみますか」

遊圭は懐の薬籠《やくろう》から麻勃を取りだして、小卓のきれいな皿に置いてほぐした。発作を起こしたときに、水がなく丸薬が呑《の》みこめないときの緊急用に持ち歩いているものだ。最近は発作そのものが減ってきたのと、麻勃の香りが苦手なこともあって、使う前に香りが落ちたり黴《かび》がついたりして無駄になってしまうことが多い。

煙管《キセル》に麻勃を詰める間、遊圭は玄月に水を飲むように勧める。

渡された水を飲みながら、玄月は興味深そうに遊圭の麻勃と、東廠が仕入れてきた麻勃をつまみ上げて見比べたり、においを嗅いだりした。子どもが珍しい昆虫を見つけてきたような、素朴な好奇心を表に出す玄月に、遊圭は東廠の麻勃が偽物ではないことを確信した。

煙管に詰め込んだ麻勃に遊圭が火をつける間、玄月はうっすらと微笑んでいるように

見えた。渡された煙管に紅を引いた唇を寄せて、ためらうことなくゆっくりと煙を吸い
込んでいく。まちがいなく酔っている。
「確かに、違うな」

常に玄月の周囲に張り巡らされている、爪の先まで緊張した空気が、麻勃の煙ととも
に消えていく。何本もの簪《かんざし》から下がる、金銀の無数の花びらがじゃらりと音を立てた。
筋肉が弛緩《しかん》していく自覚もなく、けだるげな仕草で榻《とう》に横たわった玄月が、肘掛《ひじか》けに頭
をもたせかけた音だ。眠たそうにおりてゆくまぶたの下の、穏やかな瞳《ひとみ》は焦点を欠いて
いる。

いきなり理由もなく笑いだしたり、くだらない冗談を垂れ流したりする玄月を見たく
はなかったが、無防備に眠り込まれてしまうのも対処に困る。

「お休みになるなら、簪は取った方がいいですよ」

聞こえてはいるらしく、玄月は片手を頭に伸ばしたが、簪には届かない。寝返りを打
った拍子に頭に刺さるということはないだろうが、その気になればひと一人殺せる武器
にもなるしろものだ。心配になった遊圭は肘掛けに近づいて、簪を一枝ずつ抜きとって
卓の上に並べた。

「すまんな」

それが地声なのか、子どものような声で素直に謝意を述べられて、遊圭は戸惑った。
遊圭はごくりと唾《つば》を呑みこんで、呼吸を整えた。そっと息を吸い込んで問いかける。

「玄月さんの望みは、なんですか」

玄月は薄目を開けてふっと笑みを浮かべた。

「大家《ターチャ》の御代が、平和であることか――」

麻勃の影響下では嘘はつけないと言われている。玄月の無私と忠誠心は本物であると、遊圭は認めざるを得ない。

「玄月さんにとっては、主上《しゅじょう》がなによりも大事ですか」

「そうではない」

即座に、そしてあまりに明確に否定されたので、遊圭は言葉を失う。

「大家の治世が盤石《ばんじゃく》にならないと、いつまでも、小月《しょうげつ》を迎えられない」

柔らかな声音で語られた小月とは、いったい誰のことだと思った遊圭だが、聞き出すべきかと迷っているうちに、玄月は煙管を床に落とし、大儀そうに眼を閉じた。

麻勃の効果はひとそれぞれだが、玄月は朗らかになる前に眠くなってしまう体質のようだ。こうなってしまうと麻勃も自白剤としては役には立たない。

しかし、玄月の聖域に土足で踏み込んでしまったと直感した遊圭は、これ以上の尋問をためらった。

「お眠りになる前に、水を飲んだ方がいいですよ。麻勃は量を超すと、頭痛や吐き気を引き起こしますから」

枕元まで水を運んで話しかけても反応がない。蔡大人の名で借り切った部屋なら、このまま朝まで眠ってしまっても玄月には問題がないのだろう。遊圭は衣架《いか》にかけてあった深衣を玄月の肩にかける。

「わたしが敵になるかもしれない心配は、なくなったんですか。寝首をかかれても知りませんよ」

応《いら》えはない。玄月の呼吸は浅く、規則正しい。

千載一遇の機会である。

先ほど玄月のために感じたささやかな同情と小さな義憤を横に置き、遊圭は勇気を出して、眠ってしまった玄月にこれまでの腹立ちをぶつける。

「どうして成宗謙を保証人に推したんですか。蔡大人に手を回したのが玄月さんだって、知ってるんですよ。宗謙は性根の腐った、品性に欠ける大少爺《どらむすこ》の典型です。地方出身にもきちんとした郷紳や秀才はいっぱいいますから、こんな言い方は嫌なんですが」

相手が素面《しらふ》のときには不満をぶつける勇気のない自分を情けなく思いつつ、遊圭はとりあえずすっきりして立ち上がった。

眠っていたはずの玄月が薄目を開ける。

「あれは小人《しょうじん》だ。目障りだからといって取り除こうとしても、郷紳は眷属《けんぞく》が多く、郷内の役人にはほとんど成家の息がかかっている。禍根を絶つのは難しい。恨みを晴らすよりも、恩を売って取り込んだ方がいずれ駒として使える。金杯を賜った以上、成は二度と明々《めいめい》を煩わすことはないだろうよ」

遊圭は「あ」と口を小さく開いたまま、何も言い返せなかった。玄月に正気が残っていたことも驚きであったが、成宗謙との確執が禍根にならないよう、陽元にまで手を回していたことに、感謝よりも困惑が先に立つ。

「あの、配慮してもらって、ありがとうございます」

玄月は口元にほのかな笑みを浮かべてまぶたを閉じた。麻勃でさえ玄月を陽気にするのはこれが限度かと、遊圭はかすかな感動を覚えた。

「玄月さんには嫌われているような気がしていたので、嫌がらせかと思いました」

礼を言ったあとに捨て台詞《ぜりふ》を吐いてしまう自分の狭量さに、ますます彼我の器の差を思い知らされる。これ以上の墓穴を掘るまいと、踵《きびす》を返す遊圭の背中に、眠たそうな声が応える。

「それもある。好ましくない相手に本心を悟らせず、使いこなせるようになれば、そなたも官界で生き延び、大家《ターチャ》のお役に立てることだろう」

それから小声で何か言ったようだが、遊圭ははっきりとは聞き取れなかった。

やっぱり嫌がらせもあったのかと思えば苛立《いらだ》たしく、好ましくない人間だと言明されれば傷つきもし、そしてやたらと荒く使いこなされてきた遊圭だ。つくづく玄月とは距離が必要であると思い知った。

廊下に出て、とりあえず右へと足を踏み出したとき、目の前に蔡大人が立ちはだかっていたことに仰天した。喉元《のどもと》までせりあがってきた悲鳴を呑みこむ。

「初めての場所で、やはり迷っておいででしたか。お泊りいただけるお客様はともかく、お帰りになる大官のお見送りに間に合ってよかったです。さあ、こちらへ」

「迷ったので蔡大人の名を出したら、この部屋に案内されたのですが――」

「蔡姓の者は少なくないですからな。これだけ大きな妓楼に遊びに来る同姓のお大尽がいたとしても不思議はない。次からは間違われぬよう、わしの字《あざな》と商号も出されればよろしい」

「そうですか。わかりました」

素直にそう答えた遊圭であったが、蔡大人は遊圭がこの部屋にいるのを知っていて、廊下で待っていたことは疑う余地がない。蔡大人が遊圭を玄月に会わせるためにこの部屋を手配したことを、遊圭は確信していた。

――成宗謙を使いこなせるようになれと、それを言うためだけに、玄月はあの部屋でわたしを待っていた？

この日の祝宴が、どれだけ純粋に遊圭の入学を祝うためのものだったのか。

立ち去り際の、玄月のもらしたつぶやきの断片が耳に残る。思い出そうと意識を集中すれば、記憶の底からいくつかの語句がひとりでに呼び起こされ、欠けた部分を埋めていく。

富貴も淫《いん》する能《あた》わず
貧賤《ひんせん》も移す能わず

完成された文章は、遊圭の耳の底でいつまでもゆらゆらと漂う。

【富に溺《おぼ》れ乱れることなく、貧しさに志の変わることなく】

遊圭はふり返って、もはやどこにあったのかもわからない部屋へと向けて、口の中でその続きをつぶやき返した。

「威武も屈する能わず。此《こ》れを之《こ》れ大丈夫と謂《い》う」

——威圧にも暴力にも膝《ひざ》を屈することのない者こそが、真の男子たりえる——

麻勃によって開かれた玄月の胸の内がそれでは、どうにも救いがない。遊圭は麻勃の残り香でさえ消すことのできない、やりきれない思いを抱えて妓楼をあとにした。


都の城門の閉門を知らせる太鼓の音に追われるように、遊圭は帰宅を急ぐ。太鼓の音調が変われば、次は区画ごとの坊門が閉まり始める。自宅のある福安坊の門を駆け抜けたときには、すっかり息が上がっていた。立ち止まって呼吸を整える遊圭に、顔見知りの門番が気安い声をかけた。

「星公子も夜遊びなさる御身分におなりですか。お出かけ前にひとこと言って下されば、通用門を開けておきましたのに」

羽冠を戴《いただ》く身が小間使いのように走るなんぞと、笑いながら水を差しだす。受け取った水をひと息で飲み干した遊圭は礼を言った。

「でも、決まりは決まりだからね。官位にあるものが率先して掟《おきて》を撓《たわ》めては、示しがつかないよ」

「ははぁ。でも、清すぎる水に魚は棲《す》めないっていうじゃないですか」

「やむを得ない事情で遅れる者もいるだろうし、わたしだって臨機応変は否定しないよ」

すでに日は暮れて、あたりはすっかり暗くなっていた。親切な門番に提げ灯籠《どうろう》を借りた遊圭が帰宅すると、表の小広間では居候と使用人たちの宴会が盛り上がっていた。

「おぼっちゃま！　なんでまたお帰りなんですか」

「わたしが自分の家に帰ってきて何がおかしい。なんだこの馬鹿騒ぎは。趙婆《ちょうば》はどこだ」

主人の突然の帰宅を知らされた趙婆が、厨房《ちゅうぼう》から転がり出てきた。

「お祝いですよ！　おぼっちゃまの、金鶏羽冠をお授かりになって、妓楼にお泊りになって、一人前の男子におなりになったお祝いをみんなで――」

「何を以《も》ってわたしが一人前の男子となりえるか、お前たちが決めることじゃない！」

声に怒気をはらんだ遊圭の叱責に、小広間は一瞬にして静まり返る。みなの反応と、自分自身の口から迸《ほとばし》った言葉に一番驚いたのは、遊圭自身であった。しかし、ここで腰が引けてはいけない。

「わたしが国士に進んだことを、みなが喜んでくれたのは嬉《うれ》しく思う。今夜は宴《うたげ》を続けてよい。だが、今回限りだ。今後はわたしの許可なくこの邸《やしき》での宴会を禁じる」

悄然《しょうぜん》とする家属らを前に、遊圭もまた居心地の悪さをもてあました。これまでは使用人のほぼ全員が親子ほど年が離れていたこともあり、あまり強く出たことのない遊圭だったが、そのやり方を改める時が来ていた。

「これからのわたしは公人だ。いつ、どこからどのような客やお遣いが来てもいいように、家の中に乱れがあってはならない。もしもわたしの留守中に禁城から勅使が遣わされて、このようなどんちゃん騒ぎを見られでもしたら、公におけるわたしの立場がどうなるか、お前たちにも想像がつくだろう。今日からわたしのことは『大少爺《おぼっちゃま》』ではなく、『大家《ターチャ》』と呼ぶように。わたしとともに星家の再興を宿願とするものは、態度でそれを示してくれ」

使用人たちの中ではもっとも古株の趙爺《ちょうや》と趙婆が前に出て、不始末を詫《わ》びた。このふたりが主導してやったことは明らかであったが、族滅から今日までなにひとついいことのなかったかれらの来し方を思えば、遊圭のもたらしたささやかな栄光を我が事のように喜んで羽目を外したことを、あまりきつくも叱れない。

「大家——なんて、御立派に」

感極まって泣き出す趙婆のうしろに、みなが集まって口々に謝り、星家への忠誠を誓う。遊圭は気恥ずかしさといたたまれなさに奥へ逃げ込みたかったが、生真面目な顔とまっすぐ正した姿勢を最後まで保ちきった。

「趙婆、わたしが湯を使っている間に書斎に灯と墨を用意してくれ。蔡大人が妓楼《ぎろう》の宴に招いた客人たちへ、礼状を認《したた》める。明日中に届けなければ、礼を失するからね」

遊圭は、おのれの一声に家の者たちが従ったことに、ようやく星家再興の途についたことを実感し、気持ちを引き締めた。

＊　＊　＊

暁闇《ぎょうあん》から辰《たつ》の刻（午前八時頃）まで行われた、重臣相手の視朝を終えた陽元は、朝食と着替えのために内廷へ戻る。司《し》礼太監《れいたいかん》の陶名聞《とうめいぶん》が進み出て、陽元の頭から玉冠をおろし、玉簾《ぎょくれん》を整えて台座に置いた。

その恭しい動作を眺めつつ、陽元は嘆息した。

「年寄りどもは、朔露《さくろ》軍の侵攻をまったく問題にしていない。イナール王が暗殺もしくは戦死し、夏沙《かしゃ》国がもはや西の防壁とはなりえぬ事態となっているというのに」

「戦のない世が三世代も続けば、それが永遠に続くと妄信する者は少なくありません」

陽元は申し訳なさそうにかぶりを振った。

「せっかく紹《しょう》が命懸けで持ち帰った情報を活用できぬまま、朔露の隆盛を手を拱《こまね》いてみていなければならぬのは、我慢がならん。肝心の兵部尚書《へいぶしょうしょ》がもっとも危機感がない。李徳のような野心家とは正反対の凡庸な人間を選んだのが、かえって仇《あだ》になった」

文句を言っている間に、近侍が運んできた食事の毒見が終わる。ようやく目の前に置かれた青菜の煮びたしと家鴨《あひる》の燻製《くんせい》に、少し箸《はし》をつけるとすぐに下げられる。コクのある乾鮑湯《ガンパオタン》は三匙《さじ》で、積み上げられた肉団子はひとつ食べている間に持ち去られる。毎食のことなので慣れているが、好物の鹿肉の炙《あぶ》り焼きが運ばれてきたときだけは、陽元はふた切れ三切れと急いで口に入れた。

「大家《ターチャ》」

名聞にたしなめられて、陽元はあきらめて箸を置く。鹿肉が卓上から持ち去られるのを、陽元は未練を込めた目で追った。

「大家。不戦派もまた民の平安を第一に考えて意見を申し上げているのです。戦になって真っ先に犠牲になるのは、民ですから」

「だから金椛《ジンファ》領に戦禍の及ばぬよう、攻め込まれる前に国境で返り討ちにせねばならん。紹が緊密に夏沙との連絡を保ってくれたお蔭《かげ》で、康宇《こう》陥落後に夏沙王都へ援軍を送って打った先手が、このままでは無駄になる。西域の気候風土に慣れぬからこそ、早めに増援を出し、現地で鍛錬を積ませて朔露の攻撃に備えねばならんのに」

帝都とその周辺しか知らない陽元ではあったが、遊圭や玄月、ルーシャンから聞き知った西域の風土や朔露の脅威を、過小評価することはしない。砂漠より生還した日の、玄月の変わり果てた面差しはまぶたに焼き付いている。報告を終えるなり人事不省に陥り、何日も目を覚まさなかった伴友が超えてきた試練を、無駄にすることはできない。

そして、遊圭もまたずいぶんと成長し、変わった。正直に言えば、彼らの成し遂げた冒険から取り残された自分が悔しくもある。もちろん、そんな感情は子どもじみたものであることはわかっているので、特にたったひとりの甥《おい》を危険な旅に出された正妻の玲玉にも明かさない分別はある。

杏仁豆腐《あんにんどうふ》のあとは、海老出汁《えびだし》の白粥《しらがゆ》と鶏出汁《とりだし》の十穀粥が同時に出された。粥だけは残さず食べても良いので、陽元は象牙《ぞうげ》のレンゲにすくった粥を口に入れ、ゆっくりと味わった。粥が下げられると名聞を招き寄せ、小声で下問する。

「紹はこのごろ青蘭殿にも顔を出さぬが、中堅官僚に主戦派の数を増やす工作はうまくいっているのか」

「この後の、蒼雲殿《そううん》における視朝の空気はここのところどうですか。夏沙への増援に賛意を示す官僚が、日増しに増えている御実感は」

「若手の発言は活発になってきた。しかし迂遠《うえん》なことだ」

「麗華《れいか》様がご心配ですか」

「まだ無事なら、いまごろはイナール王の子を出産しているはずだ。夫は亡くしても、あれの気性なら子を守るために簡単にはあきらめまいな。王都が朔露軍に囲まれる前に脱出できればよいのだが」

脱出と帰国を促す金椛《ジンファ》の使者に、麗華がどう答えたのかも、陽元には知るすべがなかった。

いまこのとき、隣国の戦況がどうなっているのか。ただ宮城の奥で次々と送られてくる二か月おくれの報告に目を通し、朝議に諮って官僚たちの意識を西の防衛に向けることが、陽元にできる唯一のことであった。

「名聞、兵仗局《へいじょうきょく》に武器の増産を急がせろ。特に、朔露の矢を貫通させない強化盾の出来栄えを、私自らが検分するともな」

「御意」

食後の茶を飲み干すと、陽元は大判な手で首の凝りを揉《も》みながら立ち上がった。近侍に顔を拭《ふ》かせて髭《ひげ》を整えさせ、用意された蒼雲殿用の龍袍《りゅうほう》に着替える。

「大家《ターチャ》」

玉冠を戴《いただ》いて外廷の門へと向かう陽元に、宦官《かんがん》となっても皇帝に師父と仰がれる陶名聞が呼びかける。

「廷臣たちの意見が御意に反しようと、最後にお決めになるのは帝である大家です」

冠から下がる玉簾《ぎょくれん》の奥で、陽元は瞳《ひとみ》にかすかな困惑を浮かべたが、口元には微笑を刷いて名聞にうなずいてみせた。

沈むかもしれない方向へ舵《かじ》を切ることも、陽元の決断となる。多すぎる船頭を乗せた船を、どちらに向けて舵を切れば座礁も沈没もせずにすむのか、誰にもわからないこの金椛《ジンファ》帝国という名の船の舵を。

九、水魚の親《しん》

冬至が近づき、襟巻と毛皮の外套《がいとう》が必要な季節になった。

遊圭は勉学に励み、初めての季試では順位を少し上げた。点数が満たずに中院に落とされた者も少なくなかったことを思えば、とりあえず次の年も上院に通えることに、ひと息つく。

一季ごとに上・中・下院と頻繁に生徒が入れ替わることから、学生間の付き合いは長続きせず、派閥もできにくい。だがその体制は同時に、各院に長期で居座る学生たちの派閥を固定化し、権威を集中させる原因をも作り出していた。

「劉宝生《りゅうほうせい》には気をつけろ」

成宗謙《せいそうけん》は、新入生の使う第五書院までやってきて、史尤仁《ゆうじん》と論策の模範解答について論じていた遊圭を見つけだし、丁寧に忠告をくれた。

「まあ、遊圭の席次じゃ、洟《はな》もひっかけられないだろうが、目を付けられると厄介だ」

今年三十歳の劉宝生は在学十一年。上院の二十位より下に席次を落としたことはないが、運悪く官僚登用試験前に身内を亡くすこと二回、それぞれ三年と一年の喪に服すための休学に甘んじて試験を逃している。復学後に受けた登用試験では、進士及第は果たせなかったが、次は合格確実と周囲の期待も本人の意気込みも激しいものがあるという。

「一門から何人も官僚を出しているせいか、おそろしく自尊心が高くて、下手にあいつの席次を追い越すと闇討ちを食らう。おととい、前の試験で次席を取った魏何某《ぎなにがし》というやつがボコボコにされたらしいが、どうも劉の差し金らしい。魏は実家が官家ではないから、泣き寝入りだ」

「まさかそんな」

遊圭は、名門出の秀才がそのような卑劣なことをするとは信じられない。しかし、平民から国士となった学生たちへの風当たりは侮《あなど》れず、上位に食い込めばささいな嫌がらせから始まり、犯罪まがいの脅しや暴力沙汰《ざた》まで水面下では行われているらしい。

入学式典の演説では、劉宝生は人当たりの良さそうな理知的な人物と見えた。しかし、ひとは見た目や態度とはかけ離れた本性を持ち合わせていることを、身に沁《し》みて学習してきた遊圭だ。七年も先輩の宗謙の忠告を、頭から否定することはしなかった。

「出る杭《くい》はへし折られる。太学内の席次を争っても無駄に神経をすり減らすだけだ。ようは官僚登用試験で合格すればいいんだ。上院学舎から落ちないように立ち回ればいいだけのことさ」

「宗謙さんはずっと上院なんですか」

遊圭はふと疑問に思って訊《たず》ねた。宗謙は自慢げに答える。

「最初の三年は下院、去年までは中院と下院を行ったり来たり。この二季を上院維持できたのは新記録だ」

官僚登用試験の受験資格者を教育する、国士太学の学舎は帝都内に三舎あり、宮城から遠ざかるほど生徒数が多くなる。したがって細やかな指導を受けられる宮城内の上院に籍を置く学生の方が合格する確率は高い。そして、上院出身の進士は箔《はく》がつき、実入りのいい官職につきやすく、出世も早いのが現実だ。

太学生の中では底辺から這《は》い上がってきたらしい成宗謙の忠告は、あるいは拝聴に値するかもしれないと、遊圭は宗謙に対する認識を改めた。

妓楼《ぎろう》の宴《うたげ》以来、成宗謙は頼みもしないのに太学内で起きた小事件や、問題のある教員や学生について遊圭に耳打ちしにくる。成宗謙の郷里における素行の方がよほど感心できないと遊圭は思ったが、宗謙は都ではいたっておとなしく勉学に励んでいるらしい。

宗謙が書院から出て行ったのを見届けて、遊圭は尤仁《ゆうじん》に宗謙との確執と和解について話して聞かせた。

「勉強のし過ぎと都の暮らしで溜《た》まった鬱屈《うっくつ》を、郷里で発散させているのかな」

首をひねる遊圭に、尤仁は笑って応《こた》える。

「なんとなくわかる。僕も、帰省したら一日中荒れ地を馬で走り回ってしまいそうだ」

「尤仁も乗馬が好きかい？　帰省まで待つ必要はない。うちにも馬がいるから、休みの日には一緒に遠駆けに行こう」

尤仁はパッと顔を上げ、瞳を輝かせた。

「本当？　君って本当に公子様なんだね。都では馬を所有しているのって、皇族か軍人でなければよほどのお金持ちだって聞いたけど」

「そう？　馬は譲られたものだけど、確かに秣代《まぐさだい》とか厩舎《きゆうしや》の維持にお金はかかるね。趙《ちよう》婆《ば》が馬や鳩がなければ、もっとひとを雇えて助かるのにって文句を言う。でも北部や西部では、放牧民はみんな自分の馬を持っていて、小さな時から馬や駱駝《らくだ》を乗りこなすんだろう？　わたしもそこで乗馬を学んだんだ」

「西部で駱駝を所有しているのは、よほどのお金持ちか商人だね。ところで、君の家には鳩もいるの？　何羽飼ってるんだい」

　これまで何度も自宅へ招待しても、恥ずかし気に辞退してきた尤仁《ゆうじん》が、二つ返事で誘いに乗った。それどころか机の上をさっさとかたづけて、その日のうちに遊びに来たのだから、遊圭はもっと早く馬の話をすればよかったと軽く後悔した。


「これ全部、君の家なの？　すごいな。寺や教会より広そうだ」

　門をくぐるなり、尤仁は感嘆の声を上げた。遊圭は妙に恥ずかしく、また罪悪感のようなかすかな痛みも手伝って謙遜《けんそん》する。

「そうかな。両親と住んでいた邸《やしき》の半分もないよ。まあでも、直近の家族がいないから、これでも広すぎるくらいだけどね」

　金鶏の尾羽を冠にかざした学友を連れ帰ったことに大喜びし、もてなしの準備におおわらわな趙婆を尻目《しりめ》に、遊圭は尤仁を厩舎に案内する。しかし、途中まで行かないうちに、尤仁は飛び上がるほど興奮して別方向の小径《こみち》へと駆け出した。

「遊圭！　なんでまた！　弓場まであるなんて、君の家はどうなってるんだ」

　しゃべりかたまで急に庶民のようになり、顔を上気させて遊圭を問い詰める。

「うちに寄宿している達玖《タルク》さんの鍛錬用だよ。達玖さんは武官だから、都勤め中も鍛錬を欠かせない。わたしも教えてもらっているけど、弓術は集中力を養うのにいいね。的を射た日には、一日中学問がはかどる」

遊圭の説明も耳に入ったようすはなく、そわそわと手を揉み、唇をもぞもぞと動かし、やりたいという気持ちを全身から発散させる尤仁に、遊圭は倉庫を開けて弓を選ばせた。

「なんだよ、この武器の山！　君っていったい何者なんだい？」

三方の壁に数種類の盾や鉾《ほこ》、刀剣が掛けられた倉庫に足を踏み込むなり、尤仁は感極まって叫んだ。

「達玖さんの蒐集《しゅうしゅう》品だよ。わたしのじゃない。使い方は教えてもらっているけど。どれもわたしには重すぎる。弓は尤仁が好きなのを選んで」

長さや大きさ、形もさまざまな標本市かと思えるほどに並べられた弓を、尤仁は深い溜息《ためいき》とともにひととおり眺める。迷いなく手を伸ばしたのは、遊圭が胡娘《こじょう》のためにあつらえた西胡風の弓だった。

この年に童試を受けた、何万という童生の上位五十人に入る尤仁が、実は弓の名手であったことも証明する。この世界には自分など足元にも及ばない多才な逸材が、いったいどれだけあふれているのかと、遊圭は舌を巻いた。

「天才とか文武両道っていうのは、君のためにある言葉だね。病気がちで無理ができないわたしには、君の天分がうらやましいよ」

遊圭は素朴な尊敬を、称賛にかえて尤仁に降り注ぐ。

「そうでもない――いや、そんなにいいものじゃない」

はじめは謙遜しようとした尤仁《ゆうじん》だが、言葉を濁そうとしてやめた。そのあとも何か言いたそうにもじもじとして、浅い呼吸を繰り返す。遊圭は尤仁が大事なことを話そうとしてるのだと直感して、厩舎への移動を促しつつ辛抱強く待った。

「僕が妾腹《しょうふく》だってのは、知ってるかい？」

まるで罪人であることを白状するような、尤仁の逡巡《しゅんじゅん》と告白に、遊圭は目を瞠《みは》った。

「君が言わないのに、わたしが知っているわけがないじゃないか。それがどうかしたの」

遊圭の屈託のない反応に、尤仁は目に見えてほっとした表情になって、これまでになく明るい笑顔を見せた。

「ああ、君ならそう言ってくれると思っていた。遊圭が胡人にも雑胡にも偏見を持たないのはわかってたけど、金椛《ジンファ》のひとたちは同じ椛《ファ》族でも妾腹には厳しいだろ？」

遊圭は、尤仁がその才能と成績にかかわらず、常に控え目でときに卑屈なほど引っ込み思案な理由を、ようやく知った。

「そんなことないと思う。よそは知らないけど、わたしには異腹の妹たちがいて、よくいっしょに遊んだし、母様と夏《か》氏は仲が良かった。でも庶子が相続とかで不利なのは、律を少しかじったから知ってる」

「君はいったい、世馴《よな》れているのか、箱入りなのか。どっちなんだかわからないね」

尤仁は苦笑して自分語りを続けた。

「うん。僕の実家でも、それほど卑しまれることはなかった。父の正妻は、母と仲がいいわけじゃなかったけど、教育は受けさせてくれたしね。だけど、僕が五歳のとき、母から学んだ金椛語がすらすら読めて、村で話されている胡語の両方に流暢《りゅうちょう》なので、どうも村のどの子どもよりも頭がいいらしいってことになった。それで、七つになってすぐ、郷学に入れられたんだよ。僕は、徴兵に備えて弓馬の鍛錬に励む兄弟や、村の仲間とずっと遊んでいたかったんだけど。その郷学で僕を雑胡の妾腹と知っている学生や教員からいろいろとね——これは、素晴らしい馬だ」

厩舎に足を踏み入れ、遊圭に懐《なつ》いてくる馬に手を伸ばした尤仁は、切ないほどの喜びを瞳《ひとみ》に湛《たた》えた。遊圭は誇らしくなって自分の馬を紹介した。

「こっちの薄茶のがわたしの馬で金沙《きんさ》。そっちの黒いのは達玖《タルク》さんの馬で烏騅《うすい》という」

尤仁の手の匂いを嗅《か》いだ金沙馬は、ぶるると鼻を鳴らした。遊圭は飼い葉桶《おけ》から麦のふすまを両手にすくって戻り、金沙に食べさせるようにと尤仁の掌《てのひら》に落とした。

「で、郷学を出てもっと上に行けば、何もされたり、言われたりしなくなるんじゃないかと思って励んだんだけど、州学に上がっても同じだった。都まで来れば、自分から言わない限り誰も知らないだろうって、黙っていたんだ」

遊圭には尤仁の舐《な》めてきた苦労は想像もつかない。しかし、今日はじめて見せてくれたような、本来は活動的で朗らかな尤仁の気質を、引っ込み思案で積極的に友人を作ろうとしない人間に変えてしまうほどの重圧であったことは、漠然とわかる。

「でも、わたしに話してしまったよ」

「ずっと黙っているのも、苦しいんだよ。君にはそんな秘密はないの？」

自分の秘密を明け渡したのだから、相手も秘密を与えろという含みに、遊圭は頭を悩ませた。遊圭の抱えた秘密はすべて、もしも明らかになったときは、誰かを巻き込んでしまうようなものばかりだったからだ。どれだけ苦しくても、信頼できると思った相手でも、決して打ち明けることはできない。

頭を抱えてさんざん考えた末、遊圭は降参して言った。

「分かち合える秘密は何もないんだけど、君に見て欲しいものはある。ついてきて」

遊圭は母屋《おもや》の北側に、渡り廊下で繋《つな》がった廟堂《びょうどう》へと尤仁《ゆうじん》を連れて行った。

両開きの扉についた青銅の取っ手を引けば、蝶番《ちょうつがい》の軋《きし》る音がする。中には硝子《ガラス》灯籠《どうろう》にぼんやりと照らされた六十九の位牌《いはい》が七段十列と並んでいた。

「これ、殉死させられた君の親族？」

尤仁は、最下段の一番隅に並ぶ、ふたつの無名の位牌に目を留めた。

「それは、生まれてくるはずだった、夏氏と姉さまの赤ん坊たち。男かも女かもわからないから、名もつけられない」

遊圭の低くかすれた声が、香の煙のように廟堂を漂った。

遊圭は紙縒《こよ》りに灯籠の火を移して、中心に据えられた両親の灯明を点《とも》す。

「父さま、母さま、史尤仁君です。外の世界でできた、はじめての友人です。どうぞ、かれの前途もお守りください」

両手を合わせて祈る遊圭の一歩うしろで、尤仁も静かに瞑目《めいもく》する。

開けたままの扉から木枯らしが吹き込み、風に乗って舞い込んだ今年はじめての雪華が、灯明の横に落ちて水と融《と》けた。

死者はなにも応《こた》えない。

＊　＊　＊

「帝都に増援を請う。鳩を飛ばせ！　東朔露《さくろ》の軍に史安《シアン》城への行路を断たれた」

緩衝地帯を哨戒《しょうかい》中に朔露軍の偵察隊と遭遇、戦闘の末に敵を北へ追い返したルーシャンは、楼門関《ろうもんかん》に帰還するなり太守の勤める官衙《かんが》に飛び込んで、そこにいた官吏たちに向かって叫んだ。

冑《かぶと》を脱げば、鎧《よろい》を染める返り血と見分けのつかない赤茶けた巻き毛が、獅子《しし》の鬣《たてがみ》のように立ち上がり、味方でさえその鬼神のごとき様相に恐怖を覚える。西域人特有の深目鼻高の顔立ち、砂のように淡い灰茶色の瞳は、彼が生粋の金椛《ジンファ》人ではないことを物語っている。

楼門関の官衙、太守《たいしゅ》の詰める小広間に、ルーシャンは砂塵《さじん》にまみれた軍靴のまま報告に上がった。抱拳《ほうけん》の礼もそこそこに、国境の外で起こっていることをつぶさに説明する。

「捕虜から聞き出したところ、緩衝地帯の城塞《じょうさい》がひとつ、東朔露軍に奪われました。天鳳《てんぼう》行路では朔露可汗《かがん》の本隊が、いまだ夏沙《かしゃ》王都の西側に展開していると思われるこのときに、天鳳山脈北麓の朔露高原を支配する小可汗が、本腰で南下を始めたもようです」

太守は老境に差しかかった文官であった。武装はせず、緋衣《ひい》金帯の文官服で武官たちを采配《さいはい》していた。本来は民政と司法の長官であるが、朔露の侵攻が激しくなった現在は防衛もその双肩にかかっている。

着任以来、緩慢に続いていた東朔露の略奪が、日増しに激しくなってきたことへの心労を、乾いて血色を失った太守の肌と目の下の隈《くま》が物語っている。

「小可汗の擁する軍隊の規模と位置を探らせに、北へ放った斥候がいまだに帰っておらん。捕らわれ殺されたか、方角を誤ってさらに奥地で命を落としたか」

落胆の声を上げた太守に、ルーシャンは捕虜から得た報告を続けた。

「捕らえた敵の捕虜を尋問したところ、小可汗の軍は三万五千。すべて騎兵と白状しましたが」

「捕虜の言ったことが事実とは限らん。小可汗の軍を小さく見せて、われらを油断させるための死間《しかん》かもしれん」

敵に投じて嘘の情報を流す間諜《かんちょう》を死間という。

「朔露可汗は十五年前、本国の朔露高原に小可汗と三万の軍を残し、自身は五万の兵を率いて西征を始めたといわれています。昨年、夏沙の交易商人から聞きとったところでは、現在の朔露可汗の軍隊は十万ということです」

「では息子の小可汗も、十五年の間には朔露本国に十万は養っていそうだ」

試験に出された問題に、提出した答の正誤を確かめるような口調で、太守は言った。

三年ごとに任地を変わる地方官僚には、楼門関より異境の全容は見当もつかない。

「その推測は、当たらずとも遠からずと思います」

激しい戦闘のあと、荒れ地を休みなく駆け戻ってきたルーシャンよりも疲れ切った顔で、太守は力なくうなずいてみせる。

「わしはこの冬で任期が切れる。後任には、この危急の折に対処できる、軍事に詳しい人材を太守に任命していただくよう、陛下には上奏してある。わしは後任者として、そなたを推挙しておいた。新年の朝賀には少し早いが、自分の城に戻り防衛線の拡充を終え次第、上京するように」

ルーシャンは巴旦杏《アーモンド》形の大きな目を見開いて、太守を見つめ返す。

「とはいうものの、地方官の後任はふつう、一年は前から決まっているものだ。それを覆して、武官のしかも異国出身者から太守を選ぶことは稀《まれ》ゆえに、わしの推挙が通るかどうかわからぬ。それだけ朔露の脅威を中央の連中に強調できればいいと考えてくれ。太守には任じられずとも、将軍昇進は確実だろう。そのときは、新任の太守をよく支えてやってくれ」

「ありがたき――」

「礼はいい。校尉《こうい》就任以来、防衛面だけでなく民政にも手を貸してくれた礼だ。帰属地の異民族相手の行政は骨が折れる。政令を行き渡らせるのも一苦労。中央とは言葉も風土も文化も異なるのだからな。この地の風俗を知らぬ一握りの幕友だけを手足に、たった三年で行政を掌握するには、いろいろと無理がある」

太守の慰労の言葉は、途中から愚痴となり、おしまいのほうは体制批判ともとれた。

出生地からも中央からも遠く離れ、都から連れてきた私設秘書に胡語《こご》を解する者はおらず、現地の胥吏《しょり》は金椛《ジンファ》国の共通言語たる椛語《ファ》に流暢ではない。そのような土地で、中央の常識にのっとった治政を行おうとするのは、城壁の向こう側にいる相手に声を張り上げ、言うことを聞かせようとするようなもので、確かに無理があるのだ。

「そなたがこの地へ戻ったときは、太守の印を引き渡せるよう願っておる。帝都への、道中の無事を祈る」

ルーシャンは日焼けした首を心もち赤く染めて、口元を引き締める。固く握った両手を胸に当て、敬礼した。

ルーシャンが楼門関を出て都へと発《た》ったころ、帝都の宮城では、楼門関を擁する西沙《せいしゃ》州河西《かせい》郡の長《かみ》たる太守の座を狙って、猟官運動が繰り広げられていた。

すでに後任が決まっていた河西郡の太守であったが、風雲急を告げる時勢に、より軍事に明るい人材を必要とする旨が上奏された。外廷において未明から始まった視朝では、宰相にあたる中書令《ちゅうしょれい》が人事を司《つかさど》る吏《り》部尚書《ぶしょうしょ》を伴い、陽元《ようげん》の前に候補者と推薦者の名を連ねた書類を山のように積み上げる。

陽元はひとつひとつ目を通し、書類の束を置いた。

「現職太守の推薦書がない。推挙者がいなければいないで、任地の現状を申し送りする旨の文書があるはずだが」

「御意」

長いあごひげが仙人のように白い中書令は、再度確認させることを約した。

在位五年目、即位当時は上奏や請願を、右から左へ聞き流して中書令に計らわせていた若き皇帝は、最近では提出された文書すべてに目を通して裁可し、視朝の場でも発言を求める官僚の声に丁寧に耳を傾けるようになった。

必然的に朝政は長引き、それにつづく事務手続きは午後にもつれこむという循環を生み出している。変化を苦々しく思う者は不満を募らせ、朝廷の活発化ととらえる者は、自らの意見が取り上げられることを期待し、次から次へと上奏文を提出する。

中書令はその老骨に鞭《むち》を打って、午後遅くまで皇帝の閲覧を要する文書を吟味する日々が続いていた。

「いまの楼門関は、いつ朔露可汗の軍に攻め込まれるかわからぬ。誰を任じるにしても、朕《ちん》が直接対面し、防衛と朔露侵攻の対策案を語らせた上で決定する。選考の日を選んで告知せよ」

中書令と吏部尚書は声をそろえて「御意」と答え、拝跪《はいき》した。

朝食のために内廷に戻った陽元は、宦官《かんがん》らが輿《こし》を下ろす間ももどかしい。輿を飛び降り早足で宮殿に上がり、玉冠を受け取りに進み出た名聞に「紹を呼べ」と短く命じた。

「東廠《とうしょう》のお役目で、昨夜から城外に出ております」

「またか！　いつ戻ってくる」

「玄武《げんぶ》門の開門とともに戻ることもあれば、昼近くまで姿を見ないこともございます」

陽元はいらいらと笏《しゃく》で左の掌《てのひら》を叩《たた》く。

「行き先がわかるなら使いを出して呼び戻せ。そうでなければ戻り次第参内するよう、官舎の者に伝えておけ」

名聞は「御意」と答えて、命令を伝えるために一度退出した。

慌ただしく朝食を終えた陽元は、皇帝との引見や、上奏に対する宣諭を求める官僚のひしめく朝廷へと、ふたたび出ていかねばならない。

皇帝が耳を傾け、心を割かねばならないのは、国民の大半がその存在すら気にかけたことのない、最果ての国境における防衛問題だけではなかった。

十、温故知新

「ルーシャン！」

遊圭の歓声に、馬上の武人は軽く手を振って応《こた》える。

こちらも馬で城外まで迎えに来ていた遊圭は、共連れ十人足らずという高級武官としては控え目な一行に少し驚いた。

「胡騎校尉の都入りは、千人くらいの大騎馬隊の行進を想像してました」

遊圭が懐かしげにそう言えば、ルーシャンは豪快な笑い声を返した。

「星公子はまた、都でずいぶんとなまくらになったものだな。このときに国境から千騎も引っ張ってきたら、あっというまに朔露《さくろ》軍に楼門関を抜かれてしまうぞ。詩だの行儀作法だのばかり頭に詰め込んでいるのか」

遊圭は羞恥《しゅうち》で顔を赤くする。絶えず遊圭を不安にさせてきた外患を忘れていたわけではないが、ルーシャンに再会できる喜びに、浮かれていたのは確かであった。

「一介の学生には国境のようすは伝わらないので。ずっと気になってはいたんですが、そんなに緊迫しているのですか。玄月《げんげつ》さんは国内の紅椛《ホンファ》党は、大方粛清できたと言ってましたけど」

ルーシャンは遊圭より一馬身下がって控える達玖《タルク》に、厳しい目を向ける。

「達玖よ。朔露の動向を、遊圭に教えてなかったのか」

「学問の方でいっぱいいっぱいのようでおられたので。朝廷勤めの官吏でさえ知っていても何もできませんからね。ここは雑音は排除し勉学に集中していただいて、朔露来寇《らいこう》までに、いけるところまで出世していただいた方がいいんじゃないかと判断しました」

達玖《タルク》は畏《かしこ》まって敬礼しつつ、緊張感のない口調で返答した。

「文官は武官と違って出世に時間がかかる。遊圭が高官になるのを待っていたら手遅れになるぞ」

ルーシャンは容赦なく帝国と遊圭の未来を切り捨てる。達玖は飄々《ひょうひょう》と言い返した。

「武官だって戦で手柄をあげなきゃ、一生流外《りゅうがい》の無駄飯食らいですよ」

気安いやりとりを交わし始めた上官と部下の間に、遊圭が割って入る。

「往来で立ち話を始められても皆が困ります。詳しい話はうちで聞かせてください。滞在先は決まっているのですか。十人くらいなら我が家でおもてなしできます」

高級武官となったルーシャンが都に家を構えていないことは、むしろ珍しいことであったが、急な出世のあとはずっと前線で活躍しているのだから、無理もない。もともと基盤のあった土地で防衛に励むルーシャンには、都に家を持つ必要性がなかった。

「だが、来年からはそうもいかんかもしれん」

遊圭の家に落ち着き、旅の埃《ほこり》を湯で落としてから、小広間で酒食をふるまわれたルーシャンが真面目な顔で言った。遊圭は熱心に身を乗り出す。

「昇進が内定しているのですか。邸《やしき》を購入するなら、蔡大人《さいたいじん》に手ごろな物件がないか相談しましょう。この邸も蔡大人が見つけてきてくださったそうです」

「それはありがたい。が、この家は女っ気がないな。ばあさんばっかりじゃないか。おれの新居にはきれいどころをそろえておいてくれよ」

「そのあたりは、ご正室と相談してください」

遊圭は苦笑いで応える。通常、都の邸宅には家族を住まわせるものだ。若くきれいな女性をそろえては、家庭内で紛糾が持ち上がるのではないだろうか。

「そんなものは、おらん」

春から秋にかけて、ともに旅をした仲ではあったが、そういえば遊圭はルーシャンから家族の話を聞いたことがなかった。胡娘とルーシャンが名前で呼び合うようになっていたことを、少し気にしていた遊圭だが、帝都に復命したのちはどちらからの便りにも話題に上ることはなかった。なにより、達玖でさえ妻子がいるのだから、その上司が独り身というのは意外なことである。

「慶城の胡部に未冠の息子をふたり預けている。人質に差し出すとしたらそいつらだな。息子らの母親は何年か前に死んだ。最初の女が生んだ長男は、金椛《ジンファ》に移住する前に交易の修業に出したのちは連絡もなく、いまどこにいるかわからん」

遊圭は息を吞《の》む。

地方武官の地位が上がるほど、その地位に付随する軍事力を与えた中央政府は、警戒を深める。一事あれば国の命運を左右する国境の兵権を委《ゆだ》ねられたルーシャンは、昇進と引き換えに、正妻か母親、息子などの直近の係累を人質に差し出さねばならなかった。

達玖が、自分の杯に手前で酌をしつつ口を挟む。

「内室の引き合いなら、すでに何件か来てますよ。五品以上の官家からも打診があります。謁見の前に会わせろと矢の催促です」

遊圭は初耳の話題に驚きを隠せず、ルーシャンは声を出して笑った。

「薩宝《さつぽう》や祆正《けんせい》は誰を推薦している？」

ルーシャンは胡人《こじん》が多く帰依する異教の指導職の名を挙げた。代々の中原王朝は東西の富をもたらす異国商人の宗教を保護してきた。帝国内の胡人教団を統括する薩宝は、正五品の県令にも相当する正規の官職でもある。祆正《けんせい》とは教団における聖職者の階級か、あるいは役職名だろうと遊圭は推察した。

金椛《ジンファ》帝国に移住した胡人が、帝都の教会や商会を基盤に、帝国中に張り巡らせた情報網と互助組織については、遊圭は胡娘や史尤仁《ゆうじん》から聞いたことはある。とはいえ、これまでは直接かかわりがなかったため、実在感はなかった。しかし、ルーシャンと達玖《タルク》の口から具体的な話を聞くと、急に立体感と現実味を帯びてくる。

すでに帝国の高級武官であるルーシャンは、どの金椛人高官の婿になるかで、配下の兵士が帰属する胡部の行く末まで決定してしまう。そのために、ルーシャンは自分自身の結婚であろうと、胡人の有力者の意向を無視できない。

若いころは交易や傭兵《ようへい》を営み、万里の距離を自在に行き来して、自由な生き方をしてきたように見えるルーシャンにも、その放浪を支えてきた柵《しがらみ》がある。

ルーシャンの個人的な、しかし同時に政治的な事情のからんだ会話に参加していいものか、席を外した方がいいのではと悩み始めた遊圭は、次の達玖の言葉にぎょっとして杯を取り落としそうになった。
「それについては、まずは観月楼の松月季《しょうげつき》という妓女《ぎじょ》に会えと、指示を受けております」

雪のちらつく午後、遊圭は白い息を吐きながら、書斎でひとり静かに墨を磨《す》っていた。冬季末までに提出する論文はすでに書き上げてあったが、遊圭はルーシャンから聞いた北西部の事情を踏まえて書き直すことにした。一度は清書した論文を読み返せば、拙《つたな》さに直したい部分も多く、加筆や変更する部分に朱を入れていく手が止まらない。外はいつのまにか雪が降り積もり、温かな炕《かん》の上に座って作業していても、筆を持つ手がすぐに冷たくなる。遊圭はたびたび火桶《ひおけ》に手をかざして、かじかむ指をこすり血行を促した。

まもなく年が暮れる。この一年が平穏に過ぎたことが、遊圭にはいまだに信じられない。元旦《がんたん》に官位を有する者がすべて南門広場に参列し、皇帝を遥拝《ようはい》する朝廷の祝賀参拝がすんだら、できるだけ早く明々《めいめい》の村へ年賀に行こう。本当は一番に会いに行きたいのだが、蔡大人への年始を後回しにはできない。明々の村へは、郷里が遠すぎるために帰省をあきらめた尤仁も誘ってみようか、などの雑念が湧き上がる。

ルーシャンと達玖は観月楼へ出かけて行った。遊圭も誘われたが、提出期限まで三日しかないことを理由に丁重に断った。妓女姿の玄月に会いたくないのはもちろんのこと、論文が期限に間に合わなければ、ぎりぎりで保ってきた席次が落ちて中院落ちが決まってしまう。

皇城に設置された中院の方が開放的で自由度があるということだが、優秀な成績を維持している尤仁《ゆうじん》と離れたくない。新年からは新入生の枠はなくなり、成宗謙《せいそうけん》らと同じ基準で採点されるのだから、ますます気が抜けない。

夏沙《かしゃ》王国の情勢や麗華《れいか》公主の身の上は、爪の間に刺さった棘《とげ》のように絶えず遊圭を悩ませていたが、七千里も離れていてはできることは何もない。その歯がゆさを埋め合わせるように、遊圭は朔露という国と民の研究に打ち込んでいた。

資料は乏しく、史書をひもといて見つけ出せるのは、二百年前に北大陸を席捲《せっけん》し、北天江の北岸までを最大領土とした朔露第一帝国の興亡の記録ばかりであった。

嵐のあとに突然大量に発生して草原を紫色に覆いつくし、たちまち消え去る群茸《ぐんじょう》のように、突如歴史の舞台に現れて中原諸国を恐怖に陥れ、そして忽然《こつぜん》と姿を消した朔露第一帝国。その民族性と政略戦略について学べば、目前に迫る脅威にいくらかは対抗できるのではと遊圭は考えたのだ。

慶城付近で公主の一行を襲撃してきた朔露の賊兵の装備は、二百年前とそれほど変わっていないことが記録から知れる。風俗や社会構造について学んでおけば、戦うにしても交渉するにしても、こちらに有利に運べるのではないか。

「敵を知り、己を知れば、ってのは兵法の基本だからな」

かつて夏沙の宮廷で、危機感を持たない金椛《ジンファ》官僚の関心を、防衛に向ける難しさについて玄月が語ったことを思い出しながら、説得力のある文章を練り込んでいく。ひと通り改稿を終えて下書き用の紙を広げ、一字一句吟味して書きつけてゆく。

ときおり、趙婆《ちょうば》が茶菓を差し入れ、火桶の炭を足してゆくのも気がつかない。

いつの間にか薄暗くなり、燭台《しょくだい》が必要な時刻になったかと遊圭が筆を置くころ、趙婆が夕食の準備ができたことを告げた。

達玖《タルク》もルーシャンもいないので、表の小広間でひとり膳《ぜん》に向かうのは、寒さも手伝って侘《わび》しさを覚える。身分のけじめに厳しいのは遊圭よりも趙婆の方で、客でも居候でも官位を持たない者と同席しての食事など、とんでもないという顔をされる。そうした作法は遊圭よりも趙婆たちの方が詳しいので、あまり逆らうこともできない。

達玖がルーシャンに従って帰郷してしまえば、これから先はずっと独り膳かと思うと、遊圭は離れか空き部屋を、尤仁が借りてくれたらいいのにと思う。

「ですから、奥様をお迎えなさいと申し上げているのです」

趙婆にその話をしてみたが、藪《やぶ》を突《つつ》いて蛇を出してしまった。

「慎重でいらっしゃるのはいいことですよ。どなたのご令嬢を娶《めと》られるかで、御出世の早さも違ってきます。進士に及第されてからの方が、より高いところから引き合いもありますから、ご結婚を急ぐ必要はないかもしれませんが。いくら賢い大家《ターチャ》でも及第なさるには何年かかかるでしょうし、とりあえずお妾《めかけ》さんでも迎えますか。そういえば、あの薬屋の明々さんは年は大家《ターチャ》よりも上ですが器量もよろしくて――」

「趙婆！」

叩きつけるような叱責に、趙婆は驚いて口を閉ざした。視線を落として黙々と食事を続ける遊圭に、趙婆はおそるおそる話しかける。

「羹《あつもの》は、おすみですね。米飯をお持ちします」

遊圭が無言でうなずけば、趙婆はそそくさと厨房《ちゅうぼう》に下がった。

耳を澄ませ、廊下に人の気配がないのを確認して、遊圭は深い溜息《ためいき》をつく。

なかなか米飯が出てこないのを辛抱強く待っていると、ルーシャンが帰ってきたらしく、玄関の方が騒々しい。遊圭は席を立って迎えに出た。

「お早いお帰りですね。お泊りにはならなかったんですか」

「そんな豪遊のできる身分でもない。まだな――」

自分ながら小生意気な物言いだと遊圭は思ったが、ルーシャンは気にしたようすもなく軽い言葉を返す。それでも酒は入っているらしく、赤らんだ頬にくだけた笑みを湛《たた》えて遊圭の肩を叩いた。

「遊圭も来れば良かったのに。さすがに都は女たちも極上がそろっているな」

「極上でも手が出せなけりゃ絵に描いた餅《もち》ですよ。飯はうまかったですけどね」

達玖《タルク》が拍子抜けした顔で付け足した。

「あの月季とやら、枕代はいくら払えば泊めてくれるんだろうな」

「おれは御免です。九尾はありそうな女狐みたいなの。尻《しり》の毛まで抜かれますよ」

ルーシャンも達玖も、松月季が玄月だと気がつかなかったのだろうか。

「お仕事がらみで行ってらしたのではありませんか」

ルーシャンは冬でも日焼けした彫りの深い顔をしょっぱく歪《ゆが》めて、豪快に笑った。

「おう。だから、羽目をはずさんように、坊門が開いているうちに帰ってきたんじゃないか。おい、ばあさん。走ったら腹が減った。飯があれば食わせてくれ」

と、厨房へと声をかけるのを、遊圭が引き継いだ。

「趙婆、ルーシャンさんと達玖さんの夜食を用意して小広間へ持ってきてくれ。酒も温めて」

ルーシャンと玄月の会見がどのようにして運ばれたのか、興味津々な遊圭ではあったが、根掘り葉掘り聞きだすのも不自然だ。ルーシャンは自分の後見となる高級官僚との橋渡しを玄月に頼みに行ったはずなので、首尾がどうなったかは気になる。

しかし、ルーシャンは政治むきの話は一切せずに、観月楼の明媚《めいび》さや、女たちの美しさと艶《あで》やかさを達玖と面白おかしく話し込む。やがて達玖が身の丈の予算に合う娼館《しょうかん》へ後日案内することで決着し、ルーシャンは食器を下げにきた趙婆に酒の追加を頼んだ。

妓楼であったことを遊圭に話さないのは、ルーシャンの政治的配慮というやつだろうか、と遊圭は考えた。ルーシャンの猟官運動に巻き込まれると、遊圭に迷惑がかかるのかもしれない。とはいえ、ルーシャンを家に滞在させているだけで、充分巻き込まれている気はするのだが。

酒を過ごしたルーシャンが、ふっと生真面目な顔になって誰にともなくつぶやいた。

「にしても、金椛国《ジンファ》もいろいろと面倒くさいもんだな。国がでかくなるほど、面倒も増える。遊圭、おまえさんは異国人が藩鎮《はんちん》になった例を知っているか」

急な問いに、遊圭は記憶を漁《あさ》ったがすぐに答はでない。

「帰属地帯の移民自治区は、土着の氏族から推挙された人物が都督《ととく》に任じられることは、あったと思います。詳しいことは調べてみないとわかりません。楼門関の太守におなりですか」

ルーシャンは唇に人差し指を当てて「シッ」と音を立てる。

「声を下げろ。一応、候補にはなっているらしいが、あんまり期待しちゃいない。年明け早々、帝と朝臣の前で太守の後任の選抜が行われるらしい。そこで、もっとも有効な朔露《さくろ》防衛対策を示すことができれば、もしかしたらな」

地方官の任免は、前任や縁故のある高官の推挙によって大方が決まってしまう。そして地元との癒着を避けるために、出身地の長に任命されることはない。それを曲げてまで、進士出身でもない上に異国人のルーシャンが太守の候補に挙がるほど、朔露の脅威は深刻なものなのかと、遊圭は戦慄《せんりつ》した。

「夏沙は、いまどうなっているのですか」

ルーシャンは眉間《みけん》に皺《しわ》を寄せ、返答に困って唇をすぼめる。

「国の機密だ。誰にも言えん」

拒絶されても目を逸《そ》らさず見つめてくる遊圭に、ルーシャンは根負けして苦笑する。

「まあ、遊圭は公主さまが心配なんだろうが。絶対に口外するなよ」

念を押された遊圭は、勢いよくうなずく。ルーシャンは遊圭の方に身を乗り出して、小声でささやいた。

「イナール王が戦死した」

耳元で爆音でも聞かされたように、遊圭は呆然《ぼうぜん》とした。

「イナール王の弟のザード侯が朔露につき、王太子を差し置いて夏沙王の即位を宣言し、挙兵して王都に開城を求めたのが九月のことだ」

遊圭が国士太学《こくしたいがく》に入り、尤仁《ゆうじん》と親交を深めていた間に、麗華は夫を亡くし、嫁いだ国は存亡の危機に直面していた。

「それで、いま、夏沙の王都はどうなって、いるのですか」

遊圭はやっとのことでかすれた声を絞り出した。

「使者は途絶えているから詳細はわからんが、西から流れてきた難民の言うことには、ザード侯と朔露の連合軍を相手に、夏沙の王太子を擁する王都が籠城《ろうじょう》戦に入ったのが、十月末。先月の半ばには、東朔露の軍が楼門関周辺の緩衝地帯にまで南下してきた。緩衝地帯の城塞《じょうさい》をいくつか落とされ、天鳳《てんぽう》行路は封鎖状態だ」

王都に立てこもる麗華公主を思い浮かべ、遊圭は目を閉じた。一呼吸してから、自分の考えを述べる。

「天鳳行路の東の入口を封鎖したのは、金椛《ジンファ》帝国の援軍を阻止するためですね。西から進撃してくる朔露可汗に、天鳳行路の東側まで軍を回す余裕はないでしょうから、東朔露の小可汗が金椛帝国を牽制《けんせい》し、夏沙を挟み撃ちにするために南下してきたということですか」

ルーシャンが目を丸くした。

「どうやって知った？　おまえさんは学問に専念していると聞いたが」

「その学問です。国士太学に入ってから、図書寮《ずしょりょう》の書庫に通って朔露第一帝国について調べてきました。歩兵のいない騎馬軍の機動性を最大限に利用して、軍隊を二分して挟撃したり、何隊にも分散させた遊撃隊を波状で送り出したりして敵の消耗を強いるのが、朔露の得意戦法です。二百年前から変わってないのでしょうか」

ルーシャンと達玖《タルク》は、感心のうめき声を上げる。

「おまえさんが、あと十年早く生まれていればな」

つくづくと遊圭の顔と全身を検分するように眺めたルーシャンが、口を開こうとしたときだった。趙婆が扉を少し開けて、遊圭を呼び出した。遊圭の判断を必要とすることが、裏の方で起きているという。

遊圭は「すぐに戻ってきます」と断り、趙婆についで厨房へ行く。厨房の土間には炊事女だけでなく、趙爺《ちょうや》や下男に囲まれて、敏童《びん》とその妹が所在なげに立ち尽くしていた。遊圭の姿を見て、趙爺がほっとした声でこの場を説明する。

「敏童がこちらにお勤めしたいと言ってきまして」

敏童の妹が進み出て、母親の薬代がかさんで借金が溜《た》まり、年の瀬に家賃も払えず困窮していると話した。敏童は自分に白い眼を向ける星家の使用人たちから、落ち着きなく目を逸《そ》らす。まるでかれらから見えないところに、逃げ込む穴でも探しているかのようだ。

「敏は仕事が見つからないのか」

まともな紹介状でもなければ、一家を養えるような仕事にはつけない。まして前科のある身だ。敏童は年の初めに再会したときとあまり変わらないむさくるしい姿で、痩《や》せて肌の色つやも良くない。この春からずっと、減刑放免される前と変わらぬ苦力《クーリー》の仕事で、家に金を入れてきたのだろう。食べていくのがぎりぎりな賃金で家族がひとりでも病気になれば、生活は立ち行かない。このままでは妹を娼家《しょうか》に売るしかないという。貧しいものはより貧しく、弱い者から搾り取られていく。

遊圭は、化粧けのない敏童の妹の、ひびの浮いた赤い頬と、小鼻が上を向いた幼い顔に目を落とした。

観月楼にも、このくらいの女童が働いていた。ずっといい服を着せられ、血色も良く、はっとするような美少女ばかりであった。敏童に似たこの娘の器量では、女衒《ぜげん》に買いたたかれて、妓女《ぎじょ》の教育など受けられず、下層の娼家に安値で売り飛ばされるだけだろう。

遊圭はいまでも敏童の仕打ちを恨んでいるのかと、自問自答した。それから厨房《ちゅうぼう》を見

きるか」

「潘《はん》おばさんを苦しませるわけにはいかないよ。達玖《タルク》さんがもうすぐ帰郷するから、金沙馬と鳩の世話のできる者を雇うつもりだった。敏は動物が好きだったな、おまえにできるか」

確信のなさそうな顔でこちらを見上げて、敏童は首を揺らした。うなずいたのか横に振ったのかいまひとつわからない。馬を間近で見たことのない者には、恐ろしいだけだろうが、敏童には選択の余地などなかった。

「妹の方も、仕事があれば使ってやればいい。趙婆、潘おばさんには別に見舞いの果物と、生薬の引き出しにある人蔘《にんじん》と当帰を五両ずつ、持たせてやってくれ」

そう指示を出して、ルーシャンたちのところへ戻ろうとした遊圭だが、みなが物言いたげに自分を見上げているのに気がつき、足を止める。

「まだ、何か？」

趙爺が進み出る。

「わしらは、潘の兄妹《きょうだい》をなんて呼べばいいんでしょうか」

思いもしなかったことを訊《き》かれて、遊圭は一瞬戸惑った。使用人たちは本名とは別に、主人に与えられた通称で呼び合うのが金椛《ジンファ》の習わしだ。無精ひげに覆われたのっぽの青年を少年期の呼び名で使うのも、しっくりこない。十五を過ぎてから奉公に上がる者は、勤め先の通称をそのまま字《あざな》にすることもある。十五でいきなり流刑にされてしまった敏童は、字をつけられないままおとなになってしまったのか。

星家の者に字をつけるのは、これが初めてであることを自覚した遊圭は急に緊張した。脈絡もなく、玄月は花に因《ちな》んだ名を部下に与えるのを思い出す。これからの星家の家風がこの命名にかかっているのかと思うと、緊張しないわけにはいかない。

考え込んで敏童の頭越しに視線をさまよわせると、開け放たれた煙出し窓の向こうに、雪をかぶった竹林が目に入った。

「敏は竹生《ちくせい》、妹の方は春雪《しゅんせつ》。もう、すぐに春だからね。みんなも昔のことは忘れて、仲良くしてやってくれ」

どうにか縁起の良い名を思いつき、みなの顔に安堵《あんど》が広がるのを見て、遊圭は小広間へと戻った。もったいないくらい善《よ》い名をもらったと、敏童が使用人たちに小突き回される陽気な騒ぎが背中に聞こえる。敏童改め竹生の、生き返ったように気弱げな微笑が、いつまでも遊圭のまぶたに残った。

星家の再興が順調に進んでいく予感に、遊圭の胸は温かくふくらんだ。

＊　　＊　　＊

「では、紹《しょう》はルーシャンを楼門関の太守に任ずるのは、反対なのだな」

陽元はお気に入りのおもちゃを取り上げられた子どものように、口の両端を下げた。

「御意。ルーシャンの能力は確かに朔露《さくろ》の防衛に必要ですが、異民族出身者を藩鎮《はんちん》に据えるのは朝廷の和を乱すことになります。地方官の職を望んでいた進士出身の不満は避けられず、遠からず大家《ターチャ》の足元が崩される要因となるでしょう。大家はすでに、李徳《りとく》一門の徹底粛清、太医署《たいいしょ》への女医生の入学、外戚《がいせき》族滅法の廃止という、旧来の伝統を打ち壊す政策によって、保守派の反感を買っておいでです」

「その三つの政策には、紹もひと口もふた口も嚙《か》んでいるのだがな」

陽元《ようげん》の不平に、玄月は顔の表情筋をほとんど動かさずに「御意」と応じる。

夏沙王国から生還し、休養を終えて復職してからの玄月は、極端に無感動になってきたように陽元には思える。忙しさを口実に、重要な報告があるときか、こちらから呼び出しをかけない限り参内しなくなったのも、今年に入ってからだ。

「それでは、北西の守りをあきらめて、領土が削り取られてもいいというのか。夏沙王国からの朝貢も途絶え、農業生産が低く、交易に頼る西沙州を見捨てるか」

——麗華を見捨てるか——と責める声が陽元の胸に落ちる。

「西沙州河西郡は、もともと異民族が多く居住する帰属地です。同系の異民族が攻めて来れば、容易に協力し、内応の呼びかけに応じる可能性も高いでしょう」

「飼い馴《な》らしたつもりの犬に嚙みつかれる前に、切り捨てろと？　ルーシャンも朔露に内応する恐れがあると紹は思うのか」

玄月はわずかに頭を下げて、視線を落とす。

「ルーシャンの父親は康宇《こう》国の元老一族に連なる者ですが、母方の系譜が確認できておりません。本人は庶出で、幼児期に別れた母の名は覚えてないと言っておりますが、母親の名を知る者を奴才《わたくし》の部下がハタン市で見つけました。康宇語とは響きの異なる名であったそうです」

「母親が朔露人とすれば、康宇の国を滅ぼしたのが朔露では、その名を覚えていてもルーシャンは口にはすまいな。だが、朔露人は金椛《ジンファ》人寄りの顔立ちをしているのではなかったか。ルーシャンに東方の血が混ざっているようには見えぬが」

「東西の両親の間に生まれた子が、必ずしも足して二で割ったような容姿に生まれてくるわけではありません。ルーシャンの母親が朔露と胡人との雑胡であれば、東方人の特徴は判別できないほど薄れても不思議はございません」

黙り込む陽元の不満げな顔つきに、玄月はさらに言葉を続けた。

「ルーシャンは一世代目の移住者です。しかも本国にどれだけの係累を残しているか、判明していません。奴才《わたくし》の部下にはできる限り詳細に調べるよう命じましたが、父方の系譜に手を付けた段階で朔露軍の侵攻を受け、やむなく康宇の都を脱出せねばなりませんでした。素性が明らかでない者を、国家の行方を左右する重職に就けることは、災いしかもたらしません」

わずかな沈黙のあと、陽元が落ち着いた声で問い返す。

「康宇陥落時に朔露に投降したルーシャンの眷属《けんぞく》が、楼門関までやってきて内応を呼びかけるかもしれない、と？」

「御意」

整えられた髭《ひげ》を、無意識にいじりながら黙り込む陽元に、玄月は身を乗り出して自分から話しかける。

「奴才《わたくし》、畏《おそ》れながら申し上げたいことがございます」

「話せ」

「静養中に、現存する史書を可能な限り入手し、中原のみならず異民族の国々の興亡の記録を通読いたしました。国が、何故亡びるのか――」

「それは静養とはいわん。なぜ言われた通りに心身を休めなかったのだ。ちゃんと鏡を見ているか？　ここのところ、まったく生気の失《う》せた顔色になっているぞ。無理が祟《たた》る前にもういちど長期の休暇をとらせてやろうか」

学問の虫、あるいは仕事中毒にもほどがあると、あきれて幼馴染《おさななじみ》の腹心を叱りつける陽元に、玄月は心動かされたようすもなく淡々と言葉を続ける。

「先帝の治世には大きな問題はなく、人民は太平に浸り、官僚はそれぞれの出世と水面下における権力闘争に注意を払うだけの、おおむね安定の時代でありました。大家《ターチャ》の御代においては、李徳一族の粛清で官界に不安が広がっているところへ、太祖の定めた外戚族滅法を廃し、さらに教育機関の改革と、保守派が安穏と依《よ》ってきた伝統を打ち壊してしまいました」

「それはもう聞いた。繰り返さなくてもわかっている。情に流されて下手な手を打ったと言いたいのだろう。翔《しょう》の外戚を守ろうとしたことが、金椛《ジンファ》の世が私の代で終わってしまいかねないほど、致命的な失策だったというのか」

「次に打つ手が失策なら、致命的になるでしょう」

「そなたら親子の言う通り、可能な限り官僚どもの上奏を受け付けて目を通し、意見を添えて裁可し、聴政《ちょうせい》では政務が午後にずれ込んでも話を聞いているくらいだぞ！　あらかじめ採用が決まった案件ばかりで中書省に申し送りするだけなのに、私が聞く意味があるのかと思うたびに、何のために視朝の間中ひたすら玉座に座っているのか情けなくなる！　運動する時間も三日に一度取れればいい方だ」

　ここぞとばかりに鬱憤《うっぷん》を吐き出す主人に、玄月は短く言葉を返す。

「皇帝ご自身による認可を受けている、と官僚たちが実感できることが大切なのです」

だったら、自分でなくてもいいのではないかと陽元は思ったが、さすがに言い出せない。いったい、天は何を意図して凡庸な自分を天子の座に据えたのか、そんな相談すら誰にも言えない場所に、かれはもう何年も佇《たたず》んでいるのだ。

「朝廷において、ルーシャンをして対朔露防衛対策について候補者と討論させるのは、よいお考えです。平和が続きましたゆえ、根拠もなくこの太平が続くと信じている高官たちにはよい警鐘となりましょう。候補者たちも、利殖に励める地方行政官としてではなく、戦場を采配《さいはい》せねばならない司令官として、任地へ赴く覚悟が必要であることを知玄月の声音に何かひっかかる不協和音を感じた陽元は、幼馴染の顔をいま一度じっくりと眺めた。

「紹は、戦場をくぐり抜けてきたのだったな」

気晴らしの鍛錬とは異なる、一瞬も気の許せない死線を越えてきたことが、玄月の内にある何かを変えてしまったのか。

「討論のときは、紹も近侍せよ。太守の選出には、そなたの意見も聞きたい」

「御意」

十一、遠慮近憂

結局、春節の前後は宮中行事やルーシャンの接待に忙しく、遊圭は明々の村を訪問することはできなかった。伝書鳩のもたらす知らせでは、帰省中の成宗謙《せいそうけん》は特に問題を起こしたようすはなく、遊圭はほっとした。

明薬堂の経営は軌道に乗ったので、村の縁故から小僧と小女をひとりずつ雇い、店に置くようにした、星家からの用心棒は必要ないとも伝えてきた。

援助はもういらないと言われれば、遊圭は寂しい気持ちになる。

明々の夢や幸福を叶《かな》えるためなら、どんな援助も惜しまない。しかし、あの前向きで明るく、不屈の明々が独り立ちするのに遊圭の助けなど、はじめから必要なかったのではないかと考えてしまい、さらに侘《わび》しくなる。

――いや、人手が増えたといっても、女手で店をやっていくのは大変だし、小僧では用心棒にはなり得ない。困ったことがあったらいつでも助けられるようにしておこう。

年賀の遣《つか》いは敏童改め竹生に行ってもらった。春節の贈り物は輸入物の稀少《きしょう》な生薬、陽元に下賜された中から絹と絁《あしぎぬ》などの反物、糸と染料。日持ちのする都名物の練り菓子。人気の職人に作らせた鼈甲《べっこう》の簪《かんざし》。

家族が半年はつつましく暮らせるであろう高価な荷を預かった竹生は、持ち逃げせずにきちんと届けてきた。返礼品の李家の漬物や、田舎ではありふれているが都では手に入りにくい野生の薬草、そして春らしい萌黄《もえぎ》に染めて仕立てられた直裾袍《ちょつきょほう》などを持ち帰った。

「明々さん、すごくきれいになったんですね。店も立派で、陶蓮《とうれん》姐さんの薬種屋を思い出しました」

竹生は素朴な驚きを単純に表した。

外戚族滅法のために星一族が追われたとき、遊圭を匿《かくま》い逃がすよう依頼されていたにもかかわらず、当局に遊圭を売った女薬師に喩《たと》えるのはいささか無神経というものだ。

しかし、遊圭は聞き流して雪の中を往復してくれた竹生の苦労をねぎらった。

「明々は、竹生が敏童だって気がついたかい」

「話しているうちに、思い出したみたいです」

竹生と話しているところへ、未明から登城していたルーシャンと達玖《タルク》が戻ってきた。

天子の御前で執り行われた、楼門関を擁する河西郡太守の選抜討議の結果が気になり、遊圭は急いでふたりを出迎えた。

「どうでした」

白い息をせわしなく吐いて、肩から雪を落とすルーシャンたちに訊《たず》ねる。

「まぁ、予想通りだ。劉《りゅう》なんとか、というのが太守に決まった。軍事経験はないってことだが、この二世代、外国との交戦がない時代が続いてるわけだから、金椛《ジンファ》帝国の高官で軍事経験のあるやつがそもそもいない」

「反乱は先帝の時代にも何度かあったそうですけど」

「地方の常駐軍で制圧できる程度のやつだろう」

遊圭は趙婆《ちょうば》に茶菓の用意を命じたが、ルーシャンは寒さ落としのためにと、温めた酒を所望したので、酒肴《しゅこう》も追加する。

「辞令はまだだが、前祝いだ。一番いい肴《さかな》を出してくれ」

「何の前祝いですか。太守への昇進はなかったんですよね」

困惑気味に訊ねる遊圭に、片方の口の端をくいっと上げたルーシャンは、拳《こぶし》を上げて胸を叩《たた》く。

「将軍に昇進した。一品上がって游騎《ゆうき》将軍だ。この一年、あのあたりの城主では一番の働きを認められたわけだ」

「おめでとうっ、ございます」

我がことのように瞳《ひとみ》を輝かせて、遊圭はルーシャンの昇進を祝う。

「趙婆、ありったけのごちそうと、お酒を出して。足りなければ買ってきて！　みんなにもふるまって」

厨房《ちゅうぼう》から歓声が上がる。ちょうど昼食時だったので、みなが集まっていたようだ。

武官用の朝服から私服に着替えて、小広間に落ち着いたルーシャンが、さっそく運ばれてきた酒肴に手を伸ばす。

「劉家一門てのは、けっこう幅を利かせている家なのか」

「本貫《ほんかん》の違う劉家もいくつかありますから、どの劉家かすぐにはわかりませんが。一門から三代で五人も官僚を出せば名門です。新太守の名前と前職は聞きました？」

ルーシャンは学生に過ぎない遊圭の話も、腰を据えて耳を傾ける。官界についての情報は、どれだけ頼りない相手からでも漏れなく収集する心づもりらしい。

「名は源《げん》といったかな。前は館職とか言っていた。学者らしいが」

「館職は国士監《こくしかん》や図書寮などの長官で名誉職ですが、皇帝陛下に講義したり、顧問に選ばれたりすることもありますから、相当頭の切れる方ですよ。きっと」

ルーシャンは杯を一気に空けて豪快に笑った。

「そこだけ聞くと、おれの苦手な類《たぐい》の人間に聞こえるが、防衛策もそこそこ現実的な興味深い提案をしてきた。劉大官が遊圭みたいな学者なら、うまくやっていけそうだ」

「太守と将軍は車の両輪ですからね」

遊圭が生真面目に同意すると、ルーシャンは満面の笑みで膝《ひざ》を叩いた。

「その劉源がおれの舅《しゅうと》になるんだそうだ。花嫁は二十歳《はたち》過ぎた娘だそうだが、あまり不器量でなければいいがな」

祝言を十日後に控えていると聞かされ、ルーシャンを取り巻く状況のあまりの進展の速さに、遊圭は眩暈《めまい》を覚える。ここまで性急であからさまな政略結婚を目にすることがあるなど、遊圭は想像もしたことがなかった。

太守の任命と、ルーシャンの将軍昇進の決定が下されたのち、劉源の娘とルーシャンの縁組が持ち出されたという。言い出したのは劉源だったが、あらかじめ陽元の承認があったことは容易に推測できる。もしかしたら、観月楼でルーシャンが玄月に面会したときには、すでに筋書きは出来上がっていたのかもしれない。


祝言を挙げたルーシャンが、劉源の用意した新居へ達玖《タルク》や部下たちと移ってしまうと、遊圭の邸《やしき》はがらんと寂しくなってしまった。そしてルーシャンは新妻との床も温まらぬうちに、啓蟄《けいちつ》の候を待たずして西の国境へと戻っていった。

春になれば、朔露《さくろ》だけでなく、備蓄食料の尽きた国境周辺の山賊や異民族の略奪が始まる。辺境の民の暮らしと財産を守るために、ルーシャンは次期太守の劉源よりもひと足先に、任地へと戻らなくてはならなかった。

嵐のような冬が過ぎ、梅花の蕾《つぼみ》がほころびはじめるなか、遊圭は国士太学において尤《ゆう》仁《じん》らとともに学問に励む日常が戻ってきた。

年が明ければ、もはや新入生も一般の国士として扱われる。定期試験では上院五百人の全学生に、一律の評価によって席次がつけられる。最初の月試の結果発表では、遊圭の席次はやはり下から数えた方が早かった。しかし意外なことに、何年も太学で学ぶ諸先輩を何人か抜いた位置に、自分の名を見つけて気をよくする。

そして、帰省中に羽目を外して、勉強などしていなかったであろう成宗謙の名を探せば、これは遊圭よりもさらに百番も上にあった。釈然としない気持ちが顔に表れていたのか、尤仁が「次の試験でがんばればいいよ」と励ましてくれる。

その尤仁はなみいる諸先輩を踏み越えて、全上院五百人中、二桁《ふたけた》台の快挙であった。

「君の頭の中はいったいどうなっているんだ」

舌を巻く遊圭に、尤仁は恥ずかし気に頭を振るだけだ。

「遊圭だって、詩賦さえ平均を超えれば、もっと上位に食い込めると思うけど」

「尤仁が詩賦でも上位なのがわたしには納得できないよ。他の教科に比べると、詩賦は地方出身者にはとても不利なものなんだろう？」

政界で活躍しようという野心を抱く地方の学生が、地元にも設置されている国学館ではなく、帝都の太学を目指す理由は、中央のそれも上流階級で話されている金椛《ジンファ》官語の習得にあった。官語を正しく流暢《りゅうちょう》に操れるかどうかは、進士及第時の成績を大きく左右し、その席次は官界に入ってからの出世速度に各段の違いをもたらす。

地元と帝都では、話されている言葉が外国語なみに隔たりのある遠隔地から来た学生にとって、韻律や抑揚の機微を聞き取り、正しく発音する必要のある詩賦は、はなはだ不利な科目であった。

「詩賦に関しては、弱点になるのがわかっていたから、詩人の誉れ高い中央の進士崩れを父が家庭教師に招いていたんだ」

尤仁《ゆうじん》は声を低くして、遊圭の肩に口を寄せる。

「ここだけの話だけどね。先生の曰《いわ》く、優れた詩才があっても、出世の役にはあまり立たないそうだよ。詩会や宴《うたげ》ではちやほやはされるけど、ふだんから詩作に気を取られていると猟官ではひとに後れを取るし、実務がからきしで胥吏《しょり》や家宰に棒給や家財をかすめ取られても気がつかず、蓄財もへたくそで、いずれは落ちぶれてしまう」

遊圭も苦笑いしてうなずいた。

「そういえば、わたしも父様が詩を詠んでいるところなど聞いたことがなかった。官僚になってしまえばいらない知識なのかな。おとなになったら役に立たない学問なんて、なんのために必死になって勉強するんだか」

ふたりして笑っていると、いつから立ち聞きしていたのか、背後から成宗謙が馴《な》れ馴れしい声をかけた。

「王謙《おうけん》のように、閣僚級まで昇りつめた詩聖だっているぞ。自分ができないからといって、教科そのものを貶《おとし》めるもんじゃない」

ひそかに軽蔑《けいべつ》する宗謙にぐうの音も出ないことを指摘され、遊圭は不愉快になる。とはいえ、官家に育ち、完璧《かんぺき》な官語を操りながら、気の利いた詩のひとつもひねり出せないのは、どう考えても恥ずべきことではある。

遊圭は悔しさを呑《の》みこんでへりくだり、宗謙に訊ねる。

「どうすれば、鑑賞に堪える詩が作れるようになるんでしょう」

宗謙はにやにやと値踏みする表情もあからさまに、対価を要求してくる。一斗の酒と引き換えに得た情報は、遊圭には納得のいかないものであった。

「はじめのうちは、声調の韻律をそろえることは考えず、目に見えたこと、それについて思ったことや感じたことを書き散らせばいい。それと交互に優秀な古典を繰り返し音読しろ。一年も続けていれば、だんだんと体裁が整ってくるものさ」

遊圭の不満顔を軽く受け流して、宗謙は鋭い視線を尤仁へと向けた。

「史《し》尤仁といったな。ひと気のないところを歩くときは気をつけろ。劉宝生《ほうせい》の取り巻きの、それも弟分のやつの席次を抜いちまった。劉海生《かいせい》という。嫌がらせ程度ですめば、運がいいと思えよ」

そう言い終えると、宗謙はさっさと立ち去った。それを言うためにわざわざ遊圭たちに声をかけてきたらしい。宗謙の警告に嫌な予感を覚えた遊圭は、急いで人混みを掻《か》き分け、前に出た。

張りだされた席次表に、注意深く目を通していく。指を折りながら順番に最下位まで名簿を追っていく遊圭を、尤仁《ゆうじん》はどうしたことかとついていった。

「どうしたんだい、急に怖い顔をして。宗謙は大げさに言っただけじゃないのか」

遊圭は尤仁にだけ聞き取れる低い声で囁《ささや》いた。

「劉姓で名前に〈生〉がつく者が十一人もいる」

「どういうこと?」

「劉宝生の同世代の兄弟や従兄弟《いとこ》が、十一人も国士になっているってことだよ」

「それがどうかしたのか。名門なら家塾に子弟を集めて、誰もが同じように高い教育を受けて受験するんだろう? 事実、君も兄さんが存命なら君の家だけで十年の間にふたりの国士を出したことになるわけだし」

「それでも十一人は多すぎる。しかも、劉姓のうち八人は下位のほうで、去年の童試合格者よりも下の席次だ」

遊圭は尤仁の袖《そで》を引いてその場を立ち去った。その足で国士監の図書寮へゆき、進士や国士の名簿を閲覧する。劉姓の者の本貫とそれぞれの両親の名を追っていくうちに、確かに多すぎるほどの劉宝生の親族が官籍を得ていることを確認した。

公の場での盗み聞きを怖れた遊圭は、尤仁を家に誘った。邸《やしき》の厩舎《きゅうしゃ》で金沙馬《きんさば》の毛並みを撫《な》でながら、尤仁が訊《たず》ねる。

「遊圭は劉家の不正を疑っているのか」

「疑ったところでわたしにはどうしようもないけどね。証拠があるわけでなし。劉宝生の父親は、学館職を渡り歩いた劉源大官だ。あれだけの数の不正を通せるってことは、国士監はもちろん、官界にも大きな力を及ぼせるんだろう。わたしにどうこうできる相手じゃない」

尤仁は金沙馬の鬣《たてがみ》を握りしめ、下唇を噛《か》んだ。

「でも悔しいな。僕ら地方出身の良人《りょうじん》階級が血の滲《にじ》むような努力を重ねても、千人にひとり受かるかどうかの中央の国士太学に、去年の童試合格者よりも劣る連中が楽して入りこんでいるなんて。登用試験は、正当な努力をした者に、公平に開かれているんじゃないのか！」

金沙馬の鬣を握りしめた尤仁の手が震える。金沙が首を振り、軽い鼻息で不快感を表すと、尤仁は我に返って金沙に謝り、その首を優しく撫でた。

そこへ竹生が飼い葉と水を持ってやってくる。勤め始めてから身だしなみも整い、血色もよくなってきた竹生だが、おどおどした態度と表情は相変わらずだ。

「ぼっ、大家《ターチャ》。お帰りでしたか。今日は乗馬されるんですか」

「うん。昼食のあとで尤仁と近くの馬場へ行くから、半刻後に鞍《くら》を据えておいてくれ」

そのあとの尤仁はひどく無口になって、食事をしても会話は弾まず、乗馬に出かけても気分は晴れなかった。むっつりと考え込む尤仁に、遊圭は証拠もないのに自分の思いつきを話してしまったことを後悔した。

確証のないことを口にしない、憶測で自他の判断を誤らせることは望ましくないことだと、半年も顔を見ていない玄月の嫌味が聞こえた気がした。

劉宝生が、ルーシャンが娶《めと》った劉大官の娘の兄だということも、遊圭の気を重くする。宝生がルーシャンの義理の兄弟では、下手に弾劾もできない。

つくづくと、官界の狭さにうんざりする。これでは、誰もかれもが血縁姻戚《いんせき》や推挙に伴う連帯保証などの柵《しがらみ》で、互いにがんじがらめとなり、誰かの不正や欺瞞《ぎまん》に気がついても、自分や友人が巻き込まれ連座させられるのを怖れて沈黙し、膿《うみ》がため込まれゆき、国家の腐敗を止めることができない。

そのために、そうした官界に生きる遊圭もまた、抱えてしまった疑惑はひとり胸の奥にしまいこみ、父親や一門の権威を嵩《かさ》にきて構内を闊歩《かっぽ》する劉宝生らを、横目にやり過ごす日々に甘んじる。

しかし、尤仁は違う考えのようであった。乗馬の誘いにも乗らず、書院や寮に閉じこもってこれまで以上に猛勉強に励み、次の月試では五十位内に食い込んだ。

地方出身者がこのような快挙を遂げることは、ここ何年かぶりのことだった。しかも、尤仁が良人階級の未《いま》だ十代であったことから、官家出身でない学生たちは興奮に沸き返った。その一方で、良人階級出の学生でも、長く在学している成宗謙などは眉間《みけん》を曇らせた。遊圭に「劉宝生らの尾を踏むような真似をするなと、忠告したはずだがな」と耳打ちした。

遊圭は尤仁たちがその日の講義を受けに書院に入っていくのを確かめてから、張り出された席次表へと戻った。やはり、下位に留《とど》まる劉一門の子弟の名前は、前回と同じであった。劉宝生は堂々の首席である。

釈然としない思いを抱えて席次表をにらみつけていた遊圭は、衣擦《きぬず》れの音とともに歩み寄ってくるひとの気配に振り向いた。

「これは、星公子。試験の結果がお気に召さないようだ」

とても親しみやすい笑みと、おとなの落ち着いた声で話しかけてきたのは、ほかでもない劉宝生だ。青年から壮年にさしかかった、いかにも上流の子弟らしい端正なたたずまいが様になっている。

遊圭は先輩に対する揖礼《ゆうれい》を丁寧にこなし、微笑み返した。

「いいえ、自分の拙《つたな》さを情けなく反省しているところです」

「星公子は、まだまだお若い。焦る必要などどこにもない」

なんという耳に触りのよい声と言葉遣いだろう。完璧なまでに人の好《よ》さそうな笑みに、誰かを思い出す。

「どんなに勉学に励んでも、運の良し悪しもある。星公子はすでに蔭《おん》の官位をお持ちだ。急いで進士にならずとも、早く立身出世が叶《かな》うことだろう」

遊圭は、宝生もまたすでに蔭位《おんい》を得ていることを察した。次の試験で進士及第すれば、うことも。

宗謙や尤仁《ゆうじん》が合格したときよりも早く実入りの良い官職を得て、昇進するであろうとい

「わたしは、家が再興できればそれでよいのですが、生き残った家の者たちの期待に応《こた》えられないのも心苦しいものです」

それは遊圭の本心ではあったが、宝生には謙遜《けんそん》にしか聞こえなかったであろう。

宝生は人好きのする笑みを浮かべて、話題を変える。

「我が妹の婿となったルーシャン将軍が、滞京中に星家にお世話になったと聞いたが、まことなのか」

遊圭は作法通りにうなずき返す。

「陛下に将軍の接待を命じられました。わたしの療母が胡人《こじん》であったので、西方の文化に明るく、言葉も多少理解しましたので」

「そういう事情であったのか」

非常に空虚な社交辞令の応酬に、遊圭はたちまち疲労を覚える。

「ルーシャン将軍から、星公子は国士太学には頼りになる年長の朋友がおらぬと聞いた。つきあう友人は慎重に選び、困ったことがあれば、私のもとに来られるとよい」

ルーシャンがそのようなことを気にかける人間ではないことを、遊圭はよく知っている。ルーシャンと知己である遊圭に対して、姻戚関係となった自分の存在を印象づけるために近づいてきたのだろう。

そして、遊圭の保証人になってくれた成宗謙は、頼りになる先輩ではないとも、宝生は考えているらしい。

「お心遣い、ありがとうございます」

謝辞を返した遊圭は、学府でもっとも優秀な先輩に声をかけられた新人よろしく、感激に拱手《きょうしゅ》を震わせて宝生を見上げた。

試験の直後に勧誘と牽制《けんせい》をかけてきた宝生のあざとさに、遊圭は警戒心を強めた。学舎では尤仁のそばにいて、嫌がらせなどされないように目を光らせることはできるのだが、寮まではついていけない。

席次発表から日が経つにつれて、尤仁の顔色がだんだんと冴えなくなっていった。遊圭は理由を尋ねたが、なんでもないと返されるばかりだ。

休み明けに尤仁が講義を休んでいるのを心配した遊圭は、帰り際に学生寮に寄った。尤仁の部屋を訪れたが、姿が見えない。通りすがりの学生に尋ねれば、洗濯場にいるという。言われた方向へ降りていけば、尤仁が制服の縹袍《はなだほう》を洗っていた。

「学舎にこないから、風邪でも引いたのかと見舞いに来た。ずっと顔色が悪かったろ」

そう言いつつ、盥《たらい》の前にしゃがみこんだ遊圭は、鼻を突く汚物の悪臭に顔を歪《ゆが》めた。

「言っとくけどね。僕が漏らしたんじゃないよ」

尤仁《ゆうじん》は目を赤くして、袖をまくり上げた腕で顔を擦《こす》った。

「そんなことはわかってるよ。まさか、ずっとこんなことをされてたのかい」

ここ数日、留守中に残飯や、蛙や鼠の死骸《しがい》を投げ込まれるといったことが続いていたという。

「勉学に集中できないように嫌がらせしてたんだろうけど、負けるもんかと思って無視していたら、休みの日に干しておいた制服を汚された」

目に涙を溜《た》めて制服を洗い続ける尤仁に、遊圭はかける言葉もない。国から支給される制服は、普段用の絁《あしぎぬ》の袍と、儀礼用の絹の袍を一組ずつのみだ。たった一枚しかない普段着を汚されては、新しいのを仕立てるまでは登校もできない。学生に国から支払われる給費では、食費と文具を賄うのに精いっぱいで、年に何着も衣裳《いしょう》を仕立てることは難しかった。

「これはもう、だめだよ。臭いも色も落ちないだろう。わたしの家に余分があるから、新しいのができるまで、とりあえずそれを着て通えばいいよ」

うつむき、丸めた袍を絞る尤仁の拳《こぶし》が震える。

「また同じことをされるよ。僕が自分から席次を落とすまでね」

「じゃあ、寮を出てわたしの家に移ればいい。いくら劉家に力があっても、さすがに皇太子の従兄《いとこ》の家に汚物は投げ込まないだろう」

尤仁は顔を上げて、大きく見開いた目で遊圭を見つめる。少しの間ためらっていた尤仁だが、成績を下げずに学問を続けていくにはそれしかないと悟った。

「迷惑を、かけるね」

小さくうなずく尤仁に、遊圭はすっくと立ちあがって言った。

「どういたしまして。その代わり、君はわたしに詩作のコツをみっちり教えてくれるんだよ。よろしく」

部屋に戻って荷物をまとめるのを手伝おうとした遊圭だが、尤仁の所有物は着替えの入った行李《こうり》と、文房具と書籍の入った行李、一人分の食器を入れた小箱のみであった。

成宗謙の寮室も殺風景だった。郷里へ帰ればそれなりの名士の子息であることを思えば、都に出てきて学問するだけでも大変な苦労をしている彼らに、才能を発揮し活躍する機会さえ奪ってしまおうとする、名門御曹司らの傲慢《ごうまん》さが腹に据えかねる。

「いつか、見返してやればいい。自分が無力で、どうしようもないときは、じっとして嵐が過ぎるのを待つしかないんだよ。終わらない嵐はないんだ」

遊圭は重たい方の行李を背負った尤仁に、そう言って慰めた。

学舎から遊圭の邸《やしき》まではけっこう距離がある。宗謙の言うように闇討ちにでも遭うのではと用心しつつ通ったが、それ以降は怪しいことも危ないことも起きなかった。

「寮での嫌がらせも、本当に劉宝生たちがやっているっていう証拠がない。多分、あいつらも尤仁のことは顔も見ないで、下っ端に汚い仕事をやらせているんだろうな」

「自分の手は汚さずに、って？」

「そうだね」

尤仁《ゆうじん》の悔し気な問いに、相槌《あいづち》を打った遊圭はふいに刺すような胸の痛みを覚えた。無意識に手を目の前に広げて見つめる。

自ら武器を振るうことなく、何百という紅椛《ホンファ》軍の兵士を殺させた自分の手は汚れているのだろうか。あれから一年半も経っていることが信じられない。本当にあったことかどうかさえ、自信がなくなってきた。義弟に夫を殺され、生まれたばかりの赤ん坊を抱えた麗華は、孤立無援の王城の奥深くでいまごろどうしているのだろう。

「遊圭、どうした？」

尤仁に名を呼ばれて、はっと我に返った遊圭は、ぎこちなく笑みを浮かべた。

「なんでもない。いっそ闇討ちでもしてくれたら、返り討ちにして犯人を捕まえて、首謀者を白状させてやるのに」

強がってみせたものの、今回は嫌がらせですんだのは、次の試験では席次を落とすようにとの警告だろうと遊圭は考えた。

「自称病弱の公子様に、そんな荒事ができるもんか」

「達玖《タルク》さんに教えてもらった鍛錬は続けているお蔭で、大きな病気はしなくなったけどね。まだまだしょっちゅうお腹が痛くなるし。季節の変わり目は咳《せき》が出るし。春は特に邪気を引き込みやすいから、油断はできないんだよ」

去年のいまごろは、慢性的な微熱と受験勉強との闘いだったのに、今年の冬は高熱を出すような風邪もひかずに過ごすことができた。過酷な旅の体験から、時間をかけて少しずつ体が回復していたことを、遊圭はあらためて実感する。

平穏な数日が過ぎ、遊圭は尤仁に明々の村で上巳節《じょうし》の休みを過ごすことを提案した。

「ところで、蔡大人にいい馬を紹介されたんだ。金沙一頭だけだと、寂しがるだろうし、替え馬は必要だって言われて。達玖さんのとよく似た立派な黒馬だそうだよ。初遠乗りにどう？」

「それは嬉《うれ》しいけど、会いに行くのは君の命の恩人だっていう娘さんだろ？　せっかくの桃の祭りに、僕が邪魔していいのか」

尤仁に冷やかされた遊圭は、頬をひきしめて真面目な顔を作る。

「そんな心配はいらないよ。わたしに親しい学友ができたことを知れば、きっと自分のことのように喜んでくれる。わたしが都でひとりぼっちじゃないかって心配しているんでね」

「あんなに使用人を抱えて、寂しくなんかないだろ」

「でも、対等じゃない。趙婆に言わせると、わたしが大家《ターチャ》さまって顔してないと、みんなが安心して仕事ができないらしい。実際、家で医薬や学問の話ができる相手は、身の回りには君のほかにひとりもいない」

鍼《はり》の師匠でもある馬延《ばえん》とも、ずっと会っていない。官人と宦官《かんがん》は公私ともに会うことが禁じられていると玄月に言われて、馬延の診療所に行くことはためらわれるのだ。自分だけでなく、馬延にも迷惑をかけるかと思えば、都で気安く会話のできる相手が、本当に尤仁《ゆうじん》以外にいない。

学友は何人かできたが、国士太学に入ってからできた友人は、遊圭を皇室の外戚《がいせき》と知って距離をおいて付き合っているので、気安くというわけにはいかなかった。

十二、陥穽《かんせい》

劉宝生と尤仁の確執はこれで一件落着したかと思えば、春季の試験では思いがけなく遊圭も席次をはね上げ、劉姓の某《なにがし》生をふたりばかり抜いてしまった。家賃に代えてと、尤仁による熱心な詩作特訓が功を奏したらしい。詩賦以外の教科では、そこそこ成績は良かったので、詩賦が平均に達すれば順位が上がるのは予測しておくべきだった。

「まさかこんなに急に効果があらわれるなんて」

成宗謙の助言も参考にして、ひまがあれば庭を眺めてはつれづれの所感を書き散らし、古今の名作を音読していたことも、おおいに貢献していたかもしれない。

びくびくしつつ日々を送ったが、さすがに宝生も遊圭に手を出すことは得策と思わなかったらしく、嫌がらせなどはされなかった。

そうして心の緊張を解き、上巳節の休暇を前にしたある朝、遊圭は史学科の教官に呼び出された。連れて行かれた官衙《かんが》では、碧衣《へきい》の官服の教官や教授だけでなく、緑衣の国士監の主幹たち、そして緋衣《ひい》をまとった学長の太学祭酒《さいしゅ》までが、ずらりと並んでいた。

「星公子《シンコンツー》が昨年末に提出された史学に関する論文について、訊《たず》ねたいことがある」

教授のひとりに話しかけられ、遊圭の心臓がどきりと跳ね上がる。姿勢を正して高官たちの論評を覚悟した。

「ずいぶんと朔露《さくろ》国の事情に詳しいようだが、これだけの情報を、どのようにして知ったのかな」

ひょろりとした顎《あご》ひげを、首の下まで伸ばした太学祭酒が、そのひげのようにひょろひょろとした声で訊ねる。遊圭は一呼吸してから答えた。

「参考にした史料文献は、論文末に列挙しておきましたが」

教授が論文の巻末を開いて検分し、主幹から太学祭酒へと回し見る間、遊圭の心臓は外から聞こえそうなほどバクバクと鼓動を響かせた。

「史書にはない記載も見られる。西域や北西部の事情にかなり詳しいようだが。どのようにして知ったのかね」

「昨年まで、当家の家婢《かひ》であった薬師に養われて、河北西部で暮らしておりましたので」

遊圭をのぞくおとなたち一同は、含みのある面もちで互いに視線を交わした。

族滅時に追っ手を逃れて失踪《しっそう》した遊圭は、運河で溺死《できし》したという噂が定着していた。

外戚族滅法が廃止されるにあたり、陽元と玄月が用意したのは、運河に落ちたのは別人で、本物の遊圭は叔母《おば》の玲玉《れいぎょく》が立后される前に、胡人《こじん》の家婢に伴われて都を脱出していたという筋書きだ。後宮に隠れ住んでいた時期を、都から離れた胡部に匿《かくま》われていたという設定にすれば、誰にも迷惑がかからない。

「河北西部のどこだね」

「えっ――」

遊圭は口ごもった。そこまで話を作っていなかったからだ。異国人の居住区にはある程度の自治が許されており、税さえ滞りなく納められ、暴動などが起こらない限りは、郡や県の長官も干渉を控える。『そのあたりの胡部』と言っておけば、いままで特に追及されたこともなく、されるとも思っていなかった。

「具体的な胡部名を出しても、累が及ぶということはない。言いなさい」

教授や国士監の主幹らは、匿ってくれた人々を遊圭が庇《かば》っていると思ったらしい。

「その、地名や胡部の名は知りません。教えられませんでした。屋外へ出たことはほとんどなくて、療母のほかは知らない人間ばかりで、口をきくこともなかったので」

なんとか言い抜けただろうか。

「そのわりには、胡人の生活風俗にずいぶんと詳しい。一般胡人の風俗や習慣、宗教祭儀まで書かれた史書は、かつてないはずだが」

「それは、療母が――滞在先では、わたしも胡族の風習に従って暮らすようにはからったからです」

「その療母とやらは、どうした？」

遊圭はごくりと唾《つば》を呑《の》んだ。まさか後宮にいるとは言えない。口裏も合わせないうちに胡娘まで尋問されては話が食い違ってしまう。

「わたしが帰京を許され蔭位《おんい》をいただいたときに、家婢の身分から解放しました」

「家属として家に置いてないのか」

「置いてません。奴隷商人に売られたとき、家族と生き別れになったと聞いていたので、自由になったら消息を尋ねたいだろうと思って引き留めませんでした」

主幹たちは顔を見合わせた。

「では、この西域の情報は、その療母から得たのだね？」

「というか、あの、昔からよく西域の話や胡人のおとぎ話は、子守歌代わりに聞かされていました。胡娘――療母は両親に許されて胡人の神を祭るのを許されていたので、そういうのも見て育ちましたし」

「その療母にも、出頭してもらわねばなるまい」

主幹のひとりが断言した。遊圭は驚いて声を上げる。

「出頭？　どういう意味ですか。論文の内容に、何か問題でも？」

「ふつうの人間では、知りえないような西部と西域のことが詳しく書かれている。楼門関周辺のようすなど、行った者でなければわからないほど詳細だ」

それがどうして問題なのか。遊圭の両掌《てのひら》に、べったりと汗が滲《にじ》む。緑衣の主幹が厳しい面持ちで告げた。

「許可のない一般人が国外へ出ることは禁じられている」

楼門関では、大勢の商人や物資がひっきりなしに出入りし、毎日のように市が立っていた。現状に沿わない部分は厳格に守られていなかったためか、周辺の住民が自由に楼門関を行き来するのを見ていた遊圭は、そのような法律があることを知らなかった。

「こ、胡娘は康宇《こう》国よりも西方から奴隷商人に連れてこられたのですから、楼門関も通過したのではないですか」

「それは、本人を見つけ出してから訊《き》くとして――星公子、この西沙州の植生について言及した部分だが――」

論文のところどころの記述に関して、出典や根拠を求められた。実際に見聞きしたことを言明できない箇所でたびたび答に詰まる遊圭に、主幹らは表情を険しくしていく。

不毛な質疑が続いたあと、主幹のひとりが太学祭酒に向かって言った。

「こちらの星遊圭公子を、しばらくお預かりしてよろしいか。もっと詳しく訊きたいことがあります」

太学祭酒は承諾し、遊圭の身柄はよそへ移されることになった。

言われるままに主幹についてゆくと、国士監の官衙の表に、箱型の輿《こし》が用意されていた。乗り込むように指示される。輿のそばに、武器を携えた衛士《えじ》が控えていた。

遊圭の頭の奥で、逃げ出すべきと警鐘が鳴らされる。しかしやましいこともないのに逃げ出すのも、かえって問題を大きくする。家に踏み込まれればそれまでだ。

遊圭は手の震えを抑えて輿に乗り込んだ。不安に胸を塞《ふさ》がれながら、四半刻《しはんとき》も揺られ続けただろうか。運び手の足音とその反響音から、いつしか屋内にいることを察する。

　輿がおろされ、四人の運び手たちの足音が遠ざかる。目的地についたのか、外に出てもいいのだろうかと遊圭が逡巡《しゅんじゅん》していると、箱輿の扉が外から開けられ、妙に甲高い声で出てくるように命じられた。

　外には、黒い直裾袍《ちょっきょほう》に身を包んだ細身の男たちが、遊圭を囲むように立っていた。しかしその顔を見れば、男といっていいものかためらわれる。三十代から四十代の彼らの顔には髭《ひげ》がなく、張りを失い始めたまぶたや首に皺《しわ》が寄り始めている。

　頭に載せているのは後宮で見るような丸帽ではなく、麻布を固めた平帽であったが、宦官《かんがん》であることは見間違えようがない。最年長と思われるひとりが進み出て、遊圭について来るように命じた。

　そして古ぼけた榻《とう》と卓の置かれた石造りの部屋に連れていかれる。

　なぜ自分が宦官に引き渡されたのかが、遊圭にはわからない。百歩譲って自分が罪を犯したとしても、官人であり外戚《がいせき》でもある遊圭の身柄を拘束するのは、都警護の衛士か、宮城の錦衣兵《きんいへい》だろう。

　遊圭は宦官らが腰帯に結えた佩玉《はいぎょく》の色を見て、自分よりも官位が下であることを確信し、背筋を伸ばした。

「ここに連れてこられた理由を、まず説明してください。わたしは星遊圭、国士太学の学生であると同時に、寄禄《きろく》の官位は従七品下、地位に合った待遇を要求します」

この五人の中では筆頭らしき宦官が、垂れ下がったまぶたの下の瞳《ひとみ》をゆらりと光らせた。見た目は中肉中背だが、宦官らしくなく鍛えられた筋肉が肩や胸の厚さに見て取れる。かつて後宮の女官や下級宦官を相手に、取り締まりと尋問を趣味とした掖庭局刑司《えきていきょくけいし》の李万局丞《りまんきょくじょう》のように醜く太ってもおらず、卑し気な顔つきでもなかったが、なにかもっと底の知れない恐ろしさを滲ませた目つきをしていた。

「我らに引き渡される官吏は、官位にかかわらず公平に扱われる。外戚とて例外ではない。特に、大家《ターチャ》の恩顧の陰で何をやっているかわからぬような輩《やから》はな」

子どものように高く、老人じみた響きの声は、遊圭の肝胆を寒くさせる。

「なんの言いがかりか知りませんが、あなた方は何者ですか。所属と姓名を名乗ってください」

「東廠《とうしょう》の駕門令史《がもんれいし》、李綺《りき》。李令史で通っている」

東廠と聞いて、遊圭はほっと胸を撫《な》でおろした。令史は九品に属さぬ流外の役人だ。東廠の幹部で官品を帯びる玄月《げんげつ》の名を出せば、なんとかなるのではないか。

「ここにわたしを拘束する理由を教えてください」

李綺は遊圭の前に立ち、見下ろす形でねっとりと話し始める。

「星公子はその年齢と経歴には不釣り合いなほど、西域と西沙州の状況にお詳しい。また朔露国の風俗も、まるで見てきたかのような知識をお持ちだ。いま、この金椛《ジンファ》帝国は、朔露軍と事を構えていることは、御存知でしょうな」

遊圭はとっさに言葉に詰まった。普通に都で暮らしていれば、西の辺境が侵略の危機にさらされていることなど、一般の市民が知ることはない。

遊圭の躊躇《ちゅうちょ》を、肯定ととらえた李綺令史は、にんまりと笑った。李姓の宦官はどうしてこうも尋問好きなのだろうかと、遊圭が腹立たしく思う間もなく、李綺は遊圭の肩に手を置き、ぐっと力を入れた。

「いま、われらが帝国には、朔露をはじめとして、この国の転覆を謀る国賊が跳梁跋扈《ちょうりょうばつこ》しておる。大家《ターチャ》を弑《しい》し奉ろうと謀った李徳《りとく》前兵部尚書《へいぶしょうしょ》の残党を始め、朔露と通じて我が国に攻め込む隙を窺《うかが》う紅椛《ホンファ》党なる逆賊どもが、この帝都を暗躍しているのだ」

はっと顔色を変える遊圭の反応を、李綺は見逃さなかった。

「紅椛党を知っているな？　豎子《こぞう》」

緊張感を欠く高い声は、しかし李綺の迫力と恫喝《どうかつ》を損なうことはない。遊圭は思わず首を横に振った。外戚族滅法が廃されたのち、隠れ場所から出てきた星家の次男坊が、外国との紛争や前王朝の残党の動向など、知っているはずがないのだ。

夏沙《かしゃ》王国に嫁いだ麗華《れいか》公主の随行員に、星遊圭の名はない。麗華のたっての願いで随行した女官近侍の名は、公式にも非公式にも存在していなかった。

皇室の外戚とはいえ、公主の寝室まで男子が入り込んでいたことが皇室の外に知れると、麗華の名誉にかかわる。

遊圭は口を一文字に引いて、固く口を閉ざす。

李綺は獲物を捕らえた獣のごとく、鋭く粘り気のある目つきで遊圭をねめつける。

「星公子、あなたは一族が族滅されてから四年間、どこに潜んでいた？　胡人の家婢《かひ》にかくまわれていたということだが、滅せられた一族の仇《あだ》を討つために国外に逃れて紅椛《ホンファ》党と合流し、雌伏して再起を図っていたのではないか」

言われてみれば、李綺の描いた遊圭の逃亡生活は、女装して後宮に潜伏したり、女装して公主の近侍として異国の後宮に潜り込んだりするよりも、よほど説得力があった。

自室からほとんど外に出たことのない当時十一、二歳の病弱な御曹司が、どうすれば紅椛党と渡りをつけ敵討《かたきう》ちなど思いつくことができたのか、その矛盾から突くべきかもしれない。しかし、自分の置かれた状況をしっかり把握する前に下手なことを言えば、上げ足を取られて追い詰められ、こちらの言い分をどのように解釈されるかわかったものではない。

ここで反逆者として疑われ、外に助けを求めるいとまもなく拘束されてしまったら、潔白を証明する手立てなどない。こちらの身元を知って敢《あ》えて捕らえたのだから、皇室の外戚であることが遊圭を助けるとは思えなかった。玄月の名を出すことが得策かどうかも、わからない。

まさか、麻勃《まぼつ》に酔っていた玄月から本音を聞き出そうとした遊圭を恨み、嵌《は》めようと企《たくら》んでいるのだろうか。

――いや、玄月さんはそんなひとじゃない。

そう自分に言い聞かせても、緊張が高まり、胸が苦しくなってくる。

「それは、ないです」

「では、この四年の間、どこで何をしていた？」

「療母の用意した隠れ家で、ひたすら息を潜めて暮らしていました」

自信に満ちた李綺の迫力に、遊圭はたどたどしく繰り返す。それで通すしかないのだ。

突破口のない息苦しさに、遊圭は久しぶりに喘息《ぜんそく》の予兆を感じた。懐をまさぐって喘息発作の鎮静薬を探す。

「強情な公子だな。それで西部のことがあれだけ詳しくわかるはずがないだろう」

李綺は横を向いて唾《つば》を吐き、嘲笑《あざわら》う。

「わたしがその、紅椛《ホンファ》党とやらと、かかわりがあったとしたら、帝都で呑気《のんき》に、学生なんかやってない、でしょう！」

李綺の言いがかりに、遊圭は咳《せ》き込みながら反論する。

「かかわりがあったと、言明したな」

「してません！　仮定の話です」

「まあ、時間はたっぷりある。国賊の尋問は、われらの裁量に任されているのでな。じっくり話を聞こうじゃないか。星公子《シンコンツー》。一族を滅ぼされたんだ。恨みを晴らすためなら、朝敵とも夷狄《いてき》とも組みたくなるだろうなぁ」

李綺は下がり気味のまぶたをぐっと上げて、遊圭へと身を乗り出した。遊圭は無意識に肩をうしろに引こうとした。李綺は遊圭の肩をがっと押さえつけて反論をゆるさず、にやりと笑った。

「国士太学《こくしたいがく》の上院は宮城の内側、あらゆる官衙《かんが》の官僚役人と接触でき、国士といえども朝賀や遥拝《ようはい》に参列する機会はある。腹に一物ある逆賊の間諜《かんちょう》には、誰にも怪しまれずに政府の内情を探るには絶好の立場ではないか。星公子は、やたらと図書寮《ずしょりょう》を出入りし、学問とは関係のない国士官僚名簿や、現役官僚の履歴を漁《あさ》ることが多いとか――」

宝生《ほうせい》の不正の証拠を見つけるために、官界における劉《りゅう》一門の人脈を明らかにしようと調べていたことを、不審に受け取られたのだ。そんなことまで東廠に注進されていたとは。遊圭は咳《せき》をこらえるのが精一杯で、何も言い返せない。

「族滅法が廃止されるなり、のこのこと隠れ家からはい出し、大家《ターチャ》に取り入って当たり前のように官品と富を要求する厚顔さがあれば、国の機密を盗み出したり、国賊を宮城に誘い込んだりすることなど、お手のものだろうよ」

これが東廠の内部調査法だとしたら、調査員の思い込みと言いがかりで、どれだけ無実の人間が拷問にかけられ、罪を認めさせられるのだろう。

取りだした丸薬を呑《の》むために水を所望したが、逆に毒を呑んで自殺するつもりかと薬を取り上げられた。

「喘息の薬です。返してください。わたしを、殺す気ですか。返し――」

喉《のど》から喘鳴が漏れ始め、遊圭は死に物狂いで薬を奪った宦官にしがみつく。はずみで床に散らばった丸薬を拾って、四つん這《ば》いのまま口に入れた。丸薬はむしろ渇いた喉に詰まって食道へ下りていかない。遊圭は必死で胸を叩《たた》いて、薄れていく意識と戦った。

意識が戻った時には、寒々とした独房の硬い寝台の上に横たえられていた。

首の周りが濡《ぬ》れているところを見ると、薬を喉に詰まらせた遊圭は、危ないところで水を飲まされたらしい。

生き延びた安堵《あんど》と、全身を覆う倦怠《けんたい》感で、遊圭は寝返りを打つ気力もない。

動けないまま放置されて、渇きに喉がひりつく。また咳が出そうだ。しかし丸薬を床にばらまいたせいで、手持ちの薬は麻勃だけとなっていた。しかし、こんな状況で麻勃を吸引したら、何もかもぶちまけて盛大な墓穴を掘ってしまうだろう。

体を起こして楽な姿勢になり、体中から力を抜いて呼吸を整える。発作でなければそれでやり過ごせるはずだ。朦朧《もうろう》としてくる意識の中で、遊圭はなにがどうしてこんなことになってしまったのか考えようとした。そしていま現在、尤仁《ゆうじん》が無防備に学舎から遊圭の家に帰る途中であろうことに思い至った。

ひと当たりの好《よ》い笑みを浮かべる劉宝生と、その取り巻きたちの顔がぼんやりと思い浮かぶ。

嵌《は》められたのだ。遊圭は意識をはっきりさせようと、ぐっと拳《こぶし》を握る。尤仁が危ない。気力を振り絞って身を起こし、見張りの宦官《かんがん》に李綺を呼ぶよう言いつけた。

「吐く気になったか」

勝ち誇った薄笑いを浮かべる李綺に、ふたたび尋問室へ連れて行かれたが、同じことを繰り返し訊《き》かれるばかりだ。

「紅椛《ホンファ》党なんか知りません。わたしは無実です。家に帰してください」

「強情な豎子《こぞう》だな。少し痛い目を見た方がいいのではありませんか」

部下の宦官がそう言えば、李綺は唇を歪《ゆが》めて笑った。

「外戚《がいせき》様に、自白の証拠もとれぬうちに発作を起こされ死なれても困る。手加減を忘れずにな、それと体に傷を残すな」

李綺の部下は遊圭の手首をつかんで持ち上げた。軽くひねるつもりだったようだが、ひねることができずに、おかしな表情を見せる。

「なんだ」とつぶやきつつ遊圭の袖《そで》をまくり上げると、高く頓狂《とんきょう》な声を上げた。

「この豎子、武器なんぞ仕込――」

遊圭は上腕を跳ね上げて、衿《えり》をつかもうとした宦官の鼻柱に叩きつけた。

宦官は鼻血を噴き出して後ずさった。遊圭は肘《ひじ》まで上げられた袖を下ろして、手首に巻いた鉄札入りの革帯を覆った。

「あなた方ではらちがあかない。陶《とう》玄月さんを呼んでください」

遊圭の使える切り札はそれしかなかった。玄月は遊圭に命の借りがある。腹の内で何を考えているかわからない人物ではあるが、自ら口にした信義を反故《ほご》にする玄月ではない。急がなければ、尤仁《ゆうじん》が危険だ――遊圭はそれだけを考えていた。

「どうしておまえが陶監丞《かんじょう》の名を知っている？」

それが玄月の現在の役職名であるらしい。官位の高さは不明だが、李綺にとっては雲の上の存在に等しいはずだ。控えていた無傷の部下が口を挟む。

「口から出まかせではありませんか。外戚ですから、大家《ターチャ》の側近宦官の名を知っていても不思議はないです」

「陶玄月の名で不足なら、松月季《しょうげつき》に用があると、玄月さんに伝えてください」

疲労に血走った目でにらみつけられた李綺は唇をゆがめた。玄月の暗証名を知る官人は、李綺ひとりの判断で握り潰《つぶ》せる相手ではないはずだ。

李綺は配下を使いに出した。

どれだけ待たされたことか。遊圭は焦りに体の芯《しん》から焙《あぶ》られているようだった。遊圭の、正しくは星家の保護から引き離された尤仁に、いまこの瞬間に宝生らが意趣返しをしているのではと思うと居ても立っても居られない。しかし、この建物は囚人を収監し、自白するまで尋問を繰り返す場所なのだ。とてもひとりでは脱出できない。

外はとっくに日が暮れてしまったのではないかと思われる時間が過ぎたころ、扉の軋《きし》む音がした。ゆらりと漂ってきた清涼な白檀《びゃくだん》の香りが、ろくに換気もされずにいた不快な空気を浄化し、遊圭の呼吸が急に楽になる。

化粧をしてなくても、端整な顔立ちに涼し気な目元、怜悧《れいり》な印象の青年が、薄墨色の直裾袍《ちょっきょほう》の裾《すそ》裁きも優雅に、遊圭の前に立つ。

安堵の息を吐いた遊圭は「玄月さん！」と呼びかけたが、玄月はまったく表情を変えることなく冷淡な口調で李綺に問いかけた。

「李令史、どうしてこの者がここにいる？」

少年のように透き通った、しかし低く威厳のこもった声。

「お知り合いでしたか。その、国士監から、通告がありまして」

李綺はいささかバツの悪そうな口調で、これまでの経緯を語った。

「その論文はここにあるか」

李綺は論文を差し出した。玄月は斜めに読み終えると、遊圭を見おろし、論文の束を卓上に放り投げた。

「そなたは、多少は賢くなったかと思えば、やはりどこか抜けているのではないか。少しは韜晦《とうかい》することを覚えたらどうだ」

苛《いら》立《だ》ちと、そして静かな怒りを玄月の語調に感じ取った遊圭は、身のすくむ思いがした。しかし、いきなり連行されて自白ありきの尋問を強いられたのは遊圭だ。腹が立つのはこちらだと思い直し、勇気を振り絞って言い返した。

「なんでですか！　わたしは陛下のお役に立ちたくて、一生懸命調べて書いたのです。一日でも早く、公主さまの——」

遊圭はいまにも吐きそうな勢《せ》いに咳き込み、両手で口を覆った。渇きと疲労で、遊圭は感情を堰き止めていることが難しい。

「陶監丞は、星公子と懇意でおられますか」

　李綺は探るような目つきで、玄月と遊圭を見比べた。

「大家《ターチャ》と娘々《ニャンニャン》の御用で、星公子への使者を命じられることがたまにある」

　玄月は悠然と答えた。李綺はますます疑わしげに訊《たず》ねる。

「しかし、それは陶監丞の職務外の任では」

「大家直々の命とあれば、職掌にこだわってはいられまい？　童試受験の準備からこれまで、大家が星公子の学問の進展について相談できる宦官が、私の他にいるか」

　傲慢《ごうまん》な言い草ではあったが事実であり、説得力もあった。李綺は頰の内側を噛《か》んででもいるかのように、閉ざしたままの口を動かした。玄月はかまわずに続ける。

「星公子が西部や朔露《さくろ》に興味を持ったのは、大家の命でルーシャン将軍を接待したせいもあるだろう。将軍が国防の機密を公子に漏らすことはあるまいが、楼門関周辺の村落が、異民族の略奪に苦しんでいることは、歴史や政治を学ぶものならば誰でも知っていることだ。胡人《こじん》の家婢《かひ》に養われた星公子が、ルーシャンから西域の話を求めるのは自然なことと思うが」

「しかし、星公子は紅椛《ホンファ》党について、不審なくらい詳しいもようですが」

　李綺は不服そうに抗弁した。

「不審な点は、李令史が証言や物的な証拠となるものを集めて提出しろ。星公子は大家のお気に入りだ。決め手になる証拠がないまま、論文と密告だけを根拠に本人を尋問して何かあれば、こちらが責任を問われる」

有無を言わさない玄月の語調に、李綺はしぶしぶと引き下がる。しかし遊圭の罪を確信した視線は、肩に粘りつくように離れることがない。

「かしこまりました」

不満を込めて拱手《きょうしゅ》する李綺を尻目《しりめ》に、玄月は遊圭を促して立ち上がらせた。李綺が顔を伏せる直前に、上目遣いに玄月に放った視線は、むしろ不満と不審に満ちたものだ。

東廠の官衙《かんが》の暗い廊下を歩きながら、遊圭は玄月に訊ねた。

「わたしにかけられた嫌疑は晴れたんですか」

玄月は即答せずに、長い指で鬢《びん》のあたりを掻《か》いた。玄月が思案や迷いにあるときの、こうした癖は出会ったころと変わらないことが、遊圭には奇妙に思える。

「明日、申《さる》の刻に観月楼に来い」

玄月は短い指示だけを低い声で囁《ささや》いた。東廠の官衙内では話せないことなのだろう。李綺が玄月の采配《さいはい》に不服なのは、最後にちらりと見た表情から、遊圭にも容易に判断できた。

おそらくは遊圭が生まれたころから宦官として宮城に上がり、何年も東廠に勤めて、ようやく令史の地位まで漕《こ》ぎつけた李綺にとって、二十歳《はたち》やそこらで幹部として異動してきた玄月は、目障りな上司なのかもしれない。その玄月に、宮城に入り込んだ外戚の間諜《かんちょう》という、滅多にない大魚を釣り上げたところをさらわれてしまったのだ。李綺の悔しさは、充分に想像できた。

また玄月に大きな借りを作ってしまったようだ。

玄関に呼び寄せていた箱輿《はこごし》に遊圭を乗せると、玄月は踵《きびす》を返して屋内へと戻った。

促されるままに輿に落ち着いた遊圭は、玄月に助けてもらった礼を言い忘れたことを思い出し、自分の頭を拳で叩《たた》きたくなるような自己嫌悪に陥った。

小さな輿の窓を少し開けて冷たい外気を入れる。戸外はすっかり暗くなっていた。尤《ゆう》仁《じん》の無事が心配な遊圭は、走って帰りたい思いで輿に揺られながら、半刻後にようやく自邸へと送り届けられた。

まろぶようにして、息せききって玄関に駆け込んだ遊圭は、小広間で酒盛り中の太学生に賑《にぎ》やかに迎えられて、呆気《あっけ》にとられた。

「おう、無事に戻ったか。坊門が閉まっても帰らないから、今夜はもう帰らないかと思ってたぞ」

勝手知ったるという手つきで瓶子《へいし》から杯に酒を注《そそ》いでいるのは、成宗謙《せいそうけん》だ。尤仁と宗謙を囲むのは同窓の学生が三人と、宗謙の学友のひとり。

「どうして、宗謙さんが」

「そこの、君の同窓のひとりが、星公子が連れていかれたってご注進に来たのさ。尤仁が寮を出て行ったいきさつを知らない者はいないからな。ひとりになったところを狙うつもりだと、ピンときたわけだ」

かくして学友たちで尤仁《ゆうじん》を囲み、遊圭の邸《やしき》まで送り届け、そのまま主人の許可なくなしくずしに宴会へ突入したという次第らしい。小広間の学生たちは、みな良人《りょうじん》階級の出身で、尤仁の快挙を密《ひそ》かに応援していた者たちだ。平民の身分から官人に這《は》い上がるのがどれだけ大変なことか、身をもって知る者たちばかりだ。

尤仁の類稀《たぐいまれ》な天分は、次の官僚登用試験で首席合格も夢ではないと思わせるものだ。しかも最遠の地から都に上ってきた、異国人の血を引く尤仁が、最も若くして及第した進士のひとりとして歴史に名を刻めば、それは後に続く官家の生まれではない秀才たちの希望となる。

家門の誉と自己の出世を争って、表面では格調高く交際しながら、水面下では互いに足を引っ張り合う官家出身の秀才たちとは、同じ学舎に通いながらもまったく違う空気を吸っている若者たちであった。

「宗謙さん。どうも、ありがとうございます」

遊圭はこのときばかりは神妙に礼を言った。

「ずいぶんと洒落《しゃれ》た邸を構えているんだな。尤仁には部屋を貸してやるのに、受験資格を保証した俺を一度も招待しないのはどういうことだ」

明々の店に嫌がらせしたことがどうしても許せない遊圭としては、それくらいの礼を欠くことはむしろ当然と思うのだが、宗謙はそれはそれ、という感覚らしい。

実家の財力と国士の権威を嵩《かさ》にきて、明々のような平民女性を脅すのと、名門の権力を濫用して尤仁を脅し、遊圭を陥れようとした劉宝生とどう違うのか。ひとつ下の階級の人間たちを、虫けらのように見做《みな》して、思い通りにならなければ踏み潰すことになんの躊躇《ちゅうちょ》もない点では、宗謙と宝生の間に大きな差はなかった。

しかし、宗謙が劉家の一門に不興を買うのを覚悟で、尤仁の側に立ってくれたことは事実なので、遊圭は素直に謝罪した。

「すみません。宗謙さんのご実家に比べると、手狭でみすぼらしいのではないかと」

「都の一等地ならこんなもんだろ」

官庁街と皇族の宮殿が、面積の大半を占める皇城内には土地に余裕がないため、よほどの高官でなければ広大な官邸は望めない。遊圭が生まれ育った豪邸は、すでにいずれかの高官の所有となっていた。

とにかく、尤仁が無事でよかったと、遊圭は安堵《あんど》に胸を撫《な》でおろした。

翌朝は賑やかな集団登城となり、学舎に着けばそれまでになく大勢の学友に挨拶《あいさつ》され取り囲まれた。

これまで劉宝生一門の専横を苦々しく思いながら、どうする術《すべ》もなく傍観していた者たちが、遊圭と尤仁の周りに集まり始めたのだ。

しかし、この変化はかえって遊圭を憂鬱《ゆううつ》にさせた。

「なにを心配することがあるんだい。こっちが数で対抗すれば、劉家のやつらだって面倒は起こせなくなるだろう」

「数には数を以《も》って立ち向かっても、派閥抗争の始まりになるだけだよ」

遊圭の不穏な予見に、尤仁《ゆうじん》は親友の憂い顔を笑い飛ばした。

「ひとりで立ち向かえば、個別に潰《つぶ》されるだけだから、数を頼んで身を守らなくちゃ、学問を続けることもままならない」

それもまた事実ではあった。

宗謙のように、最近になって遊圭の周りに集まりだした学生たちは、遊圭の外戚《がいせき》としての権威をあてこんでいるだけだ。一門の子弟の多くが官界に身を置く劉宝生の一門に対抗するためには、遊圭のもつ皇帝の義理の甥《おい》という肩書が有効に思えるのだろう。そして皇帝を後ろ盾とする権威は、劉宝生が遊圭を陥れようと国士監に手を回したにもかかわらず、次の日には何事もなかったような顔をして登校してきたことで確定したのだ。

その日の午後も、家について来ようとする宗謙以下の学友たちを、遊圭は重大な用件があると言って礼儀正しく断った。帰宅して昼食もそこそこに、国士太学の縹色《はなだいろ》の袍《ほう》ではなく、緑衣の官服に銀の帯を締めて身だしなみを整える。

尤仁は、目も口もぽっかりと開けて、正装した遊圭を見つめた。本来であれば、学生の身分では対等な口などきけない官位差が、互いの間に横たわっていることを実感したのだろう。

黒漆塗りの、官服に合わせた正規の小冠が曲がってないかと遊圭に訊《たず》ねられて、尤仁はうんうんと首だけを縦に振った。

玄月に正装して来いと言われたわけではないが、観月楼のような場所は、大官や大人《たいじん》を伴わない学生がひとりで行っても、かえって目立つ上に、相手にされず取り次がれないのではと思ったのだ。

言われた通りに申《さる》の刻に観月楼に着いた遊圭は、白檀《びゃくだん》の香り漂う松月季の部屋に通される。

そういえば、いつから玄月は香料を変えたのだろうと、遊圭は不思議に思った。貴人に仕える宦官《かんがん》は、体臭を隠すために薫香や香油を多用するが、以前の玄月はそれほど濃い香りを漂わせることはなかった。掖庭局に勤務していたときや、夏沙の宮廷で筆頭常時を務めていたときは、玄月が何を使っていたのか思い出せない。柑橘《かんきつ》系だったような気もするが、遊圭はそれが女性でも他人のまとう香料など気にしたことがなかった。

その日の玄月は、妓女《ぎじょ》の衣裳《いしょう》こそ着ていたが、髪も化粧も以前ほど入念にはされていなかった。かろうじて女性に見えればよい、という気合の入らない変装は、この日は遊圭以外の客がいないことを暗に示しているのだろう。

薄化粧をほどこされた愛らしい女童が、運んできた茶菓を並べて出ていく。

もしかすると、この女童も玄月の配下で、未成年の宦官である女装の通貞なのかもしれない。

ふたりだけになって、茶菓を挟んで向かい合う光景は、宗謙あたりからみれば羨ましいことだろう。目前の美姫《びき》の中身が玄月でさえなければ。

玄月は数枚の書類を出して卓の上に並べた。

一枚目には、ルーシャンを娟にとった劉源の家系図だ。それぞれの名には現在の官職、宝生ら国士の子弟には年齢が添えられている。

「劉源の一門は、李徳一族が族滅させられた現在の朝廷では一、二を争う勢力となっている。河西郡太守の後任として、楼門関の防衛を任されたのは、若いころ地方官として西沙州に赴任していたことから胡部《こぶ》の父老に顔が利くこと、兵部省《へいぶしょう》に勤務経験があり軍吏の幕友を多く配下に持っていることから、適材と見込まれた」

「それは、陛下と玄月さんのお考えですか」

「朝廷の決定だ。大家《ターチャ》と政堂の重臣らの前で、劉源とルーシャン、そのほかの候補者に国境防衛について順番に語らせ、重臣らの推薦をもとに大家が裁定を下された」

「でも、ここで劉大官を接待して、楼門関の太守の後任候補に立つのを勧めたのは、玄月さんでしょう」

あてずっぽうではあったが、玄月は赤い唇の両端をわずかに上げた。

「官界に勢力を張る劉一族の中でも、中堅にある劉源が動けば、朔露《さくろ》と戦争するくらいなら西沙州の領土が削られる方を選ぶ非戦派の官僚の声を抑えることができる。中央官僚の朔露侵攻に対する危機感のなさは、いかんともしがたい。朔露軍が北天江を渡って来ない限り、戦争などありえないと思っている能天気さだ」

「朔露侵攻の最前線に赴任する劉大官の見返りは何ですか」

「そなたは文官が一品を上がるのに、何年かかるか知っているか。恩蔭《おんいん》によってそなたが賜った従七品は、大半の進士出身にとっては、ようやく四十に手が届こうというときに達する官位だ」

遊圭は思わずうつむき、茶のぬるくなっていく碗《わん》を見つめた。劉宝生が、直接遊圭に手を出してこないのも、宗謙が明々がらみの遺恨を取り下げ、掌《てのひら》を返したように遊圭に助言や忠告を与えてくるのも、遊圭の有する官位のためだ。

「朔露の侵攻を退ければ、劉源は太守としての任期を果たさずとも一品を飛び越えて紫衣を賜り、六部《りくぶ》いずれかの尚書《しょうしょ》か、それ以上の地位を得ることだろう」

「一将功成りて万骨枯る、ですか」

歯痛を我慢しているような顔で遊圭がつぶやくと、玄月は淡々と応《こた》える。

「功成りて生きて帰ればな。朔露軍は強い。まして勢いに乗って膨張を続けているときだ。そなたは朔露の戦術から政略まで調べ上げたようだが――」

「二百年前の記録です。いまでも同じかどうかわかりません」

「参考にはなる。論文の写しを大家《ターチャ》に差し上げておいた」

遊圭は顔をはね上げ、目をいっぱいに瞠《みは》って玄月の妖《あや》しく無表情な顔を見た。

「あ、ありがとうございます」

「そこで、そなたの間諜《かんちょう》疑惑だが、揉《も》み消すことは難しい。あの論文を目にした者が多すぎる。疑惑の種はすでに蒔《ま》かれた。不在の四年間について真実を明らかにすることはできず、一族を滅ぼされた恨みは、国家転覆を謀っても不思議のないものだからな」

だからこそ李徳の一族は徹底的に粛清され、紅梲党《ホンファ》狩りがいまでも続いているのだ。

「恨みなんか──誰を恨みようもないじゃないですか。法律だったんですから」

世間にとっては、遊圭が一族を滅ぼした皇帝や国家を恨み、反政府運動に身を投じる筋書きのほうが自然である上に、物語として好ましい。

遊圭にしてみれば、国家は残された親族である皇后の叔母《おば》と従弟妹《いとこ》を守る盾であり、転覆などされては困る。そして皇帝陽元《ようげん》は自らの治世を危うくする危険を冒して、遊圭を救うために外戚族滅法を撤廃してくれた恩人である。しかし、そのことを世間に吹聴《ふいちょう》することは論外であるし、声を大にして叫んだところで、信じる者もいないだろう。

陽元の少年期からの側近であり、立后当時の叔母玲玉の身辺に仕え、遊圭の後宮潜伏時代を初めから終わりまで知っている、目の前の宦官の他には。

「そなたにしては慎重に、現在の西域事情や朔露の動向については避けて書いたつもりだろうが、国士監に劉家の官吏がいたのが運のつきであった。その者は夏沙王国に亡命し、再起を図っていた紅花党の運動について、赴任を前にした劉源から耳にしていたのだろう。論文と紅梲党を結び付けて東廠に通告するには、充分な知識があった。国士太学内において台頭してきたそなたは、かれらにとって将来邪魔になりかねない外戚と受け取られ、芽のうちに潰すのにちょうどいい機会だと映ったのだ。そう簡単には追及をあきらめまい」

「昨日の今日で、そこまで調べてくださったのですか」

遊圭は玄月の動きの早さに感嘆する。

「そなたの西部出身の学友と、劉家の子弟との確執が発端であるところからもな」

恐ろしいことだ。もしかしたら学舎にも、玄月の潜ませた間諜が、あらゆる学生の日常を調べ上げているのかもしれない。

「だが、それにしても拙速な策だ。もし証拠不十分でそなたが潔白とされれば、大家《ターチャ》の逆鱗《げきりん》に触れて訴えた者が処分を受ける。学友から引き離すためだけにそなたに反逆罪をなすりつけるのは、大げさな手ではないか」

指先で鬢《びん》を掻《か》きながら考え込む玄月に、遊圭は劉家子息らの不正入学と席次操作の疑惑について打ち明けた。

上院に通う劉家十一人の子息のうち、優秀なのは宝生を含む三人のみで、あとの八人はかろうじて上院にとどまっているのだが、その順位の移り変わりが不自然であることを告げた。また、かれらの席次を脅かした良人《りょうじん》階級出の学生が、陰湿な嫌がらせで席次を落とすことになったり、闇討ちに遭って自主退学したりが、何年も続いていることなどを話した。

「ここのところ、図書寮で過去数年の席次記録や学籍名簿を調べていたので、かれらの不正を疑ってることを勘づかれたんだと思います」

玄月の瞳《ひとみ》に剣呑《けんのん》な光が閃《ひらめ》いたような気が、遊圭にはした。玄月は劉家の系図を取り上げてじっとにらみつける。ひとりの人物の名に指を添え、独り言のようにつぶやいた。

「劉宝生――」

「その宝生は、劉家子息たちの親玉的な人物です」

「四回前の、首席合格者の劉宝生か」

玄月は不穏なまでに低い声で確認してきた。

「でも、そのときの童試の首席は――」

玄月ではなかったか、と言いかけた遊圭は、すんでのところで口を閉じた。

「総合点では私が首席だったが、未冠《みかん》の童生と元服をすませた巳冠《いかん》の童生では、試験の難易度が違う。当時は二十歳《はたち》であった宝生の受けた試験の方が難しかった。次点であった宝生が、実力では首席といって差し支えはない。そのためだろう、太学内におけるその後の宝生の待遇は、首席のそれと変わらなかった。学府としても、さまざまな行事の代表を、十二の子どもにやらせるわけにはいかなかったのだろう。常にふたりで代表をさせられた」

十二歳の少年に、二十歳の宝生はずいぶんとおとなに見えたことだろう。

それまでの遊圭は、玄月の前で国士太学の話題は避けるべきではと考えていた。優秀な官僚としての未来を嘱望された、栄光に満ちていた少年時代を思い出させることは、玄月にとって苦痛ではないかと忖度《そんたく》していたのだ。しかし、過去の記憶を手繰り寄せる玄月の口調に、痛みや躊躇《ちゅうちょ》は感じられない。感じていたとしても、それを表に出す玄月ではないのだろうが。

　どうした回想が脳裏をよぎったのか、鋭い目つきのまま、玄月の紅を引いた唇が半月のように弧を描いた。遊圭としては、自分に向けられたくない種類の微笑だ。

「劉一門の不正の証拠を、手に入れることができるか」

「え、ど、どうやって」

「次の月試か季試で、宝生たちが不正を行うところを押さえろ。その代わり、こちらでそなたが四年の間、シーリーンと隠れ住んでいた胡部の記録を偽造する。そなたには、自分にかけられた嫌疑が取り除かれ、競争相手を排除できる。一石二鳥だ」

　遊圭の額に汗が滲《にじ》む。また面倒な仕事を押しつけられているのは、気のせいではないはずだ。

「すみません、おっしゃることがよく――劉宝生たちの不正がばれたら、楼門関の太守に任命された劉大官も失脚してしまうじゃないですか」

「よく気がついた。それが狙いだ」

　劉源を楼門関の太守に推したのは、玄月自身ではなかったのか。朔露の侵攻を防ぐために最適な人物を太守に任命したはずなのに、その失脚を狙って劉一族の不正を暴かねばならない理由が遊圭にはわからない。国境の守りはどうなるのか。

「太守の人選については、劉源よりも軍務に長じた適任者がいたことはいたのだ。結局は、劉一門の息のかかった高官どもが一致団結して劉源を推したために、押し切られた形になった。劉源を太守から引き下ろすことができれば、こちらとしては重畳」

「でも、それじゃルーシャンに累が及《な》んでしまいます」

「劉源の娘を娶《めと》ったとはいえ、子を生したわけではない。もともと流外出身の武人だ。劉家の不正とは無関係として、遡《さかのぼ》って婚姻を無効にすることはできる」

玄月が請け合ったからと言って、それで安心できる遊圭ではなかったが、玄月はさらに畳み込んできた。

「娘々《ニャンニャン》に仕えるシーリーンを、そなたの療母として証言させるわけにはいかない。わかるな？　劉一族を叩《たた》いておくことは、そなたの空白の四年間を二度と蒸し返させないために、必要なことだ。そなたの学友も、劉宝生の一党がいなくなれば憂いなく学問を続けられるだろう。一石三鳥だ」

駆け引きになど持ち込む余裕もなく、弱みという弱みをすべて太い針で縫い留められて、遊圭は一方的に丸め込まれた。

十三、春の陽だまり

上巳節《じょうしせつ》の休暇は、約束通り尤仁《ゆうじん》を明々の村へ連れて行った。

久しぶりに見た明々はすっかりおとなの女性になっていて、まともに話しかけるのも申し訳ない気がした。

しかし、遠慮がちに店の扉から顔をのぞかせた遊圭に気がつき、喜びいさんで声をかけてくる明々は、以前と変わらず元気がよい。

「久しぶりね、遊々。また背が伸びた？　肩幅も広くなって、すっかり男らしくなったわね。うちに泊まっていく？　お客さん用に離れを建てたのよ」

「いや、宗謙《みけん》の家に泊まることになっているから」

明々は眉間に皺《しわ》を寄せた。急に不機嫌な低い声になって、遊圭を見上げる。

「そうけん？　成家のどら息子の実家の？　なんでよ。あんなろくでなしと仲良くなっちゃったの？　なによ！　上巳節に来るっていうから、ごちそうも準備していたのに」

「ごちそうはいただくよ、もちろん。ただ、夜は泊まれない。こっちは学友の尤仁。同窓では一番頭がよくて、いつも教えてもらっている」

明々は、尤仁へと視線を移すと「あら」と高い声を出し、恥ずかしそうにぴょこんと会釈する。改めて、遊圭たちの冠に挿した、雉《きじ》の尾羽が春の風に揺れるのを眩《まぶ》しそうに見上げた。

「遊々がいつもお世話になってます！　遊々より頭がいいなんて、すごいですね。都からずっと馬に乗って、疲れたでしょう。いま店を閉めちゃうから、うちに来て足を洗って。まだ雪の残ってるところあった？」

店に駆け込み、金庫をかたづけ、小女や小僧にあれこれと店じまいの指図をしながらも口は休みなく動き、遊圭たちに旅のようすや体の調子、近況など訊《たず》ね続ける。

「遊々、すっかり立派になったね。体の調子はどう？」

「もたれやすいものは未《いま》だに食べられないけど、この冬は寝込むほどの熱は出さなかったよ」

東廠《とうしょう》に拘束されて、久しぶりに喘息《ぜんそく》の発作に襲われたことは言う必要はないだろう。

「すごい！　丈夫になってきたのね。でも、体にいいものをちゃんと食べ続けるのよ」

尤仁《ゆうじん》は遊圭にそっと耳打ちする。

「君のお母さんかお姉さんみたいだね」

「うん。そうなんだ」

遊圭は小声で囁《ささや》き返した。

明々は遊圭たちを家に案内し、三年目の薬草園に連れて行った。遊圭と同じ背丈に育った桃の樹は満開に咲き誇り、甘い香りが春の陽気を満たしている。巴旦杏《アーモンド》も一重の白い花を咲かせ始め、杏子《あんず》はそろそろ散り始めている。

もともと家にあったという十本の梅の老樹はすでに花を落とし、小さな実をつけ始めていた。

「今年は若い樹も実が採れると思うの。杏子の実が生《な》ったら、蜜漬《みつづ》けや干杏子を作って都に持っていくね」

明々が苗から丹精した果樹を自慢する。尤仁が冷涼な風と暖かな日差し、そして可憐《かれん》な樹花に誘われて微笑んだ。

「薬草園っていうか、果樹園だね」

「薬用効果のある果樹よ。薬草もいっぱい植えてあるけど、やっと芽がでたばかり。まだ伸びてないだけ」

遊圭が花壇へと足を向けて満足そうに微笑する。

「芍薬《しゃくやく》は膝《ひざ》まで伸びているよ。根がついたんだね。もう蕾《つぼみ》をつけているのもある。気が早いな」

「遊々が送ってくれたときに、すぐ植えちゃったからかな。あとで近所のおばあさんにまだ植え替えには時期が早かったって言われたから、心配してたけど」

明々は、芽や若葉を伸ばし始めたひとつひとつの植物の名と効能を、尤仁に説明して回った。

「芍薬はね、根っこが婦人病に効くの。それからこっちは川芎《せんきゅう》――」

ひと通り見回ったのち、遊圭は手土産に持ってきた苗木や植物の種を明々に渡した。

「番紅花《サフラン》の種が手に入ったから、持ってきたよ。土と気候が合えばいいけど」

「ええ！　すごく高かったんじゃない？　いくらしたの？」

「胡娘が分けてくれたものだから、気にしなくていい。あと、無花果《いちじく》の苗も、植え替え時期だから良さそうなのをもってきたよ。これも胡娘が育てた苗だ」

「ありがとう、ありがとう」

感情が豊かで、元気のいいしゃべり方は昔通りの明々に、遊圭はほっとする。

明々の両親が出てきたので挨拶《あいさつ》をし、畑から呼び戻された阿清《あせい》を交えて早い昼食が始まる。ただ、明々は給仕に忙しく、食事をともにとることはしなかった。

遊圭らが宗謙の家に滞在すると知った阿清は、怒りも露《あら》わに罵《ののし》った。

「あんな卑劣漢と仲良くなったんですか！　やっぱり、星郎さんは、そっち側の人間になってしまったんだね」

「こっちに手を出さないように釘《くぎ》を刺しに行くんだ。気を悪くしないでくれよ。阿清」

「宗謙はいまや、星公子に頭が上がらないんだよ」

事情を聞かされている尤仁《ゆうじん》も、遊圭の味方をしてくれたが、阿清は納得しない。明々が割って入り、弟をなだめる。

「成家もあれから何も言ってこないし、うちは商売繁盛だからいいんじゃない？」

明々の両親は、国士《こくし》太学《たいがく》の学生をふたりも迎えて陪食するという栄誉に、どうしていいのかわからないらしい。ほとんど口もきかず、ひたすら恐縮しつつ食べ物を口に運び、茶を飲み続けた。

完全に気分を害した阿清は、食事を終えると、父親を連れてさっさと外へ仕事に戻った。遊圭と尤仁が連れ立って宗謙の村へ発《た》つのを見送ったのは、明々だけだ。

尤仁は気を利かせて、別れを惜しむ遊圭と明々から少し離れて馬に水をやっている。

それでも遊圭は声を低くして、大声では言えない話をした。

「阿清には、嫌われちゃったね。わたしが宗謙と折り合っていく羽目になったのは、玄月が仕組んだことなんだよ」

「玄月さんが？」

遊圭がかいつまんで童試前後の事情を話せば、明々は困惑の笑みを浮かべる。

「玄月さんに手を回されたんじゃゃ、仕方ないわね。なかなか縁が切れないものねぇ」

「叔父《おじ》さんの腹心だしね。もう、いつも陰から見張られている感じだよ」

明々は道を見渡した。街道の向こうで、川の土手に老婆が日向《ひなた》ぼっこをしているのが見えた。明々はお腹を押さえて明るい笑い声をあげた。

「なんか想像しちゃった。でも、叔母様も遊々のこと心配しているだろうし、玄月さんはお仕事でそうしているのよ。きっと」

「それは、わかっているけど。ところで、明々は小月《しょうげつ》って名前に心当たりある？」

「小月？　どこの、だれ？」

明々はきょとんとして、考え込む。

「それがわからない。もしかしたら、後宮にそんな名前の女官がいたかな、と思って」

「覚えがないなぁ。その小月さんが、どうしたの？」

遊圭はにやりと笑って見せた。

「玄月の好《よ》いひとらしい。ちょっと小耳に挟んだだけで、詳しくは知らないけどね」

明々が驚きに目を瞠《みは》り、それから嬉《うれ》しそうに笑った。

「そうなんだ！　それは良い話ね。なんだか安心した。玄月さんも、はやく幸せになれたらいいね」

明々の屈託のない笑顔と願いに、遊圭も自然と笑みがこぼれた。玄月にもこのような気持ちにさせてくれる誰かが近くにいればいいと、遊圭は心から思う。

いつまでも手を振り続ける明々に後ろ髪を引かれながら、遊圭と尤仁《ゆうじん》は宗謙の村へ向かう。半刻《はんとき》も軽く馬を走らせれば、もうそこは宗謙の村だ。道を聞くまでもなく、広大な敷地に何棟もの家屋や倉庫が並ぶ成家の荘園が視界に入ってきた。

「おお、待たされたぞ」

横柄な物言いの宗謙に迎えられて、遊圭は苦笑した。

遊圭の屋敷の、何倍もの広さのある母屋《おもや》に通され、宗謙の家族と親族に下にも置かぬもてなしを受ける。とはいえ、遊圭が宗謙に誘われて滞在を決めたのは、外戚《がいせき》である遊圭との交際を、家族に自慢したい宗謙のためではない。

遊圭たちに用意された離れに夜食が用意され、使用人や妻女も遠ざけ、三人だけになると、遊圭は劉《りゅう》一門の成績に不審に思うところはなかったかと、宗謙に訊ねた。

手酌で酒を飲みつつ、宗謙が問い返す。

「劉宝生たちが、試験で不正をしていると、遊圭は思うのか」

「そういうの、噂になったことはないかな。下位の八人は、いつも団子状態で固まっているじゃないか。まるで――」

「答案を見せあっているみたいな、だろ。そういう噂は、前からあった。なんでも、宝生が山を張ってやるんだが、これが当たるそうだ」

　うなずき返す宗謙に、尤仁が信じられないといった調子で口を挟む。

「でも、答案と点数が似たり寄ったりなら、さすがに考査官が怪しむだろう。山だって外れたら一度に席次も転がり落ちる」

　遊圭はぼそりとつぶやいた。

「山じゃ、ないのかも」

「おい、まさか本気で、宝生が出題の範囲を知っていて、横流しをしていると言いたいのか」

　誰も盗み聞きしているはずのない自宅で、宗謙は声をひそめた。遊圭もまた、声をさらに低くして持論を述べる。

「宝生と本貫を同じくする劉姓の官僚は、かなりの数にのぼる。国士監《こくしかん》にも、劉一門に連なる主幹や教授がいるんだ」

　宗謙は両手を広げて天井に向け、かぶりを振った。

「教官からして試験問題を漏らしている疑いがあるのか。学府ぐるみの不正じゃお手上げだ。国士監に一族が根を張って試験を左右するような陰謀だぞ。いくらでも揉《も》み消せる。やめとけ、かかわり合いにならないほうがいい。いつもは適当に試験を受けて、本番の登用試験でがっつり点を取ればいいことじゃないか」

　遊圭としても、できればそうしたいのは山々なのだが、劉宝生の尻尾《しっぽ》を押さえない限りは、平穏な学生生活を続けられない。

李綺の尋問を受けた翌日、観月楼を訪れた帰り際、玄月は外出時には背後に気を付けるようにと警告した。

『李綺は先帝の代からの叩《たた》き上げの東廠宦官《かんがん》で、大家《ターチャ》に目をかけられている宦官だろうと容赦しない。その厳正さが東廠の一部の幹部には気に入られていて、官人だろうと皇族だろうとごり押しも平気でする。奴が挙げた反政府分子の数は東廠一だ。一度目をつけられた以上、常に監視されていると思い、こちらの準備ができるまで、疑問を持たれるような場所に出入りしたり、行動したりするな』

明々には冗談で玄月に見張られていると言ったが、本心では李綺の張り込ませた宦官の監視に怯《おび》えていた。宦官が変装するとしたら中年の女から老婆であることが多いものの、体格のいい鍛えた宦官兵などはつけ髭《ひげ》をつければ並の男と変わらない。すれ違ったり、あとからついてきたりする誰もかれもが、李綺の手の者に思えてくる。誰に尾行されているのかもわからないまま、四六時中監視されているのは、やましいことなど何もなくても心が疲れ、気持ちもささくれ立っていく。

とりあえず、いまは宗謙の一族に囲まれた広大な荘園の中だ。李綺の部下も入り込めはしないだろうと、遊圭は短い旅の間で初めてくつろぐことができた。

それにしても、と遊圭は宗謙の話を思い返す。周囲が不審に思うほど、劉宝生のやり方は杜撰《ずさん》になってきているのだろうか。十一年も国士太学の上院に君臨してきたことで心がゆるみ、父親の権力と一族の威勢を過信しているとしたら、宝生らの馬脚を暴露するのは難しくないかもしれない。

　宗謙の協力を得られなかったのは残念だが、不正の事実がより明確になってきたことは収穫だった。

　都へ戻る道すがら、尤仁《ゆうじん》は宝生たちの不正について、どこまで信憑性《しんぴょうせい》があるのかと遊圭に問い詰めた。

「状況的にそうではないか、って疑っているだけだ。証拠は何もない。宗謙もこの件にはかかわりたくないようだし。わたしたちにできることは何もないよ」

　遊圭は、玄月に要請された疑惑追及が失敗した時のことを考え、尤仁を巻き込むまいと、話をこの場で終わらせようとした。

　しかし、尤仁は急に顔を赤くして食い下がる。

「これだけ状況が明らかになっているんだよ！　どこかに動かぬ証拠があるに違いない。劉家のぼんくらどもを叩き潰《つぶ》す千載一遇の機会なのに、指を咥《くわ》えて眺めていろっていうのか！」

　可能性を口にしたせいだろう。劉宝生らに与えられた屈辱に、ひたすら耐えてきた怒りがいきなり沸点に達した尤仁は、その矛先を遊圭に向けた。

「金椛《ジンファ》の民が、公正な受験によって官僚が選ばれているって信じて、みんな血の滲《にじ》む思いで学問に打ち込み、家族は貧乏に耐えて童生を養っているのに、こんな不正が罷《まか》り通っていいと、遊圭は本気で言っているのか！」

滅多に大声を上げることのない尤仁《ゆうじん》が、怒気も激しく遊圭を非難した。ひと気のない田舎の街道とはいえ、そのようなことを大声で言われては、誰が聞いているかわからない。それでなくてもすべての通行人に李綺の息がかかっているように思える遊圭は、慌てて周囲を見回し、必死になって尤仁をなだめた。

「不正を容認するなんて、言ってない。相手が巨大過ぎて、わたしたちの声なんて、嵐に立ち向かう蟷螂《とうろう》の斧《おの》より無力なんだって言っているんだよ」

しかし遊圭の説得は、溜《た》め込まれてついに爆発した尤仁の怒りに、油を注ぐだけだ。

「遊圭も、結局は体制側の人間だったんだね！　官家は官家同士で庇《かば》い合うんだ。いっときでも、君が身分で人間を判断しない、不正を許さない公明正大な人間だって信じた僕が馬鹿だったよ」

遊圭が返す言葉に迷っている隙に、尤仁は馬の腹を蹴《け》って駆けだした。あわてて金沙《きんさ》馬《ば》を励ます遊圭だが、いくら皇帝に下賜された名馬とはいえ、騎手としては百日の長のある尤仁に追いつけるはずがない。

たちまち引き離され、置き去りにされた。

「まあ、帰る場所はわたしの家だし。都に着くころには尤仁の頭も冷えているはずだ」

そう考えて半日遅れで帰宅した遊圭は、趙婆《ちょうば》から尤仁が部屋を引き払って出て行ったことを知らされた。

学生寮の房主に問い合わせたが、尤仁が戻った様子はない。劉宝生らの妨害を思えば、寮には帰れないはずだ。いったいどこへいったのかと、学友たちに訊《き》いて回り、心当たりを捜しても見つからなかった。

休暇明けに登城してきた尤仁に、遊圭は心から安堵《あんど》した。いつも通りに声をかけたが、まるで遊圭など視界に入りもしなかったように無視された。

人伝《ひとづ》てに、尤仁は皇城の外にある胡人《こじん》の教会の宿坊から通っていることを知った。

がらんとした尤仁の部屋で、遊圭はぼんやりと座り込む。

「みんな離れていくんだな。胡娘も、明々も、ルーシャンも、尤仁も。ずっと一緒にいたいと思ったひとはみんな。明々やルーシャンは生きる道が違うんだからしょうがないけど、尤仁とは同じ道を進んでいけると思ったのに」

落ち込み無気力に陥る遊圭を捜しにきた趙婆が、観月楼からの呼び出しを告げた。

「このごろよくお呼びがかかりますね。お付き合いも大事ですが、家計と学問に支障のない程度でお願いしますよ」

妓楼《ぎろう》は官僚たちの社交場であるというのは建前で、その真の目的は女遊びだと思い込んでいる趙婆だ。学問より家計を先に心配されて、ちらっと苛立《いらだ》ちを覚えた遊圭だが、争っても仕方がない。

「わかってるよ。そもそも、わたしの小遣いで足りる程度の付き合いだし、家計からは一銭も出してないだろう」

枕代はおろか、観月楼に払うのは部屋代だけだ。玄月は食事すら出してくれない。天下の高級妓楼に通ってお茶しか飲んでないなんて、誰も信じてはくれないだろうが。

とにかく着替えて、指定された時刻に観月楼に向かった。

玄月に渡されたのは、国士監と国士太学の職員一覧であった。試験問題を担当、監督する職員の中から、劉家との癒着を疑われる人物を洗い出し、次の試験に向けて監視するよう指示を受ける。

「そんな悠長なことでいいんですか」

自分にかかっている紅椛党《ホンファ》の間諜《かんちょう》嫌疑が気になる遊圭は、ひと月も先の試験を待っている余裕があるのかと、不安を隠せない。

「国士太学は後宮ではない。そなたひとりで事を運ばねばならないのだから、慎重には慎重を期して取り組め」

水辺の深いところでいきなり手を離された子どものように、遊圭は途方に暮れた。

「やる気がなさそうだな」

「そうではないのですが、ちょっと、気分が落ち込んでいるときですので、切り替えるのに時間がかかりそうで」

尤仁《ゆうじん》との間に生まれてしまった確執をもてあます遊圭は、この任務に集中できるのか自信がない。甘いことを言っている場合でないことは自覚しているが、沈みきった気持ちを気の進まない任務に向けることは、とても難しいことだった。

「間諜の嫌疑がかかっているというのに、悠長なことだ」

玄月は遊圭の言葉尻《じり》をとって皮肉を返した。

「尤仁と口論してしまったんです。家も飛び出されて、学舎では無視されてます。劉宝生たちに反感を抱いて、わたしたちの周囲に集まっていた学生たちも戸惑っています。仲違《なかたが》いの理由もひとに話せない内容ですし」

遊圭は明々の村からの帰り道で起きたことから、この日まで順を追って話した。

黙って聞いていた玄月が次に言ったことは、むしろ遊圭を唖然《あぜん》とさせる。

「尤仁とやらがそなたから離れたのは好都合。そなたは尤仁との不仲を機に、劉宝生に接近してその懐に入れ」

遊圭が抱え込んだ真剣な悩みを、目先の策略に利用する。いつもながらの玄月の発想に、遊圭は眩暈《めまい》がする。常に策をめぐらし、他者を利用することしか考えない玄月のような人間に、大切な友人を失った苦しみがわかってもらえると思った自分が馬鹿だったのだ。

「そんなことしたら、わたしが劉宝生たちと同じ種類の人間だって、尤仁が本当に信じてしまうじゃないですか！」

玄月が弓月のように弧を描く眉《まゆ》をわずかに上げた。

「そなたは、尤仁に累が及ぶのを怖れたのだろう？　では誤解させておいて遠ざけるのが最良の策ではないか」

その通りである。自宅と学舎で、一日をともに行動する友人に、危険な調査を隠し通せるはずがない。遊圭は言葉を失って、黙り込む。

「大義を背負うと決めた以上、誰にでもいい顔をすることはできん。傷つけたくないものはできる限り遠ざけ、果たすべき目的だけを定めて、あとは切り捨てろ。自分が何者で、何をしたかは、ひとではなく、天が決める」

玄月のように達観できれば、何も迷いはないのだろう。

係累も対等な友人も、未来すら持たない玄月でなければ、その境地には至れないのではと遊圭は思った。

劉宝生らの不正を暴けば、尤仁《ゆうじん》もわかってくれる。なぜ協力させなかったのだと責められるだろうが、そのときに謝ればいい。

「わかりました。わたしの考えが未熟でした。友人を持ったのが初めてだったので、未練に判断を誤ったようです」

神妙に自己を反省する遊圭に、玄月はさらに追い打ちをかけた。

「友が欲しければ野に下れ。官界で生き延び、家を再興したければ、友を持つことなど考えるな」

遊圭は膝《ひざ》の上に載せた拳《こぶし》を、ぎゅっと握り締めた。

十四、朱に交わる

腹を据えた遊圭は、これまで築き上げた学友たちの輪から離れ、ひとりで行動する。劉宝生《りゅうほうせい》の取り巻きはもちろん、名門とされる官家の子息が集まる書院で自習や調べ物をし、昼食も官邸街で名家御用達の酒楼に寄った。

成宗謙《せいそうけん》には、尤仁との決裂について、口論の次第をそのまま話した。そこそこ政治的判断力のある宗謙はことなかれ主義を発揮し、遊圭からも距離を取る。保身のために寝返られてはたまらないので、遊圭は宗謙が離れていくのも歓迎した。

劉宝生に接近するように玄月《げんげつ》に指示された遊圭だが、さてどう口実をつけて宝生に話しかけたものかと思案していると、先に動き出したのは敵の方であった。

昨年の童試に合格した劉乾生《かんせい》という学生が、書庫で探し物をする遊圭に話しかけてきた。遊圭と同窓になるわけだが、年は二十一歳、陽元《ようげん》や玄月のひとつ下だ。劉一派では最年少でもある。

手の届かない書棚にある書籍を取ろうと、踏み台を探していた遊圭に、ひょろりと背の高い劉乾生が目当ての書をつかみ取って差し出した。

「これか」

獲物が網にかかってきたのを、逃がすまいと手元をゆるめてほくそ笑む漁師の心境で、遊圭は罪のない目を瞠《みは》り、にっこりと微笑んだ。

「どうもありがとうございます」

劉乾生は、少し戸惑った目をして「あ、いや」と口ごもる。

子どものころに疱瘡《ほうそう》を生き延びたのか、頬に残るあばたをのぞけば、端整ながらこれといって特徴のない顔立ちの青年だ。上流階級は見目麗しい女性を妻妾《さいしょう》に娶《めと》ることが何世代も続くので、必然的に顔立ちの整った子女が生まれる。しかし病や怪我のために、顔に醜い湿疹《しっしん》や傷の痕《あと》が残ってしまうことは珍しくない。

乾生は宝生の年の離れた同母弟であるという。

「あ、じゃあ、ルーシャン将軍の義理の弟にあたられるんですね」

相手の家庭事情を知っているぞという、直球を投げかける。乾生は驚きを隠すために照れたような笑みを口元に貼り付けた。

「ルーシャン将軍を知っているのか」

宝生にはすでに話していたことだが、乾生には初耳だったらしい。

「年末に上京されたルーシャン将軍の接待を、皇帝陛下に命じられたのです。ひと月ほど当家でお世話させていただきました」

ルーシャンとの縁は端折《はしょ》り、さりげなく皇帝と対面で口の利ける立場を強調する。

「ルーシャン将軍はたいへんきさくで、磊落《らいらく》な性質のお方でしたが、軍才も豊かとお聞きしました。劉大官は河西郡の太守《たいしゅ》に赴任されたと伺いましたし、ルーシャン将軍がそちらに縁ができて、本当に良かったです。おめでとうございます」

しゃべりすぎかもしれないが、相手が戸惑っているので、ここは押していくのがいい。玄月にも『決して才気をひけらかすな』と釘《くぎ》を刺されたこともあり、劉一族の子弟には、年端のいかない未熟な豎子《じゅし》と思わせておく必要があった。

「いや。むしろルーシャン将軍には、強引な縁組ではなかったかな」

無意識に頰のあばたに手をやって、ふっと本音を漏らしたところをみると、ルーシャンが娶った花嫁にも疱瘡の痕があるのだろうか。乾生と年が近いことを思えば、姉弟《きょうだい》で同時に罹患《りかん》したのかもしれない。劉家の家格で、乾生の姉が二十歳《はたち》過ぎまで未婚であったのは、そのせいだろう。

「楼門関《ろうもんかん》に無事お戻りになったルーシャン将軍から、接待の礼状をいただきました。劉家との縁談をとてもお喜びでした。ずっとやもめ暮らしだったそうなので、ずいぶんとお幸せなお気持ちになり、次に上京して奥様に再会する日が待てないとも、お書きになっておられました」

真っ赤な嘘である。ルーシャンは手紙に社交辞令など書かない。とはいえ、劉家の姻《いん》戚《せき》となったルーシャンと、懇意であることを強調しておくことは、乾生を油断させるために有効であった。

「そうか」

乾生はあばたを搔《か》きながら、嬉《うれ》しそうに口元をゆるめた。遊圭に接近した理由は、婚期を逃して異国人に嫁がされた姉を褒められたことで、とりあえず横に置かれたらしい。そのまま雑談を続け、正午の鐘を聞いた乾生は、さりげなく遊圭を昼食に誘った。

「星公子、腹が減っているのなら、食べていかないか」

乾生に連れて行かれた酒楼には、宝生を始め劉家一門の国士《こくし》太学《たいがく》生がそろっていた。似たような顔立ちをした青年たちの、好奇の視線を一斉に浴びた遊圭は、思わず息を呑《の》み、その場に立ちすくんだ。

宝生が遊圭の顔を見て立ち上がり、愛想よく話しかけてきた。太学生活に慣れない後輩を、心から歓迎する笑みを浮かべて手招きをする。

「乾生が珍しく昼食に遅れると思ったら、星公子といっしょだったのか」

末弟に遊圭を連れてこいと命じたのは、間違いなく宝生であろうに、しらじらしく爽《さわ》やかな笑みを浮かべるものだと遊圭は感心する。一瞬でも怖気《おじけ》づいた自分を、遊圭は胸の内で叱りつけた。

おとなばかりの酒楼に一門の子弟をそろえて遊圭を囲い込み、何が目的なのか。自ら火に飛び込んだ羽虫であることを自覚しつつ、遊圭もまたにこやかに微笑み返した。

一度に劉家の国士全員を紹介されても、ひとりひとりの名前をすぐには覚えられそうにはない。さいわい、かれらの間でも最年長の宝生を『大哥《たいか》（長兄）』と呼び、本家分家関係なく以下年齢順に『二哥《にか》（次兄）、三哥《さんか》（三番目の兄）』と呼び合っており、遊圭もそうするように勧められた。

すでに大卓には大量のごちそうが並び、宝生は遊圭にも遠慮なく食べるように勧め、子息らはとくに遊圭に注意を払うようすもなく勝手な雑談を始める。その中で、乾生だけが追加の料理や皿、飲み物などを取り寄せるよう言いつけられ、自分の取り分を食べる暇もない。

その乾生が遊圭を酒楼に誘い出した理由は、すぐに明らかになった。何気ない会話に、宝生は遊圭が隠れていた四年間について探りを入れてきた。紅花党《ホンファ》の間諜《かんちょう》の疑いありと東廠《とうしょう》に密告したはずが、一度は拘束された遊圭がお咎《とが》めなしで出歩いているのだから、密告した側としては気になってしかたがないのだろう。

遊圭は、隠れていたのは河北のどこかの胡部《こぶ》で、自主的な軟禁状態だったので、場所はよく覚えていないの一点張りで通した。それよりも、劉家の勉強法について話を持ってゆく。宝生の天才ぶりと、劉門下の子息たちの優秀ぶりをさかんに誉《ほ》めそやす。

「そういう星公子も、十六で童試に受かるのは、天与の才なくては成しえることではない。そのようにご自身を卑下されるものではない」

劉宝生がやんわりと遊圭を持ち上げる。遊圭はすかさず謙遜《けんそん》した。

「隠れていた間、療母が書経を調達してくれたので、もし生き延びたら童試を受けようと、四年間必死で勉強していたのです。うかつに外にも出られない日々でしたので」

鎌をかけられても、誘い水を向けられても、遊圭は行方不明であった間の話題は巧みに避けた。劉宝生が抱えている秘密を訊《き》きだしたいのは、遊圭の方なのだ。

主に宝生と語らいながら、遊圭はほかの子息たちのやりとりも注意深く眺めた。

劉乾生は、一門の十一人のうちでは、下位に留《とど》まっている団子組である。兄弟と従兄《いと》弟《こ》らの中では、一番遅く童試に通ったせいか、どこかおどおどした印象を与える青年だ。容姿にも劣等感があるのか、文旦《ぶんたん》の皮のような頰をしきりに撫《な》でる癖がある。

劉一門から国士となった子息たちの間には、席次による厳格な上下関係があること、そしてその中でも絶え間ない熾烈《しれつ》な順位争いがあることが、かれらの態度や言葉の端々から窺《うかが》える。その中で、遅れて国士太学に入った乾生は、浮き上がる機会を絶えず逃し、自己の限界からくる劣等感のために、兄や従兄らの使い走りに甘んじているのだろう。

そもそも、帝国全土から集められた千人という童試合格者の中でも、上位五百人が通う国士太学上院に籍をおくというだけで、遊圭も乾生も決して凡庸な器ではない。しかし、秀才中の秀才を集めた上院における競争の激しさは、余人の想像を絶するものがあった。城壁に囲まれた宮城内の、狭い学舎の世界において、下位に甘んじる秀才たちの肩身が狭いのは、当然のことといえた。

食事もおおかた終わり、人数分の茶が出されたころ、宝生がおもむろに切り出した。

「星公子は以前、学籍簿をよく閲覧していたようだが。誰か捜し人でもいるのか」

遊圭が劉宝生らの不正を疑って、過去の席次記録や進士録を閲覧していたときのことだ。やはり見られていたのだ。遊圭の答は準備してある。

「兄の伯圭《はくけい》の名前や記録が、どこかにないかと探していました。どんな成績だったのか、どんな学生だったのか、知りたかったのです」

亡くした家族を想う年下の後輩に、宝生らは痛ましそうにうなずいた。生きていれば乾生とはひとつ違いという話をして、さらに同情を引く。

「あまりに早く童試に通った学生は伸び悩むといいますが、本当のことでしょうか」

「未冠で合格した学生には、そういう傾向があるようだな」

宝生は思慮深げに同意した。なかなか会話に加われずにいた乾生が、すかさず口を挟む。

「そういえば、大哥《たいか》が合格した年に、十二で首席合格した神童がいましたね、一年もないうちに退学したそうですが、あまり幼いうちから学問を詰め込むのもどうかと、父さんがよく言っていたのを覚えてますよ」

玄月《げんげつ》のことだ。だが、玄月は学力が足りなくて退学したのではない。当時十一歳だった乾生はともかく、玄月を巻き込んだ陶《とう》家の獄を宝生が知らないはずがない。宝生はなぜ、乾生に玄月が退学させられた理由を話していないのか。

「そんなことがあったのですか。それでも、十二歳でしかも首席ってすごいですね。その神童って、どんな方でしたか」

宝生の面《おもて》から人当たりのよい微笑が消え、ひどく曖昧《あいまい》で読み取りにくい膜を張ったように遊圭には思えた。劉のひとりが乾生に意味深な目配せをくれるところを見ると、触れてはいけない話題なのだろうか。もちろん、十二の少年に首席を奪われたというだけで、宝生にとってはとても不愉快な思い出かもしれない。

「陶――家の令息であったかな。ほとんど口をきかないおとなしい少年で、美しい顔立ちのせいもあってか、黙っていると人形のようであった。すぐにいなくなってしまったのは、学問はできても学生として人に交わるには、まだ幼すぎたのだろう」

食事中は遊圭にそれほど注意を払わず、おのおの雑談に騒がしかった宝生の弟や従兄弟たちが、急に静かになって目配せし合うのも不自然であった。劉宝生の名を家系図に見つけた時の玄月の反応を思えば、陶家と劉家、あるいは宝生と玄月の間に、話題にできない何かがあったのかもしれない。

「でも、もう何年も経っていますよね。兄が生きていれば同い年です。その方は復学はされてないのですか」

遊圭はあたりの空気を無視して、さらに突っ込んだ質問を続ける。不正調査とは関係のない、単に興味本位の問いであるが、もしも玄月と宝生の間に確執があったのなら、知っておいた方がいいような気がしたのだ。

乾生の右隣の劉三哥が、何がおかしいのか鼻を鳴らして噴き出し、一同の顰蹙《ひんしゅく》を買う。

宝生は穏やかな微笑をふたたび顔に貼りつけた。

「さて、あれから陶公子はどうしたのだろう。国士太学に来なくなってから、二度と顔を見ていないところを見ると、学問はあきらめたのだろうよ。どちらにしても、陶公子の未冠で首席というのは稀《まれ》な例だ。遊圭は已冠《いかん》の試験に通って上院に居続けているのだから、伸び悩む心配などしなくてもいい」

早熟な天才の話題にこだわる遊圭を、若すぎる童試合格者の限界について悩んでいると勘違いしたらしい。宝生は遊圭の肘《ひじ》を軽く叩《たた》いて励ました。

その日から、遊圭は意識的に劉家の一門、それも乾生と行動をともにした。

劉一門の子弟の中では、これまで末席にあった乾生にとって、遊圭は初めてできた弟分らしい。酒楼で食事をしたときの劉一門の風潮から想像するに、新たに末席を拝した遊圭は、乾生にあごでこき使われることを覚悟した。しかし、遊圭が他家の、しかも皇室の外戚《がいせき》であるためか、乾生はむしろ面倒見のよい兄貴分を演じようと、遊圭の世話を焼くことが多かった。宝生の弟にしては、ずいぶんとひとのいい乾生を騙《だま》していることに、遊圭は少しずつ罪悪感を覚えていく。

ある日の午後、遊圭が帰宅しようと宮城の門を通り過ぎたとき、背後から追いついてくる足音と気配がした。誰かと遊圭が横を見ると、成宗謙が並びかかってきた。宗謙は前を向いたまま口を小さく動かす。

「本気で宗旨変えしたのか」

「なんのことですか」

濠《ほり》にかかる橋を渡りながら、宗謙は横目で遊圭をにらみつけ、小声で吐き捨てた。

「官家は官家の水が合うってわけか。しょせん、おまえもやつらと同じ穴の貉《むじな》だな」

「わたしは、自分が生き残る道にしがみついているだけで、精いっぱいなんです」

宗謙は軽蔑《けいべつ》を込めて鼻を鳴らし、橋を渡り終えて足元に唾《つば》を吐いた。捨て台詞《ぜりふ》も叩きつけずに、反対側へと早足で歩き去る。

——敵を欺くには、味方から、か。

遊圭は胸の内でつぶやいた。宗謙を味方というのは語弊があるが、前季までに遊圭のもとに集まってきた学生たちは、宗謙と同じように考えるであろうし、尤仁《ゆうじん》もそう思うだろう。

——劉宝生たちの不正を暴けば、きっとわかってくれる。誤解は解ける。

しかし、宮城をふり返れば、護城濠の向こうにそそり立つ城壁が、遊圭の前に立ちはだかっていた。

気がつけば周りには誰もいない。族滅に遭い、親族を失って城下をさまよい逃げたときよりもずっと、いまこのときの孤独がひどく骨身に応《こた》えた。

十五、火中の栗

三月末の月試の少し前だった。遊圭は宝生らに囲まれて論文の添削を受けていた。

「星公子の時務策は定評があるが、本当によくできている」

お世辞にしても、宝生のような秀才に褒められれば悪い気はしない。

時事を問う論述文は正誤問題の科目に比べて、その学生の考え方や知識がはっきりと文章に表れる。遊圭の論文から、少しでも反体制的な言質《げんち》を取れないものかと、宝生は指導を装って添削を買って出ているのだろうが、遊圭は巧みに尻尾《しっぽ》をつかませずにきた。

孤立無援の状態で、敵の親玉に対峙《たいじ》していることに、遊圭の膝《ひざ》は卓の下で震えてしまう。族滅からこのときまで、様々な窮地を切り抜け、困難を乗り越えてきたが、独りぼっちだったことなど一度もなかった。常に胡娘《こじょう》に見守られ、あるいは胡娘の意思に導かれて死地を乗り越え、そしていつでも明々《めいめい》に助けられてきた。厳しい試練には、それを与えた陽元や玄月の間接的な庇護《ひご》があり、物理的な危機からはルーシャンに護《まも》られてきた。

だが、いまは誰もいない。

自分だけの知恵と注意力で、劉宝生と立ち合うのだ。

遊圭の論文に目を通した劉宝生は、弟に似た端整な容貌《ようぼう》に、かすかな笑みを乗せて遊圭に論評を与える。

「題材は目新しいものではないが、文章の構成も論理の構築も優れたものがある。今年で十七歳ということだが、先が楽しみなことだ」

劉一門の息のかかった教授の密告によって、間違いなく東廠《とうしょう》に送り込んだはずの遊圭が、どのようにして舞い戻り、何事もなく日常生活を続けているのか。遊圭が東廠の宦《かん》官《がん》をも従わせる権威を有しているとしたら、宝生は大変な失敗を犯したことになる。密告を指図したのが宝生らであることを、遊圭に知られたかどうか、気になって夜も眠れないのではないか。しかし、宝生の表情からは、そのような焦りは一切窺《うかが》えない。

「ありがとうございます」

「昨年末の全学生の論文評定では、私の論文が最優等をつけられたのだが、一部の教授がもらしたところでは、君の論文も候補にあがっていたという。成績発表では、閲覧できると楽しみにしていたのだが、誰もその内容を知る者がいない。どうして公開されなかったのか、君には事情が説明されたのか」

「ええ」

もったいをつけて首を縦に振る。焦《じ》れた宝生は単刀直入に訊《たず》ねてきた。

「題材は何を選んだのかね」

遊圭は困惑に曖昧な笑みを混ぜて、かぶりを振った。

「過去の異民族の侵略と、その当時の王朝の対応についての考察です。教授たちに呼び出されて、どうしてそんな主題を思いついたのかさんざん問い詰められて、とても焦りました」

周囲の劉家の学生たちが、吸い込んだ息を止めた気配がした。

「太学祭酒《さいしゅ》までいらして、教授たちにはひどく深刻な顔でいろいろ訊ねられました。また、別の官衙《かんが》へ連れていかれて、黒い直裾袍《ちょっきょほう》の方々にも質問をされましたが。論文の内容が史書に沿ったものだと納得してもらって、家に帰してもらいました。あれは本当に、いったいなんだったのでしょうね」

本当にわけがわからないといった顔で、遊圭はかぶりを振った。

「いったい、何がいけなかったのだ？」

訊ねたのは乾生だ。弟の冷静を欠いた横やりに、宝生の顔に苛立《いらだ》ちが走る。乾生は遊圭の論文を読んでおらず、その内容も知らされていないらしい。

「それが、口外することを禁じられ、論文も没収されてしまったのです」

遊圭は口元を押さえて恐ろし気に声を潜めた。

「模範解答として、公開されなかったのはそのせいか」

宝生は何食わぬ顔をして相槌《あいづち》を打った。遊圭はぬかりなくうなずく。

「学生ごときが外交問題について論ずるな、ということかと思います」

遊圭は肩を落とし、深く反省した面持ちでうつむいてみせた。兄の肩越しに、乾生が同情を込めて遊圭を励ます。

「教授たちに受ける題材選びは重要だぞ。文章の良し悪しよりも点数に響くことがあるからな。今後は気を付けた方がいい」

余計な口を挟む末弟に、冷ややかな目配せを送る宝生に気づかぬ風で、遊圭は儚《はかな》い笑みを乾生に向けた。

「劉家のみなさんが羨《うらや》ましいです。眷属《けんぞく》がそろえば、互いの不得意を補ったり、誤りを事前に指摘したりして、致命的な間違いを犯すことなく、協力し合って試練を乗り越《こ》えていけるのですから。天涯孤独のわたしは、次にどのような失敗をして、国士太学を逐《お》われるのではないかと、そればかり心配しております」

乾生はいたましそうにうなずき、その兄の宝生は同情に満ちた微笑で遊圭に応《こた》える。

「星公子、そのように悲観することはない。我らはみな、やがては皇帝にお仕えし、金《ジン》椛《ファ》帝国を支える官僚を目指す同志だ。若くして国士たる稀少《きしょう》な才能に恵まれた君のような逸材が、そう簡単に放逐されることはない。困ったことがあれば、いつでも相談にくるといい」

親身な言葉と、年長者としての包容力と余裕を漂わせた、にこやかな笑み。寄る辺ない者には、拠《よ》るべき大樹の陰とも思わせる度量。

しかし遊圭は、この種類の笑顔をとてもよく知っていた。心を許していない相手に本心を悟らせぬまま、信用を勝ち取る完璧《かんぺき》な愛想笑い。

宝生は、遊圭の論文を東廠に密告したのが自分たちだとばれていないことに安心し、遊圭を懐に取り込んで、ゆっくりと料理するか、あるいは手駒として教育していく方針に変更したと思われた。

四月の月試では、宝生が乾生たちのために張った山が当たり、そのおこぼれに与《あずか》った遊圭は無難な席次に留《とど》まった。その一方では、史尤仁《ゆうじん》はかなりの努力を積んだらしく、一気に順位を上げて、宝生の席次に肉薄する勢いであった。

これに呼応するかのように、良人階級出身の学生たちの席次が全体的に上がっており、必然的に官家出身者の多くを追い越す形となっていた。がむしゃらな尤仁の挑戦が、官家出身の学生たちに対して、郷紳層《ごうしん》が抱えていた不満に火をつけてしまったのではないかと、遊圭はこの傾向に不安を覚えた。

平民に生まれ、限られた文化資産を頼りに必死の努力の末、国士となった学生たちの大半は、ようやく手にした特権の切れ端にしがみつき、不満を燻《くす》ぶらせつつも保身を優先させ、官界の下積みで終わっていく。しかしその不満は、尤仁のような突出した才能という火種さえあれば、いつでも爆発しかねないほど、溜《た》め込まれていたのだ。

結果発表の日は講義がない。午《ひる》までの時を、書院で史書を読んでいた遊圭の背後で、乾生の従兄《いとこ》、劉七哥《しちか》がつぶやいた。

「目障りだな」

「史何某《なにがし》のことですか」

乾生が小声でぼかしつつ囁《ささや》き返す。書院にたむろしていた劉一門の全員が、遊圭の反応を窺《うかが》っている気配がする。遊圭と尤仁は、前季までは同居までしていたほど、仲が良かったのだ。

乾生のすぐ上の異母兄、劉八哥《はちか》が遊圭に水を向けた。

「身分をわきまえぬ輩《やから》は、国の秩序も傾けかねないと、思わないか」

ここで賛同するのが、身の安全というものだが、遊圭にとって、尤仁はいまでもかけがえのない親友であった。劉たちの餌食《えじき》にはされたくない。

「ええ。ですが、いま彼の周りで騒動があれば、かえってあざとくないですか。いまからあんなに打ち込んでいたら、官僚登用試験の前に燃え尽きてしまうでしょう。自滅するのを待ってからでも、遅くないのではと思いますが」

事なかれ主義を装って、遊圭はやんわりと反対した。それまで黙っていた宝生が、おもむろに口を開いた。

「史尤仁《ゆうじん》には、不審な動きがある」

「不審？」

乾生がいぶかしげに問い返した。

「最近、国士として好ましくない場に出入りし、望ましくない輩と交際しているという。その集会では、身元の知れない異国人の姿も見られるとか」

宝生は目障りな学生の周辺を、普段から見張らせているのかと、遊圭はぞっとした。

遊圭は、尤仁が身を寄せる胡人《こじん》の教会への道のりを、頭に思い描いた。遊圭の邸《やしき》を引き払った尤仁ともう一度話をしたくて、その教会を訪ねてみたのだ。そのときはまったく相手にされずに追い返されたのだが。

宝生は、末弟に向けてひどく冷淡な眼差《まなざ》しを向ける。

「乾生、わかっているな」

念を押された乾生は、あばたの散る頬をひくつかせて躊躇《ちゅうちょ》したものの、「はい、大哥」と答えてこうべを垂れる。

宝生は立ち上がった。遊圭の傍らに来て、肩に手を置いた。

「星公子、君は何も聞かなかった」

謀議の場にいて、見て見ぬふりをさせることで、共犯に引きずり込むつもりなのだろう。遊圭は今回の月試で宝生の張った山を共有したことで、すでに不正の片棒を担がせられている。宝生がどの職員から試験問題を入手したのかは、まだ明らかにできていない。しかし遊圭は、試験後に返却され、乾生たちが処分のため焼却場に回した答案を密《ひそ》かに手に入れることに成功し、玄月に渡していた。

宝生たちが書院を出てゆき、遊圭と乾生だけが残った。頬の内側を噛《か》みつつ、乾生は書院の扉をじっと見つめる。

「乾生さん、あまり手荒なことは──」

遊圭はかすれ声で懇願する。

兄や従兄弟《いとこ》らに比べて、気の弱いところのある乾生は、むしろ同窓である遊圭といる方が緊張がゆるむようだ。自分には気を許してきた乾生に、遊圭は卑怯《ひきょう》な手段をあきらめてもらえないかと頼もうとした。しかし、乾生の顔をのぞき込んだ遊圭は、それが甘い考えであったと知る。乾生はぶるりと身を震わせて、硬い笑みを見せた。

「やっと大哥に、一人前の働きを認めてもらえる機会がやってきた」

誇らしげに遊圭に向き直る。

「なに、直接手を出すのは、我々ではない。安心しろ」

「では、あの噂は本当のことだったのですか。席次を上げた豪紳の学生が闇討ちに遭うのは――」

乾生は急に厳しい目つきになって遊圭をにらみ、頬を強張《こわば》らせた。

「闇討ちなどではない。つけあがった下民どもに、己の立場を弁《わきま》えさせているだけだ」

乾生がためらいなく口にした選民意識に、遊圭はぞわっと鳥肌が立つ。在野から優秀な人材を集め選抜するための童試であり、太学であり、官僚登用試験である。にもかかわらず、官家よりも不利な環境で知識を蓄え、才能を伸ばしてきた庶民の学生を、名門子息たちが姑息《こそく》な手段で排斥してきたというのか。

そしてそれを当然の権利の遂行と信じ込んでいるので、始末に負えない。

遊圭は、もしも星家が族滅されることなく、兄に続いて国士太学へ進んでいれば、何の疑問もなく乾生のような考え方でいただろうかと思うと、口の中が苦いものでいっぱいになり、気分が悪くなる。

「史尤仁《ゆうじん》とやらは、自ら国士の入るべからざる場所に出入りしているのだから、そこを狙えば我らに火の粉が及ぶことなく片づけることができる。君子危うきに近寄らず、とはこのことだ。おかしな連中とつきあうと、身の破滅だぞ。遊圭も気をつけたまえよ」

遊圭は尤仁に警告したかったが、学舎内で彼に話しかければ墓穴を掘るだけだ。尤仁周辺の学生をつかまえて話をしようにも、劉一門に取り込まれてしまった遊圭と口を利く者はいない。

「望ましくない場所とは、例えばどのようなところでしょう」

「右京区の、敬迅坊《けいじんぼう》あたりの酒楼に出入りしているらしい。敬迅坊は、流れ者の異国人が集中する界隈《かいわい》だ。あの場所も一度更地にして、得体のしれない浮浪民を一掃する必要があるな」

その異国人の将軍を義兄に迎えている事実は念頭にないらしい。

「皇城内と違い、右京区の下町は暴行窃盗が日常茶飯事だ。尤仁とやらが何を考えているのかは知らんが、これも身から出た錆《さび》というものだ。今日中にかたをつけてやる」

乾生はすっくと立ちあがると、善は急げとばかりに書院から出ていく。遊圭は尤仁を助ける方法を必死で考えたが、名案が浮かばない。大急ぎで学舎を去ると、その足で観月楼に向かった。

松月季《しょうげつき》を指名してから、半刻待たされてようやく部屋に通された。片方の肘《ひじ》掛《か》けが高くなった榻《とう》にもたれた玄月は、非常に不機嫌な顔で遊圭を迎える。

「そなたは、松月季が毎日ここにいて、客を取っていると思っているわけではないだろうな」

遊圭としては、呼び出されたときにしか来たことがないのだから、他の日に玄月がどこで何をしているかなど、知りようがない。

「どこへ行けば玄月さんと連絡を取れるか知らないのですから、どうしても会いたいときは、ここへ来るしかないじゃないですか。東廠《とうしょう》の官衙《かんが》に駆け込むわけにもいきませんし、このごろは、後宮でもほとんど姿を見かけないと聞きました」

必死の形相で訴える遊圭に、玄月は用件を訊《たず》ねた。遊圭は劉宝生らの企《たくら》みを語る。こうしている間にも、乾生の手配した無頼漢たちが尤仁《ゆうじん》を襲撃しているかもしれない。

「尤仁を助けてください。一生のお願いです。一生恩に着ますから」

迷惑そうに眉間《みけん》に皺《しわ》を寄せた玄月は、頰に手を当てて思案する。

「一生の借りなど、軽々しく作るものではないが、夏沙《かしゃ》での借りはまだ返していなかった。これで帳消しにするが、いいか」

夏沙王国から帰還する途中、遊圭が玄月の命を救ったことを、忘れていなかったようだ。遊圭は東廠の尋問から解放してもらったときに、借りは返してもらったつもりだったが、緊急事態なので貸借関係の整理は後回しにした。

「ありがとうございます！」

玄月は立ちあがると、結い上げた女髷《まげ》から簪《かんざし》を抜き取り、頭と顔の下半分を淡い紫の頭巾《ずきん》で包んだ。刺繡《ししゅう》の豪華な紅の曲裾袍《きょくきょほう》を脱いで、襦裙《じゅくん》の上から薄青い単色の深衣を羽織る。

「あの、その恰好《かっこう》で――」

「時間がないのだろう？　それに、顔を見せずに街を歩けるのは貴婦人か尼僧のなりしかない。劉宝生の一味はもちろん、李綺《りき》の配下にも敬迅坊をうろついているところを見られてはならん。そなたも金鶏羽冠と縹袍《はなだほう》はここに置いて、そこの褙子《はいし》を羽織り、頭巾をつけろ」

配下の誰かを敬迅坊に送り込んでもらえるのかと思っていた遊圭だが、玄月が自ら乗り込んでくれると悟って、女物の褙子《はいし》と頭巾を手に取り、大急ぎで着替えた。

まさかふたたび女装をする羽目になるとは思わなかったが、玄月の言う通り、この陽気で顔を隠して外出しても不自然でない変装は、白い肌を陽射しから守るのがたしなみの、貴人の女装しかなかった。

大股《おおまた》で歩かないように気をつけねばと思っていると、刀子《とうす》を帯に挟む手を止めた玄月が訊ねる。

「そなたは、走れるか」

「速くはないですけど、なんとか」

急に思い出したように、遊圭は両手首に巻いていた革帯をほどき、袴《こ》の裾をまくり上げて足首にも巻いてあった革帯を取って床に落とした。

革帯に挟まれていた鉄札が、木の床に触れてドッ、と重たい音を立てる。

「寝るとき以外はいつも着けるように、って達玖《タルク》さんに言われてたんですが、これがなければもう少し速く歩いたり走ったりできると思います」

「女装で走って逃げるような事態は、できるだけ避けねばならんが、敬迅坊で捕まることだけは、劉だろうが李綺だろうが、絶対に避けねばならん。わかったな」

身支度を終えた遊圭に、玄月は布に包まれた細長い箱を持たせた。

「両手で胸に抱えて歩け。少しは女らしく見えるだろう」

中身が何なのか訊ねる間もなく、玄月は遊圭が入ってきた扉に閂《かんぬき》をかけた。踵《きびす》を返し、奥の扉から妓楼《ぎろう》で働く者たちが使う通路を通って裏口へ向かう。表通りからは想像もつかないほど狭く殺風景な裏門から、徒歩で皇城の門へと急いだ。

気は急《せ》くものの、衣裳《いしょう》に合わせて優雅に歩かねばならないので、なかなか進まない。

薄暗い妓楼の部屋ならともかく、戸外を女装で歩くには玄月は背が高すぎるのではと心配した遊圭だったが、不思議と長身には見えなかった。横に並べばいつもの位置に顎《あご》があるので、縮んだわけではなさそうだ。ただ、宦官《かんがん》服のときにくらべて撫《な》で肩に見える。そして、後宮の妃嬪のように、風に揺れる柳のごとく頼りなげに、かつ滑るように歩く。

どこでそういう歩き方を覚えたのかと感心する遊圭を、玄月は小声で叱りつけた。

「あれだけ仕込まれたというのに、もう宮官の歩き方を忘れたのか。たおやかに歩くことができなければ、もう少し小股《こまた》で歩け」

異国の宮廷で公主付きの女官に化けるため、都の劇場で一番人気の女形俳優《おんながた》に、発声から歩き方、指先の動きにいたるまで女性らしい仕草を教え込まれてから、もう二年が過ぎた。無理は言わないで欲しいと思いつつも、気合を入れて思い出せば、意外と滑らかに体が動く。当時は夢中で覚えたことだが、男と女では歩くときに重心を置くところが違うのだなと、こんなときだが妙な感心をしてしまった。

皇城の門を通るのに、女装姿の玄月が使った銅牌《どうはい》がどういう肩書なのか謎であったが、門兵は背の高い貴婦人と、その侍女という風情のふたりをすんなりと通した。

申《さる》の刻はとうに過ぎている。都育ちなのに敬迅坊がどこにあるのか知らない遊圭は、どうか間に合ってくれと祈りつつ、玄月の後に従う。

広い都の、庶民が暮らす街並みは、実に雑多な人種と階級、そして職業の人々が行き来する。街路では串焼《くしや》き肉や蒸し饅頭《まんじゅう》を売る屋台から美味《うま》そうな匂いが漂い、雑貨や食材を扱う振り売りの呼びかける声が、雑踏の喧騒《けんそう》に拍車をかけていた。

東西南北を走る、御幸の車駕《しやか》や軍隊の行列が通る大通りから外れれば、各坊門の向こうには小路《こうじ》が複雑に交差し合い、うっかり踏み込めばすぐに迷ってしまいそうだ。

「あの、敬迅坊がどのへんなのか、玄月さんはご存知なんですか」

玄月の滑るような早足に置いて行かれまいと、遊圭は息を切らしながら訊ねた。

「朔露《さくろ》の間諜《かんちょう》が、敬迅坊に逃げ込んだことがある」

説明はそれで充分だった。

「尤仁《ゆうじん》の宿坊のある教会と敬迅坊は、それほど距離は離れていない。そのあたりは異人街と呼ばれるほど外国からの移民が多く、治安があまりよくない。金鶏羽冠などかぶって歩いていれば、さぞかし目立つことだろうな」

その言葉が終わるよりも前に、人混みの向こうに雉《きじ》の尾羽が上下に揺れながら動くのが見えた。この時間にこのような通りを歩いている太学生は、尤仁くらいなものだろう。

遊圭は襲撃前に尤仁《ゆうじん》に追いつけたことに、ひと安心した。

「尾行されている」

玄月のつぶやきに、遊圭ははっとしてうしろをふり返った。

「我々ではない。尤仁だ。三人の男たちが、尤仁から距離をとってつけている」

遊圭の訓練されていない目では、尤仁と同じ方向へ流れる、たくさんの男たちのどれを指しているのかわからない。

一般の民は、国士太学の学生には道を譲る。このような下町でも、都人は尤仁の頭に揺れる雉の尾羽に腰を低くして脇へ避《よ》けた。混み合う雑踏をすいすいと進んでゆく尤仁のあとを距離をとってついていくのは、小走りで追わねばならない女装では難しい。

「遊圭、劉家の子弟が見張ってないか気を配っておけ。この場へ制服で来るほど馬鹿ではないだろうから、ひとりも見逃さないよう注意を払え」

遊圭は玄月の指示に従い、あたりの雑踏に気を配った。

「知った顔は見えません」

「油断はするな」

尤仁が敬迅坊の門をくぐり、柄のよくない空気をまとった三人の男たちが後に続く。

玄月と遊圭も、見失わない程度に距離をとって、敬迅坊へと足を踏み入れる。都人の居住区である坊は、それ自体がひとつの町を形成しており、よそ者は迷宮に入り込んだように方角すら失ってしまう。

三人の男たちが次第に尤仁との間隔を狭めていく。囲まれた気配に気づいた尤仁が抵抗する隙も与えず、男たちは二階建ての建物に挟まれた路地へと尤仁を追い込んだ。

慌てて追いかけようとする遊圭を、玄月が引き留めた。

「そなたは声も手も出すな。そなたがかかわっていたことを尤仁に気づかれては困る」

いまは完全に劉宝生側の人間となった遊圭が、尤仁を助けたことが双方に知れてはたしかにまずかった。

「その箱を開けろ」

玄月に言われた遊圭は、預かっていた包みの結びを大急ぎで解き、細長い箱の蓋《ふた》を開けて息を呑《の》んだ。中には長さの違う二本の棍棒《こんぼう》が入っていた。驚く遊圭におかまいなく、玄月は長い方の棒を持ち上げた。鉄鎖でつながれた短い棒が、それにつられてじゃらりと持ち上がる。

「これは――」

戸惑う遊圭に、玄月は珍しくにやりと笑いかけた。

「梢子棍《しょうしこん》だ。街中で刃物沙汰《ざた》になるとあとが面倒なのでな」

樫《かし》などの硬い木で作られた棍棒を、紐《ひも》や鎖でつなげた多節棍の一種だ。

朔露の戦士に対してさえ、一歩も引かずに長剣で斬り伏せてきた玄月だ。見かけによらず、いろいろな武器を使いこなし、たくさんの場数を踏んできたのだろう。

遊圭はこの場を玄月にまかせた。その後ろ姿が路地に消えると、万が一を考えて、近くの壁に立てかけてあった物干竿《ものほしざお》のひとつを手に取って路地に入り、入口の近くに隠れて待機した。

路地の奥では、尤仁《ゆうじん》の罵《のの》しる声が聞こえ、やがて悲鳴に変わったが、すぐにくぐもって聞こえなくなった。振り売りの呼び声や、子供たちの立てる喧騒に満ちた通りまで、路地の奥で揉《も》み合い、争う音は届かない。遊圭の背後では、尤仁のものではない悲鳴と、硬いものがぶつかり合う音が二度した。

足音が近づき、奥から男がひとり、こちらへ向かって走ってきた。遊圭は物干竿を吟味している町の娘が、逃げてきた男に驚いてとっさに壁に身を引いたふりをした。竿を持った手首を返して男の脛《すね》を払う。

物干竿に脛を打たれた男はもんどりうって路地に倒れ、石畳に顔から着地する。顎を打ちつけた痛みに頭を抱え込み、すぐには動くこともできない。転んだときに舌でも噛《か》んだのか、口の中は血まみれだ。遊圭はすかさず男のそばにしゃがみこんだ。うめき声を上げる男の気道を押さえつけて昏倒《こんとう》させる。これですぐには助けを呼びに行けない。

「手を出すなと言ったのに、上の指示が聞けないのか」

遊圭の背中に、玄月の非難が浴びせられる。

「この件については、依頼したのはわたしなんですが」

「一生分の恩義と引き換えにな」

遊圭は聞こえなかったふりをして、尤仁のようすを訊《たず》ねた。

「こちらがうしろから忍び寄っていた間に、二、三発顔を殴られたようだが、青痣《あおあざ》と鼻血ぐらいですんだようだ。骨折などはしていない。ぼんやりはしていたが、受け答えはできた。すぐに正気に戻るだろう」

「あとのふたりは」

「縛り上げておいた。打ちどころが良ければ、明日も生きているだろうよ」

気絶している男も後ろ手に縛り、路地の脇に寄せた。

通りに出て、路地の入口が見えるところまで移動して少し待つ。顔にあざを作った尤仁がふらふらと路地から出てきた。そしてきょろきょろとあたりを見回し、少し考え込んでから敬迅坊の奥へと歩き去るのを確認して、遊圭たちは妓楼《ぎろう》に戻った。


翌日、ふたつの講義を終えた遊圭は、劉一門のたまり場になっている書院で調べ物をしていた。最初に入ってきたのは、青ざめて意気消沈した劉乾生であった。体の痛みでもこらえるように、右肩を傾けて少し足を引きずっている。

「どうされたんですか！」

「ああ、別に――いや、そのうちわかることだな。大哥《たいか》の逆鱗《げきりん》に触れてしまった」

「宝生さんに打たれたんですか」

遊圭は飛び上がって乾生の肩に触れた。乾生は悲鳴を上げて肩を引き、そのためにさらに痛みが激しくなって前にのめった。

「すみません。何があったんですか」

「史の制裁にしくじった。返り討ちにあったらしい」

「らしい、って」

「仲介を通したならず者を使ったので、詳細はわからんのだが。史にはえらく強い用心棒がついていたらしくて、ならず者どもがやられて重傷を負った」

誰も死ななくてよかったと、遊圭はほっとする。

「それで、乾生さんが宝生さんに折檻《せっかん》されたのですか」

「へまをしたのだから、仕方がない。次は人任せにしないようにせねば」

「また、やるんですか」

遊圭は心臓がどくりとなるのをやり過ごし、話を聞きだす。

「すぐには無理だが。このままではすませられん。私の面子《メンツ》も立たん」

誰に対しての面子かと思ったが、遊圭は顔には出さなかった。

「ええ、相手の出方を見極めた方がいいです。ならず者ではどうにもならない味方が尤《ゆう》仁《じん》についているのなら、こちらも用心しなくては」

宝生や従兄弟《いとこ》たちに対して、自身の有用性を証明しなくてはならない乾生には申し訳ないが、尤仁を守るためには、遊圭はその焦りを最大限に利用しなくてはならない。

劉家の子弟が三々五々と集まり、乾生の失敗をあげつらう。宗家の末子でありながら、分家の子弟にまで侮られている乾生が気の毒だ。宝生が登場して、みなの前でこっぴどく弟を叱りつける。乾生は止《とど》めを刺された形となり、すっかり落胆してしまった。

　多少の罪悪感とともに、遊圭は乾生の肩を持って意見を述べた。

「敬迅坊がそのように物騒な場所だったのなら、手配したならず者では手に余ったのかもしれません。史尤仁が敬迅坊でいったい何を企《たくら》んでいるのか、わたしがかれに近づいて聞きだしてみましょうか」

「君が？　だが、君は尤仁とは決裂したのではないか」

　宝生は胡乱《うろん》げな目つきで遊圭を問い詰める。

「尤仁が怪我をしたと聞いて飛んでいったとなれば、邪慳《じゃけん》にはされないのではないでしょうか。うまくいけば、尤仁を守っている組織のことも、聞きだせるかもしれません」

　あえて組織などという大仰な言葉を使って、それが個人的な友誼《ゆうぎ》である可能性を除外する方向へ持っていく。遊圭はこれまで、宝生を油断させるため、勉強熱心だが世間知らずの無害な人間を演じてきた。それが、急に警告を発しては、宝生に怪しまれるのではと怖れた。しかし、いちど吐いてしまった言葉は取り戻せない。

「異人街に出入りしているのなら、ならず者も異国人かもしれません」

　異国人は概して金椛《ジンファ》人よりも体格に優れ、荒くれどもには傭兵《ようへい》崩れも多い。その事実を指摘する。闇討ちの失敗という想定外の事態が焦りを生んだのか、あるいは遊圭が西域通であったことがさいわいしたのか、宝生はこれまでにない用心が必要であるという遊圭の意見に耳を傾けた。

「では、うまく話を聞きだしてくれたまえ」

宝生の全面的承諾を得て、怪しまれずに尤仁《ゆうじん》に会いに行ける段取りに、遊圭は急いで書院から飛び出した。尤仁を探して構内を歩き回り、かつて遊圭もよく通っていた書院で左の頰を腫《は》らした尤仁を見つけた。

書院に一歩足を踏み込んだ遊圭に、尤仁を取り巻く学生たちの、非難に満ちた視線が刺さる。尤仁もまた敵意に満ちた目つきで遊圭をにらみつけた。

「闇討ちが成功したかどうか、気になって見に来たのかい？　このとおり、五体満足だよ。僕にはいざとなれば守ってくれる友達がいるんだ。劉のぼんくらどもにそう言ってやれ」

元気に啖呵《たんか》を切る尤仁に、遊圭は胸の底から安堵《あんど》の息を吐いた。

「君が無事なら、それでいいんだ」

ひどい怪我はしてないという玄月の言葉を信じて、自分の目で尤仁の無事を確認できなかったことが、一晩と一日中遊圭の心にかかっていた。

「できれば、君がおとなしくしてくれると助かるんだけど。せめて夏季の試験が終わるまで、ね」

遊圭が告げることのできる助言は、それしかない。それまでに、劉宝生の不正の証拠を押さえるのだ。

「余計なお世話だ！」

尤仁は手近な巻物を拾い上げて遊圭に投げつけた。腕に痛みが走った尤仁は呻《うめ》き声をあげ、巻物は緩やかな弧を描いて、近くにいた学生の肩に当たって落ちた。

遊圭は黙って踵《きびす》を返すと、そのまま書院を出て行った。宝生のもとに戻って首尾を報告する気も起きない。尤仁の無事さえわかれば、それでいいのだから。

足をまっすぐに宮城の門へ向けて、高い城壁の彼方《かなた》に広がる春の空を見上げる。

いまはただ、無性に明々《めいめい》に会いたかった。

十六、隠蔽《いんぺい》

夏の季試が近づいてくる。

前の月試では、宝生《ほうせい》がどのようにして出題範囲を手に入れて、乾生《かんせい》たちに流しているのかが調べられなかった。

根気よく教官や職員が劉《りゅう》家の子弟に接触するのを見張っていても、不審なやりとりは見かけられない。試験の五日前に宝生が張ったという山を口頭で教えられた遊圭は、万策尽きてふたたび観月楼に松月季を訪ねた。

「学府に勤める劉氏の誰かが、宝生の自宅へ行って口伝えに範囲と問題を教えれば、証拠は残らないわけです。それを宝生が、上院に残るのに必要な点数を稼ぐだけの出題範囲と答を、乾生たちに口頭で教えてやるだけでいい。少なくとも、言われたことを覚えて、書くだけの頭はある連中ですし」

国士監《こくしかん》や学府の職員の多くが国士太学《こくしたいがく》の卒業生であり、同時に現役学生と親戚《しんせき》関係にある職員に、個人的交流を禁じることは実際問題として不可能だ。

遊圭が嘆息交じりに降参すれば、玄月《げんげつ》は赤い紅を引いた唇を開く。

「では、次の季試が終わったところで、集められた答案を外部の人間に調査させよう。教えられた答というものは、似たり寄ったりな文章になるものだ。その相似性と正答率を検証して、偶然ではありえない類似の解答であるとされれば、試験問題漏洩《ろうえい》の疑惑追及に、公的委員会を設置して調査に持ち込める。追及が厳しくなれば、従犯とおぼしき職員に揺さぶりをかけるだけで、罪を一等でも減じてもらうためだけに自白することは珍しくない。宝生が張ったという山を、ここで書きだしていけるか」

「時間をいただければ」

遊圭は用意された墨で、出題範囲と予想される問題と答、宝生の用意した論策の模範文を、思い出せる限り書きだした。

「蔡大官《さいたいかん》を覚えているな」

「蔡侍郎《じろう》のことですか。蔡才人《さいじん》の叔父《おじ》上の」

「刑部《けいぶ》の侍郎の任期は終えたので、いまは寄禄《きろく》の官位に応じた官職が空くまで、自邸で随想録など書きつけるのに忙しいそうだ」

つまり蔡元侍郎は異動の合間にあり、就くべき職務がないために自宅待機をかこっているという。官位が上がるほど官職の数は限られてくるのでなかなか上に進めない。

蔡大官がどうかかわってくるのかと、遊圭は玄月の意図がつかめぬまま、小さくうなずいてその先を待つ。

「実は、そなたが前月試で入手した答案用紙を、蔡大官に分析してもらった結果、解答の相似性が偶然ではあり得ないという結論が出た。大家《ターチャ》の命で、臨時の考査監を蔡大官にやってもらう」

証拠は、まさに劉乾生たちの書く答案そのものであった。

遊圭の穿《うが》った蟻の一穴で、長年学府にため込まれてきた膿《うみ》を押し流すことができる。


季試の途中で、遊圭は腹痛を訴えて二度ほど試験場を出入りした。そのために最終退出時間ぎりぎりまで粘って、答案を提出した。

試験の翌日は教官たちも採点に駆り出されているので講義はなく、遊圭は右京区にある尤仁《ゆうじん》の宿坊を訪れた。

「何の用だ」

頑《かたく》なに怒りをむき出しにする尤仁に、遊圭は固い笑みを浮かべる。

「わたしはしばらく休学することにしたよ。体の調子が悪くて、学業が続けられない。学舎で顔を合わせることは当分ないと思うけど、もし君に困ったことがあったら、いつでも邸《やしき》の方へ来てくれ。力になれるかもしれない」

尤仁《ゆうじん》は軽蔑《けいべつ》を隠さずに遊圭を見据え、ふんと笑った。

「脱落者が出れば、劉宝生も万々歳だ。官家同士の連帯なんて、腐った紐《ひも》みたいなものだな。あいつらに干されたからって、元の巣に戻れるなんて思うなよ」

「そうだね。じゃあ」

遊圭は回れ右をして、その場を去った。

一歩一歩、石畳を踏みしめながら、遊圭はいまこの瞬間に学府で起きていることに思いを馳《は》せる。

採点の済んだ答案は、蔡大官率いる考査員の監察を通して、劉一門の子弟たちの答案が、不自然に似通っていることを発見する。劉姓の職員はもちろん、遊圭が目星をつけていた劉宝生に好意的な官吏は、個別に呼び出され揺さぶりをかけられているはずだ。ひとりでも白状すれば、刑部《けいぶ》の高級官僚を務めた蔡大官の容赦のない追及が始まる。

学府がひっくり返るほどの、前代未聞の醜聞だ。国士監の主幹や学長の太学祭酒は、最悪の場合は死罪。教授や職員の多くは更迭を免れないだろう。劉宝生を始め子息らは強制退学ですめば運がいい。

河西郡の太守となった劉源は失脚して楼門関から呼び戻され、陽元が望んでいた官僚が朔露《さくろ》軍を迎え撃つために西の国境へ急遽《きゅうきょ》赴任することになる。

遊圭の休学は、劉家の処分が落ち着くまで、誰にも会わない方がいいからだ。誰もが遊圭を取り巻いて、真相を聞き出そうとするだろう。劉家の報復も考えられる。

遊圭は、席次発表の日にどんな混乱が国士太学を襲っているかと、おそるおそる登城した。しかし、宮城の光景はいつもと変わらない。前の試験と同じように、張り出された席次表の前に群がった学生たちは、自分の席次に喜んだり悔しがったりしている。

席次表は、前回と比べて大きな変化はなかった。劉宝生は首席、尤仁は怪我もあってか、少し下がっていた。劉乾生らは相変わらず団子のように下位に固まっている。成宗《せいそう》謙《けん》は真ん中の下といったところだ。

遊圭は最下位であった。腹痛のために集中できず、全問解答に程遠かったせいだ。

休学するのだから、もはやどうでもいいのだが、劉宝生がなんのお咎《とが》めもなく首席に名を留《とど》めている理由がわからない。これでは尤仁の宝生への挑戦は激しくなるばかりで、とても安心して休学などできなかった。

遊圭は宝生たちの溜《た》まり場になっている書院に顔を出した。書院には乾生がふたりの従兄《いとこ》と、不景気な顔を突き合わせて双六《すごろく》で時間を潰《つぶ》していた。

「宝生さんと、ほかのみなさんはどうしたんですか」

乾生は答えるのも面倒臭そうに首を横に振った。

「昨日から国士監に呼び出されて帰って来ない」

何かの動きがあったことはあったらしい。乾生の従兄が吐き捨てるように言った。

「抜き打ちで考査監が入ったらしい。太学祭酒も試験の当日に知らされて、問題用紙も答案も、すべて礼部《れいぶ》へ持っていかれた」

「でも、いつも通り席次は張り出してありましたよ。宝生さんは首席でしたし」

「だからなおさら不気味だ。遊圭、君の成績はどうだった」

「それが、試験中に腹痛がひどくなって、最後の問題まで解けませんでした。結果は訊《き》いてほしくないひどさです。秋季は中院落ち確定ですね」

遊圭は情けなく苦笑して、椅子に腰掛ける。このまま劉宝生たちが上院に居座るのなら、気がかりは尤仁《ゆうじん》だ。

「まさか、ばれたのかな」

青ざめ頬をこすりながらつぶやく乾生に、従兄のひとりが「シッ」と叱りつける。

蔡大官が任された仕事を遂行したことはたしかだ。それなのに劉宝生たちの席次が問題なく発表されたということは、不正を証明できなかったのだろうか。

乾生たちも何も知らないのでは、そこにいても意味がない。遊圭は玄月にことの経過を聞くために観月楼に向かったが不在と言われる。

「伝言くらい預けてくれてもいいのに」

一日待っても玄月から連絡はなく、遊圭はますます不安を募らせる。

「宮中で何かあったのかな」

遊圭は書斎の厨子《ずし》を開いて、貴重品を入れた螺鈿《らでん》の箱を取り出し、中から皇帝の御在所まで入っていける門符を手に取った。

宮城の奥へ奥へと、いくつもの門をくぐるたびに門符と姓名、官位を照合されて進んでゆく。内廷の手前の紅椛門で拝謁の願いを届け出て、私的なお出ましの場である北斗《ほくと》院でしばらく待たされる。小さな庭園は赤紫や薄桃色の芍薬《しゃくやく》が咲き乱れ、池の周りには濃い紫の菖蒲《しょうぶ》が丈高く風に揺れている。

春には明々の家で、葉を伸ばし始めたばかりの芍薬に、気の早すぎる固い蕾《つぼみ》を見たのがつい昨日のことに思えるのに、気がつけばすっかり夏だ。明々に端午節の贈り物を手配しなくては、と思っていると龍袍《りゅうほう》の立てる衣擦《きぬず》れの音も高く、陽元が姿を現した。

遊圭はとっさに膝《ひざ》をつき、拝跪《はいき》叩頭《こうとう》を捧《ささ》げる。

「元気にやっているか、游《ゆう》。久しぶりにもほどがあるぞ。宮城内の学府に通っているのだから、こちらにもたびたび顔を出せば良いのに。玲玉《れいぎょく》や翔《しょう》たちもそなたに会いたがっている」

朗らかにそのようなことを言われても、さすがにそういうわけにもいかない。行事に招待されたとき以外に、後宮にいる玲玉に会おうとすると、ものすごく煩雑な手続きと人員を動員しなくてはならないのだ。遊圭としては、自分ひとりのために、大勢の人間の手を煩わせることは気が引ける。今日のように門符を使って皇帝を呼び出すのも、緊急事態に抜き放つ伝家の宝刀のようなもので、滅多にやっていいことではない。

「国士太学の学問についていくのに必死で、いまも、お庭の菖蒲を見てもう夏になっていたことに気がついたくらいです」

「学生はそんなに大変なのか」

陽元は手にした笏《しゃく》をパタパタと団扇《うちわ》のように扇いで、気の毒そうに言った。

「そなたの年齢では、上院で学ぶのは大変なのではという者がいる。そなたは元服したとき、自分の学びたい学問がよくわからぬので、童試を受けることに躊躇《ちゅうちょ》があると言っていた。太学が教える学問は、游の心に適《かな》ったものであるのか」

遊圭の頭はふわりと白くなり、何と答えていいのか考えがまとまらない。それほど、陽元の問いは、遊圭の胸に深く刺さったのだ。

遊圭はどうして童試を受けたのか、改めて思い出そうとした。

「星家の籍に連なる眷属《けんぞく》がわたしの生存を知り、陛下に賜った邸《やしき》に続々と戻ってきてくれました。わたしは当主としてかれらを養う義務があり、学問しか身を立てるものがありませんので、国士となり一日も早く官職を得ることが、星家再興のために肝要と考えたのです」

公には言えないが、明々とその店を守るためでもあった。

「まだ、迷いがあるのだな。そなたはまだ若い。自ら望んでするのでなくては、学問も面白くなかろう」

親身に諭され、遊圭の涙腺《るいせん》はゆるみそうになる。

「寄禄《きろく》の棒給では眷属を養うに充分でなければ、義荘を授けよう。河北の離宮近くに、ちょうどよい十町ほどの荘園がある。しばらくそこで小作人の監督でもしながら、静養するといい」

いきなり何を言い出すのかと、遊圭は驚き慌てた。

「あ、いえ。陛下、わたしは土地や田畑の無心をするために、謁見を願い出たわけではありません」

「このたびの季試では、落第点を取ったということではないか。そなたには休養が必要だ。まもなく端午節でもある。先に行って我らを待つがいい。翔も瞭《りょう》も、そなたに会えるのを楽しみにしているぞ」

落第点を取ったのは、遊圭が後難を避ける口実として、玄月の指示に従ったまでだ。陽元が知らないはずがない。それがなぜ都を離れて静養などという方向に話が転がるのかと、遊圭は焦った。

「あの、違うのです。聞き届けていただきたいお願いがあって、参内したのです」

話の腰を折られて、陽元はむっと口の端を引いた。その場の思いつきに即行でとりかかることに定評のある陽元だが、さすがになんの功績もない遊圭が、いきなり広大な土地をもらうわけにはいかない。遊圭は、大変不敬なことではあるが、下問される前に用件を切り出した。

「あの、玄月さんに連絡を取りたいのですが」

「紹《しょう》になんの用があるのだ」

陽元は急に不機嫌になったが、怯《ひる》んではいられない。玄月が、陽元の指図で蔡大官を国士太学へ送り込ませたことを思い出して、遊圭は気を取り直す。

「国士太学の試験に関する疑惑について、その後どうなったのかと」

「その報告は蔡大官から受けている。特に不審な点は見つからなかったので、査察を終えて引き揚げたそうだ」

「そんな馬鹿なっ」

遊圭は皇帝を前にして、ありえない言葉を叫んだ。近侍の宦官《かんがん》が殺気立って一歩踏み出すのを、陽元が手ぶりで抑える。

「その件は落着した。游は星家の眷属を連れて、ただちに河北の荘園へ赴け。玲玉たちもすぐに河北宮へ行幸する」

有無を言わさぬ陽元の口調に、遊圭は自分には知らされていない筋書きがあると勘づいた。謁見の終わりも突然に、一切の作法を無視して踵《きびす》を返す陽元に、遊圭はすがりつくようにして叫んだ。

「玄月さんに会わせてください。このまま劉宝生の不正を見逃していいんですか！　玄月さんは試験問題の漏洩《ろうえい》は確実だっておっしゃったんです。でなければ蔡大官を動かしたりできない――陛下っ」

最後まで言い終えないうちに、近侍の宦官たちに押さえつけられてしまい、遊圭は陽元が立ち去るのをなすすべもなく見守るしかなかった。

その宦官たちも、遊圭が膝をついたまま茫然《ぼうぜん》としているうちに、陽元のあとを追って出て行ってしまう。北斗院には遊圭ひとりが取り残された。

何が何だかわからない。

劉宝生の不正が暴かれなければ、同じことがこれからも続く。実力もない御曹司たちが幅を利かせ、尤仁《ゆうじん》のような下層から這《は》い上がってきた、真に優秀な学生たちが潰《つぶ》されていく。血縁と利権でつながった学府の職員たちは、自分たちの職権を濫用して、一族からさらに官僚を輩出するために試験問題を漏洩し、席次の操作を平気で行うのだ。

そうした良心も道徳心も持たない、劉宝生や乾生のような不公正な官僚が世に出てゆき、この国を支配する。

「そんな卑劣な連中たちが 政《まつりごと》をするこの国に、守るべき未来があるというんですかっ」

遊圭の悲痛な声を聞いたのは、露台に沿って揺れる芍薬の、淡い紅の花弁のみだ。

庭園に揺れる花を目にしているうちに、遊圭の意識は鮮明になってゆく。

「何かがおかしい。玄月さんがあんな不正を許しておくはずがないんだ」

しかし、観月楼でも会えず、陽元も取り合わない。下手に東廠《とうしょう》の官衙《かんが》に直接出向いたところで、李綺あたりがしゃしゃり出てきて、外戚《がいせき》と寵臣《ちょうしん》宦官との癒着などと、言いがかりをつけられるかもしれない。

遊圭はすっくと立ちあがった。蔡大官に会えばいいのだ。そんなことすら思いつかなかった自分は、なんて冷静を欠いていたのだろう。

「抜けてる。わたしって、本当に駄目な人間だ。これで劉宝生たちの不正を暴こうとしていたなんて、思い上がりもいいところだ」

落ち込んでいても始まらない。蔡大官に真相を訊《たず》ね、劉宝生がこのまま上院に君臨を続けるのなら、尤仁《ゆうじん》には無駄な張り合いは避けて中院に移るよう、説得しなくてはならない。まずは、動かぬ証拠を探し出せなかった自分の、無能さを詫《わ》びるところから。

蔡大官の邸宅は、かつての星家を思い出させる豪壮さだ。門番に取次ぎを頼み、客間に通されると、いくらも待つことなく蔡大官が奥から出てきた。

遊圭は立ち上がり、深く揖礼《ゆうれい》して突然の訪問を詫びた。

「いや、そのうちそなたが来るのは予期していた。納得していないだろうね」

亡き父親と、官位も年齢も同じくらいの蔡大官は、こんなときでも遊圭に不思議な安心感を与える。

遊圭は姿勢を正して蔡大官の言葉を待った。

「直截的《ちょくせつてき》に言えば、不正はあった」

遊圭は顎《あご》を上げて、丸く瞠《みは》った目で蔡大官を見つめる。

「劉宝生に範囲と試験問題を流していた官吏も拘束し、劉家子息たちの答案も保管してある」

「では、どうして――」

問い詰めようとする遊圭を、蔡大官は手を上げて止める。

「夏沙《かしゃ》王都が陥落した」

遊圭は頭を殴られたかのような衝撃を受けた。あの堅牢《けんろう》な城塞《じょうさい》都市が落ちたというのか。麗華《れいか》と赤ん坊は無事なのか。

「北の小可汗《かがん》と、西の可汗の朔露《さくろ》軍の脅威は、ついに我が国にとって現実のものとなった。そのため、いま劉太守を召還して弾劾し、その一族を粛清しては、前線に混乱を引き起こし防衛に隙を作る」

遊圭ははっと我に返って、いま自分が直面している問題に意識を向けた。

「でも玄月さんは、劉太守が失脚しても西の守りの心配はないと」

「もともと、陛下のお考えは、いますぐ劉太守を失脚させることではなかった。劉太守が朔露軍を退けて都に凱旋《がいせん》すれば、劉家の威勢はますます盛んになる。そのとき、劉家の力を削るための切り札が必要だったのだ」

「なん、何ですか、それ。不正をただすのでなく、国を守って戦った劉太守を陥れるために、わたしは利用されたのですか」

困惑から怒りの一歩手前で声を震わせる遊圭から目を逸《そ》らし、蔡大官は嘆息した。

「君には見えないか。劉太守とルーシャン将軍が結びつけば、楼門関より西沙州一帯に強大な軍閥が誕生し、朔露に代わる帝国の脅威となる」

遊圭の胸がぎくりと高鳴った。遊圭には見えなかった、そして見たいとも思わない未来図を突きつけられて呆然《ぼうぜん》とする。

「ルーシャン将軍は、そんな、朝廷に弓を引くような――」

遊圭の震え声の反論は、すぐに遮られる。

「劉源は有能だがそれだけに危険な人間だ。これまで、上司や同僚を弾劾し、それによって空いた地位に一族の官僚を送り込んで、自らの地歩を固めてきた御仁なのだ。劉源に弾劾された官僚のひとりに、陶司礼太監《とうしれいたいかん》の伯父《おじ》がいた」

遊圭の耳から入ってきた蔡大官の言葉のひとつひとつが、頭の中でちゃんとした文章になって意味を成してくるのに、少し時間がかかった。

陶一門が没落し、まだ未成年であった玄月までもが宦官にさせられた疑獄事件に、劉源がかかわっていた。

「では、玄月さんは、劉太守への恨みを晴らそうとして、劉宝生の不正をわたしに調べさせたというのですか」

ひりつく喉《のど》の渇きに、遊圭の声はかすれる。

「玄月は、恨んではいないとは言ったがね。玄月の大伯父が裁かれたのは冤罪《えんざい》ではなく、罪があってのことだ。陶名聞《めいぶん》殿と玄月の親子は、陶宗家の罪とはかかわりがなく、血のつながりゆえに巻き添えを食っただけなのだから、やりきれない思いはあるだろう。だが、私の考えでは、あの親子は私怨《しえん》のために他者を陥れることはしないと思う」

遊圭は言葉を失って茫然とするばかりだ。

「遊圭君、知っているだろうが、血縁でない同僚や上司もまた、保証関係にあった官僚が弾劾されれば、連座により降格されたり左遷させられたりする。そういう意味では、多くの官僚を弾劾してきた劉大官を恨んでいるのは、陶一門ばかりではないだろうよ」

官界の血縁と姻戚《いんせき》関係、相互保証と利権の鎖によって、幾重にも絡み合った縁故の網《あみ》のもつれは、遊圭には理解し難く、手に余る。

「劉宝生たちが二度と不正できないように対策は立てている。太学祭酒は高齢による辞職、宝生は近々、自主退学を申請するだろう。試験問題を漏洩していた官吏は順次更迭する。事前に試験範囲と問題が手に入らなければ、秋季試験のあとは乾生ら下位の劉たちは、実力に応じて中院か下院に移ることだろう。少し時間はかかるが、学府内の浄化は進めていく。遊圭君が、来年には復学できるようにな」

抜け出せない深みに引きずり込まれる前に、陽元の命令通り、国士太学を休学してしばらく河北の荘園で静養するようにと、蔡大官は遊圭に勧めた。

「宝生たちの不正は、なかったことにするんですか」

遊圭はもう、国士太学へ戻りたいかどうかもわからない。

「表向きはそうだ。遊圭君。今上陛下の世は、二年目にして李徳《りとく》前兵部尚書《へいぶしょうしょ》の一門が族滅され、続いて弟皇子による反乱が起き、李家や紅椛《ホンファ》党に連なる官吏も多く摘発され、粛清された。この六年の間、絶えず宮城の内部から血が流され続けている。官界では、次は誰が粛清される番なのか、疑心暗鬼に陥っている者も少なくない。性急な外戚族滅法の廃止や太医署《たいいしょ》の改革を、お若い陛下による理想主義のごり押しと捉《とら》える保守派もいる。この上、朔露の脅威を目前にして国士監の要職にあるものを断罪、総入れ替えとなっては、固まりかけていた陛下の地盤が揺らぎかねない」

陽元の政権を危うくするすべての事件や政策変更にかかわってきた遊圭は、これに一言も反論できなかった。朔露の脅威を思えば、宮廷も国境も現状維持が最優先なのは頭でわかっていても、目の前の不正が見過ごされていくことに、腹のよじれるような悔しさは燻《くす》ぶり続ける。

それにもうひとつ。玄月は陽元の治世を守るために、劉宝生の悪事を暴露する気は初めからなかった。ただ、将来に備えて有効な手札を手に入れ、かつ個人的な復讐《ふくしゅう》を果たすために、遊圭を利用した。

「そちらの事情はわかりました。でも、お願いです。玄月さんと話をさせてください。何も聞かされないまま意趣返しの道具にされたことだけは、とても我慢できません」

蔡大官は、卓の上に置いた拳《こぶし》を広げ、遊圭の肩に置いた。

「君の言葉は伝えておく。手の内を明かさないのは、この世界において必要な技ではあるが、行き過ぎれば信も失う」

遊圭は、蔡大官の鷹揚《おうよう》さに感謝して丁寧に礼を言った。

「蔡大官は、玄月さんと親しいのですか。官僚と宦官《かんがん》は公私においてつきあえないって玄月さんは言ってましたけど」

「表向きは、交際などできないがね。陶名聞殿は私が進士及第したときの試験官だった。つまり私は名聞殿の門生にあたる。良人《りょうじん》の階級から国士となった私だが、駆け出しのころからいろいろと引き立ててもらった。その恩を忘れることはない」

恩師が失脚させられて十年を経ても、癒《いや》されることのない無念に、蔡大官は重い溜息《ためいき》をついた。

「遊圭君、陶司礼大監や、君の御父上もそうだったが、すべての名門官家の人間が、劉源や宝生のように傲慢《ごうまん》で下位の身分のものを虫けらのように扱うわけではない。不正を憎む君が、星大官のように寛容で公正な官僚になってくれればと、兄の蔡大人《たいじん》も私も願っている」

遊圭はただ無言で、高く組んだ拱手《きょうしゅ》で退出の礼を作法通りにこなすのが精いっぱいだった。

十七、柳折贈別《りゅうしぞうべつ》

蔡大官は、玄月からの呼び出しは少し待たなくてはならないと言った。朔露の間諜《かんちょう》が紅椛党《ホンファ》の残党を帝都に送り込んでいることから、東廠《とうしょう》の宦官だけでなく宮城の錦衣兵《きんいへい》、都の警護府の衛士《えじ》まで見回りと探索に駆り出されているという。

夏沙《かしゃ》王国が朔露に降伏し、西方の国境が脅かされているという情報が早くも、都の異国人居住者と、異国の産物を扱っている商家に流れ、城下に不安な空気を醸し出しているらしい。

朔露軍がいまにも北天江を渡って、都に雪崩《なだ》れ込んでくるといった蜚語《デマ》をばらまく者たちの中には、朔露の間諜が潜んでいることが疑われる。事実、朔露可汗はその手を使って堅固な城壁に守られた数多《あまた》の城と都市を落としてきたのだ。

帝都に住む異国人は、ひとりひとり身元と戸籍を照合され、身元引受人のいない異国人は連行されて厳しく詮議《せんぎ》された。

劉宝生たちの居座る国士太学に戻るのは業腹だが、そこに尤仁《ゆうじん》がいることは無視できない。異国人への風当たりが厳しくなりつつあることも心配であった。

そうした現状を憂いているうちに、宮中から使者が来て、河北の荘園の地券を遊圭に手渡した。引継ぎのために、いついつまでに現地へ行くようにと、一方的に指図して帰った。

趙婆《ちょうば》以下の使用人たちは、棒給の他にも収入が増えたことに大喜びで、誰が遊圭について荘園にいくか、都で留守番をするかで口論が始まる始末だ。

遊圭が喧騒《けんそう》を避けて厩舎《きゅうしゃ》に行けば、竹生《ちくせい》が金沙馬《きんさば》の毛並みを梳《す》いていた。

「敏《びん》はどうする。あちらは小作人用の家が何軒もあるそうだから、潘《はん》おばさんもおじさんも連れて行けば家族で住める」

竹生は喜んでいるのか困っているのか、わかりにくい笑みを浮かべる。

「ありがたい話ですけど、もう知らないところには行きたくないってのが、本音です」

流刑地暮らしがよほど身に応《こた》えたのか、都で生まれ育った竹生は留守番を希望した。

「うん。河北は風も土も、こっちとは違うからね。米は育たないし、夏の間はいいけど、冬はとてつもなく寒い。都の冬がまだましだって思える」

河北の雪深い早春を旅したことのある遊圭の感想に、竹生は身震いした。

「金沙は大家《ターチャ》を乗せて河北に行くんですよね。俺は留守番中に鳩の世話、ちゃんとやっておきますから。あ、荘園に何羽か運ばせておけば、お留守の間でもこちらのお邸《やしき》とやりとりができますね」

「いい考えだ。向こうに着いたら、まっ先に鳩舎を作らせるよ」

遊圭は心が和んで、拳ひとつ高い竹生を見上げて笑った。

「結局、敏の背丈は追い越せそうにないな」

「ひとつくらいは、大家の持ってないものを、おれに持たせてくれても罰は当たりませんよ」

年上の幼馴染《おさななじみ》は、少年のころの癖もそのままに、鼻をこすりながら笑い返した。

荘園の件は事務手続きに明るい者を選んで河北へ送り、遊圭は端午節を前に学生の減った宮城の学舎を、尤仁を捜して歩いた。

尤仁の姿は見当たらず、代わりに成宗謙と鉢合わせする。

「なんだ。休学するって聞いていたが。まだうろついているのか」

遊圭が向けた会釈は無視はされなかったが、そっけなくあしらわれる。

「来季から、少し都を離れます。宗謙さんこそ端午節に帰省しないのですか」

「帰省しようと城下へは行ったんだが、なにか大きな捕り物があったらしくて、馬車が雇えなかった。たった五日の休みで歩いて往復できる距離じゃないから、寮で酒と書を相手におとなしくしているさ。君もふらつかずに家に戻れ」

「尤仁《ゆうじん》を見ませんでしたか」

「試験明けから姿を見ていない。このごろは、同窓の連中とも付き合いがなくなっているらしい。右京区に下宿していれば、妙な輩《やから》も絡んでくるだろうから、おかしなことに巻き込まれて、いまごろどっかの牢屋《ろうや》にでもぶちこまれているのかもな」

そう言い捨てて、宗謙は歩み去った。

遊圭は尤仁の下宿へ行こうとしたが、皇城の門を出ようとしたところで、通行証の門《もん》牌《ぱい》が有効でないと門兵に言われて、追い返される。

「国士さんらは、しばらく城下を歩き回らないほうがいいですよ。昨日も、異人坊で国賊の取り締まりがあったとかで、たまたま居合わせたような若い衆も、とばっちり受けて捕まったそうですから」

〈異人〉坊などという住民を馬鹿にした名の街区は存在しない。生粋の金椛《ジンフア》の都人が移民たちを蔑《べっ》視するときの言い草だ。憤懣《ふんまん》が胃に溜《た》まっていく遊圭だが、おとなしく自邸へと引き返した。

収穫もなく帰宅した遊圭を、物陰から竹生が招き寄せた。周囲を憚《はばか》る仕草に、遊圭は何気なく庭へ回ってから、厩舎に行った。

「どうした、敏」

「最初に、大家《ターチャ》に知らせた方がいいと思うことがあったんで。こっちです」

竹生は、冬場に秣《まぐさ》を乾燥させ保管しておく屋根裏へと梯子《はしご》階段を上る。遊圭は直裾袍《ちょっきょほう》の袖《そで》を絞り、裾《すそ》をからげて、竹生のあとから屋根裏へと上がった。

夏になり秣の蓄えが減った屋根裏は風通しがよく、乾いた草の香りが気持ちいい。ただ、空気中に漂う藁屑《わらくず》や埃《ほこり》は遊圭を咳《せ》き込ませる。

「何を見せたいんだ、敏」

咳《せき》の合間に、竹生の示した屋根裏の隅へと目をやった遊圭は、そこにうずくまる人の形に驚いて息を呑《の》んだ。

「尤仁」

冠の雉《きじ》の尾羽は打ち萎《しお》れ、縹袍《はなだほう》はところどころ破れて汚れている。顔や手などの皮膚が露出したところは、擦り傷や痣《あざ》で覆われていた。

「どうやってお屋敷に入り込んだのかわからないんですが、今朝、金沙馬に水を運んできたら、厩舎の隅に隠れておられたんです。事情がありそうなので、屋根裏で大家のお帰りを待ってもらってました」

遊圭は竹生の機転に感謝して、礼を言った。ほかの使用人たちに知られないように、水と薬、着替えと軽食を持ってくるように頼む。

竹生が屋根裏から下りていき、遊圭は尤仁の前に座って話しかけた。

「城下は物騒になってきたそうだけど、君の教会でも取り締まりがあったのか」

両腕で抱えた膝《ひざ》に顎《あご》を乗せた尤仁《ゆうじん》は、曖昧《あいまい》にうなずいた。

「でも、君の身元ははっきりしているし、身分だって官人の端くれなのだから、捕まってもすぐに釈放されるだろう。逃げ隠れする必要はない」

尤仁は口を堅く閉ざして、弱々しく首を横に振った。ますます顔を青くして、小刻みに震え出す。

「都を無我夢中でさまよって、気がついたらここに逃げ込んでいた。でも、君に迷惑をかけることになるから、すぐに出ていく」

「出ていく必要はない。わたしを頼ってくれて、うれしいよ。君が無事で良かった。とりあえずその服を脱いで、怪我を見せて」

遊圭は尤仁の深刻な表情に思うところがあって、問い詰めることを思いとどまった。そこへ竹生が屋根裏に顔を出して、遊圭を呼んだ。最近では見なくなっていた怯《おび》えた顔で、錦衣兵《きんいへい》が表に来ています、と震える声で告げる。

星家が族滅された日に、遊圭とともに錦衣兵から逃げ回った記憶は、竹生の胸に深い傷として残っているのだろう。それでも取り乱さず平静を保とうとしている気配は、竹生の成長をも物語っていた。

厩舎に下りた遊圭に、竹生はさらに困惑顔で付け加える。

「錦衣兵と、それから灰色の袍を着た背の高い役人みたいなひとが一緒です。あの、最初は女のひとかと思ったんですが、きれいだし、髭《ひげ》もないし」

「尤仁の手当てを頼む。着替えさせたら家廟《かびょう》の床下に匿《かくま》ってくれ」

遊圭は竹生の話を最後まで聞かないうちに厩舎を飛び出し、袍の袖や裾をまくったままの恰好《かっこう》で客間へと駆け込んだ。

客間には、武官を伴った玄月が待っていた。

宦官《かんがん》が官人を訪問するのは、皇帝や皇族の使者として、あるいは皇族がらみの不祥事について、調査に踏み込んでくる場合だ。公式の場合はどちらも中位の武官が立ち会う。竹生は錦衣兵と言ったが、華やかな色合いの武官服と、腰に帯びた刀剣から勘違いしたのだろう。

石像のように玄月の背後に佇《たたず》む武官を気味悪く思いながら、遊圭は卓越しに玄月の正面に腰をおろした。

「お待ちしていました」

遊圭の挨拶《あいさつ》に、玄月ではなく背後の武官が気色ばんだ。

「私が来るのを予期していたのか」

ひどくよそよそしい玄月の物言いに、遊圭は戸惑いを顔に出しそうになる。見知らぬ武官がいるところで、蔡大官や劉太守の名を出すべきか迷い、できるだけぼかして訪問を待っていた理由を口にした。

「国士太学の件で、いらしたのではありませんか」

睫毛《まつげ》も頬も微動だにしない無表情で、玄月は玉石のように無機質な瞳《ひとみ》を遊圭に向けた。

「そうだ。星公子は史尤仁《しゆうじん》と親しくしていたそうだな。昨夜、国賊が集会を開いていると通報のあった酒楼に踏み込んだところ、史尤仁も参加していた。一歩のところで取り逃がしたが、もしこちらに逃げ込んでいるのなら、身柄を引き渡してもらおう」

部外者の武官がそこにいようと、遊圭の内側にため込まれてきた玄月に対する怒りや不満は、すでに限界に達していた。遊圭は卓を両手で叩《たた》いて立ち上がる。

「玄月さんっ。いきなりひとの家にやってきて、わたしの学友を国賊呼ばわりした挙句、言うことがそれでは、失礼にもほどがあるでしょう！　わたしを侮るのもたいがいにしていただきたい。それよりも、あなたはわたしに弁明すべきことがある。いくらあなたが陛下のお気に入りの側近だからって、いつまでもわたしを道具扱いし、愚弄《ぐろう》し続ける気なら、こちらにも覚悟というものがあるっ」

遊圭の怒気をそよ風ほどにも感じた気配はなく、玄月は彫像のように端然と遊圭を見つめ返した。

「星公子を侮ったことも愚弄した覚えもなく、弁明の必要もいっさい心当たりはないが、私に個人的な不満があって取り調べに協力できないとなれば、東廠《とうしょう》の他の者を寄越し、公子の邸宅を捜索させてもらうが、よろしいか」

淡々とした、どこまでも平坦《へいたん》な口調に含まれた恫喝《どうかつ》に、遊圭は一瞬怯《ひる》む。

「わたしには疚《やま》しいところなどない。玄月さんがこの家を捜索したければ、いまそうすればいい。その代わり、尤仁を見つけられなければ、あなたはわたしの問いにすべて答えてください」

玄月は背後の武官に家宅の捜索を命じた。門前に控えていた錦衣兵を呼び込み、屋敷内を隅々までひっくり返して尤仁を捜しまわる。

遊圭は兵士らが厩舎《きゅうしゃ》の屋根裏まで上っていくのを見てひやりとしたが、竹生がうまくやってくれたらしく、兵士は手ぶらでおりてきた。

玄月の連れてきた武官は、尤仁を見つけ出せなかったと報告した。

「わたしの番です。劉家の件について、すべてを明らかにしてください」

遊圭に詰め寄られた玄月は、まばたきとともにかすかに瞳を横に揺らした。その視線の先に佇む武官を警戒しているらしい。

やがて心を定めたのか、玄月は遊圭に視線を戻した。

「近いうちに、シーリーンに里帰りが許されるよう計らう」

いろいろと面倒くさい手続きのいる女官の里帰りであるが、そのひとつに宦官の同伴を必要とする決まりがある。その時に玄月自らが付き添うという暗示だろう。

玄月の譲歩に、遊圭は釈然としないまま矛をおさめた。

「史尤仁は、朔露《さくろ》の間諜《かんちょう》に国防機密を漏洩《ろうえい》したという証言がされている。死罪は免れない。もし匿えばそなたも罪に問われる。逃がそうとしても、史尤仁の人相書きは城門すべてに張り出されている。どの城門においても、ひとりひとりの出入りを厳しく検分し、正規の身分証と通行証を持たないものは、その場で捕らえられて拘禁《こうきん》され、厳しく取り調べられる。文字通り蟻の這《は》い出る隙もない。もし史がここに逃げ込んできたら、速やかに当局に引き渡すように」

使用人たちが驚き怖れて遠巻きにするなか、玄月と錦衣兵が立ち去るなり、趙婆が泣きながら遊圭の裾にすがりついてきた。

「ぼっちゃまが連れていかれるのかと思って、寿命が縮みました」

見回せば使用人たちはみな青ざめて、遊圭を見つめている。

「父さまたちが連れていかれたときのことを、思い出させて悪かったね。わたしは大丈夫だよ。追われているのはわたしじゃない。国士太学の同窓学生だ。行方がわからないらしい」

涙ぐむ妹の春雪をなだめる竹生の横に、みすぼらしい作業着をまとい、黒ずんだ肌と無精髭《ぶしょうひげ》の見慣れない使用人が所在なげに立っていた。男の左頬に煤《すす》の汚れに隠れそこねた黒子《ほくろ》を見つけた遊圭は、それが変装した尤仁《ゆうじん》だと悟って思わず微笑む。

「さあ、みんな仕事に戻って。わたしは金沙の世話を続ける。敏、おまえの新しい助手は仕事を覚えたかい」

庭におりた遊圭は竹生と尤仁を連れて、すたすたと厩舎に向かった。趙爺はいつの間に新しい使用人が入ったのかといぶかしみながら、中断されていた仕事に戻った。

厩舎に落ち着いた遊圭は、尤仁が追われることになったいきさつを聞いた。

「城下の下宿に引っ越してから、いまの政治に不満を抱く連中が集まる酒楼に入り浸るようになった。最初は警戒されていたんだけど、国士太学の腐敗をどうにかしたいって話したら、いつのまにか祭り上げられていた。反政府分子と交際していたことが国士監に知られれば、退学だけではすまない。

遊圭は頭を抱えた。

「朔露の間諜にかかわってたってのは？　軍事機密の漏洩は身分にかかわらず死罪だって、知らなかったとは言わせないよ」

尤仁は口ごもり、ぶるっと肩を震わせた。

「劉宝生の父親が太守になったって聞いて、少し痛い目を見ればいいと思ったんだ」

劉源太守の経歴と、都から率いて行った軍隊の規模、そしてルーシャンの出身国や戦績について調べたことを、酒楼の客に教えたという。

死罪確定。それだけでなく、余罪を吐かせるために、どんな拷問を受けるかわからない。遊圭は両手に顔を埋《うず》めた。

「楼門関を朔露に奪われてもいいと思ったのか、君は」

尤仁は唇を嚙《か》み、拳《こぶし》で地面を叩いてから、堰《せき》を切ったように鬱憤《うっぷん》を吐き出した。

「中央が気にかけているのは、西部の鉱山を朔露に奪われることだけじゃないか。国が西沙州の住民を気にかけてくれたことなんか、一度でもあったというのか。耕地が痩《や》せているために、布も穀物も納められない僕の村は、男手のほとんどを丁夫にとられて、一年の三分の一をほかの地方の雑役に就かされる。そのために土地はますます荒れて痩せていく。貧しくなっていくばかりの領土を朔露に取られたところで、気にする人間がこの都にいるのか！」

「ここにいるよ」

遊圭はぽつりとつぶやいた。

「河北や西部は、ここことは土壌も気候も違うのも知っている。ルーシャンは楼門関周辺の風土や移民の文化に合った税制を上奏して、帝に採用されていた。君も村の風土に沿った行政を整えるために、官僚になろうとしたんじゃないのか」

「そうだけど。都に出ても出る杭《くい》は打たれるだけじゃないか。努力すればするほど打たれ続けて、進士に及第する前に、劉宝生たちに潰《つぶ》されてしまうのがオチだ」

「どうして、もう少し待てなかったんだ。劉宝生たちは、確かにやりたい放題だったけど、それも長くは続かない。季試の採点に立ち会った考査監が、かれらの不正に気づいたから、かかわった教官や職員もそのうち更迭される。宝生も退学させられるはずだ」

尤仁《ゆうじん》は顔を上げて、まじまじと遊圭の目を見つめた。

「どういうことだ。君はあいつらの仲間になったんじゃないのか」

「不正の証拠をつかむために、劉乾生に近づいて宝生に取り入ったんだよ。あいつらを油断させて、監査を入れるのに必要な根拠をそろえるためにね」

尤仁は口をあんぐりと開けて、それから顔を赤くして怒り出した。

「どうして、僕に何も言ってくれなかったんだよ。君が劉宝生たちを怖れて告発をあきらめた上に、あいつらの側についたと思い込んでしまったじゃないか」

「そうするのが最善だと思ったからだよ。わたしが学舎で孤立したと、宝生たちに信じ込ませないといけなかったから」

尤仁は信じがたいものを見るように、遊圭の顔を改めて観察した。

「君は、大した策士だな。僕もすっかり騙《だま》されたよ。君までが門閥にへつらって不正を見逃す人間だと思ったから、僕はもうこんな国に希望が持てなくなってしまったんだ」

「絶望して自暴自棄になった、っていうんだね。わたしが本当のことを言わなかったせいで、君に国を売るような真似をさせてしまった」

玄月の言いなりになって、尤仁を欺いたことが、手遅れのいまになって悔やまれる。

尤仁はしばらく黙り込んで、唇を噛んでいたが、やがて首を横に振った。

「口論したときから、僕が勝手に誤解したまま、君の話を聞こうとしなかった。遊圭は何度も僕に会いにきてくれたのに、名門官家のやつらは、所詮《しょせん》みんな同じ穴の貉《むじな》なんだって思い込んで、君の澄ました顔を見るたびに、腹が立って腹が立って。罵《ののし》る僕を、君はどんな思いで――」

青ざめていた尤仁は急に言葉を切り、耳まで赤くなる。

「もしかして、月試のあと、闇討ちから助けてくれた美しい侠女《きょうじょ》は、君だったのか。君は弓の腕もいいし、武器を集めていたのに、君があんなすごい武術の達人だったことに、僕はぜんぜん気がつかなかった」

「いやいや、あれはわたしが頼んだその筋の助っ人《と》だよ。わたしはほら、荒事向きじゃないから」

遊圭は大慌てで否定する。尤仁《ゆうじん》は遊圭の肩に両手を置いて、頭を下げた。

「ごめん。僕は君にひどいことを言った。赦《ゆる》してくれとは言えないが」

遊圭は笑いながら尤仁の手を叩《たた》いた。

「謝るのは、君を欺いていたわたしの方だよ」

尤仁の誤解がとけて、和解がなったことに遊圭は久しぶりに心が晴れた。手と膝《ひざ》を叩いて埃《ほこり》を払い、尤仁を逃がす計画を練り始める。

「そんなことをしたら、君に迷惑がかかる」

尤仁は自分の罪の重さを、いまさらながら自覚したようだ。

「もう匿《かくま》ってしまったからね。君が自首しても、わたしが東廠の宦官《かんがん》を欺いた罪は免れない。むしろちゃんと逃げてくれないとかえって迷惑なんだ。敏、頼まれて欲しいことがある」

竹生は不安げな面持ちで進み出た。

「河北の荘園に行くふりをして、尤仁を都から脱出させる」

「大丈夫ですか、そんなことをして」

「ここに置いておいても、いつかは見つかってしまう。河北宮に上がるための通行証は帝から直接いただいた特別なものだから、城門の出入りでは荷物も供人も検《あらた》められることはない。まずは、尤仁の髪を黒く染めないとね。それからその黒子と高い鼻をどうにかしないと。敏《びん》、膠《にかわ》と黒の染め粉を用意してくれ。わたしは趙婆の部屋から白粉《おしろい》を失敬してくる」

翌日、遊圭は金沙馬に跨《また》がり、もう一頭の黒馬に荷を載せて、竹生と尤仁を馬曳《ひ》きとして伴い邸《やしき》を出た。

「敏、そんなにびくびくするな。かえって怪しまれる」

手綱を引く竹生に、遊圭が馬上から声をかけた。

「大家《ターチャ》こそ、なんでそんなに落ち着いていられるんですか」

「本当に、遊圭は見た目のわりに肝が据わっているな」

「仁《じん》、わたしのことは〈大家〉と呼ばないと、怪しまれるよ。あと、都の大門を出るまでは対等な口もきかないように」

皇城の門は、遊圭の目論見《もくろみ》通り拍子抜けするほど簡単に通れた。外戚《がいせき》として貸与された金椛《ジンファ》の意匠を刻んだ銀の門牌《もんぱい》には、それだけの権威があるのだ。その特権を悪用することに良心が痛むが、たとえ自首しても死罪の決まった尤仁を見捨てることは、遊圭の選択肢にはなかった。

皇城の濠《ほり》にかかる橋を渡りきったとき、片方の欄干に背の高い婦人の姿が目に入った遊圭は、ぎくりとして手綱を握り締めた。

夏の日差しを避ける羅紗《らしゃ》のかぶり布が胸まで下がり、はっきりと顔は見て取れない。今風にゆるく結った髪が肩の下まで垂れている。

遊圭はゆっくりと息を整え、京北の大通りをまっすぐ北の大門へと向かった。少し進んでふり返ったが、すでに橋の袂《たもと》に女の姿はなかった。

一安心して都の大門へ馬を進めた遊圭を、黒い直裾袍《ちょつきょほう》に平帽をかぶった数人の宦官が阻んだ。中心に李綺衙門令史《りきがもんれいし》の不吉な姿を認めた遊圭は、口から飛び出そうな心臓を必死で呑《の》み込んだ。

「李令史、東廠の宦官が、門兵のごとく検問までするのか」

遊圭はできるだけ高飛車に言い放つ。李綺は自信たっぷりの笑みを浮かべて、馬上の遊圭を見上げた。

「国賊の手配には、東廠の宦官も駆り出されるのですよ。通行証を拝見します」

遊圭は銀牌《ぎんぱい》を見せたが、李綺は鼻で笑った。

「都の門を出る、ひとりひとりの人間の、すべての身分証明が必要です。いまは売国奴をひとりも逃がしてはならない、非常時ですよ」

遊圭は憮然《ぶぜん》として、随伴の家属二札の通行証を差し出した。通行証を検めた李綺は、不審点を見つけられずに遊圭に返す。だが、あきらめたようすもなく竹生の前に出てその頭からつま先まで、じろじろと検分してから、尤仁《ゆうじん》の前に立った。

「身長は五尺五寸。手配の史尤仁なる者と同じだ。色白、鼻高、細目はあっている。髪は褐色ではないが染めたのかもしれん」

尤仁の人相と特徴は、童試の願書に細かく記載されている。受験生の替え玉による不正入試を防ぐためだ。李綺が求める尤仁の特徴は、その記録に依《よ》っている。

尤仁の瞳《ひとみ》の色は心持ち薄いが、金椛人とそれほど変わらない。だが、間近で見られて困るのは瞳の色ではなかった。

「おい、顔を上げろ。左の頬骨に沿った三つの黒子《ほくろ》は――ないか。ずいぶんと肌が荒れているが、年はいくつだ」

「二十七です」

通行証に記載されている年齢を詐称して、尤仁は目を細めた。白粉と泥粉を混ぜて黒子を塗り隠し、鼻梁《びりょう》の両脇にも塗って陰影を浅くして、鼻を低く見せる細工もした。肌は膠を塗り付けて十代の張りと艶《つや》を消した。さらに付け髭《ひげ》で年齢をごまかすことはできるが、目の輝きだけは十歳も鯖《さば》を読めないからだ。

女装時代に培った変装術と化粧の知識が、思いもよらないところで役に立ったものの、遊圭は、いつ見破られるかと、冷や冷やしながら李綺を急《せ》かした。

「李令史、我々は君命によって河北宮へ向かっているのです。ここで時間を取られては予定に遅れてしまいます。帝の御勘気を被《こうむ》ったときは、李令史が責任をとってくれるのですか」

馬上から居丈高に言われた李綺は、苛立《いらだ》ちを隠さない。皇帝の名を出されれば、さすがに無用に引き留められなかった。

尤仁《ゆうじん》は最後に手を見せるよう要求される。何度も指先から肘《ひじ》まで塩をすり込んでは、長旅に備えて夜通し馬の世話に励んでかさかさになった尤仁の手は、筆しか持たぬ十代の国士学生のそれには見えなかった。

都の門を出ても、遊圭たちは背後を警戒し続けた。同じ方向へ進む旅人に目を光らせ、李綺の配下が尾行していないか気を配る。一泊してさらに半日進んだ遊圭は、都からついてきた旅人の姿が見えなくなってから、街道から外れて、小川の流れる林の奥へ入っていった。明々《めいめい》の村へ行く途中で、よく休憩する場所だ。

川辺は深まりつつある新緑の香りでむせ返るようだ。豊かな葉を繁らせ垂れ下がる柳の枝が風に揺れ、涼やかな木陰を旅人に提供していた。

そこで金沙を降りて、もう一頭の黒馬に積んだ荷を解いた。尤仁が旅装束に着替える間、遊圭と竹生は言葉を交わさずに荷に隠しておいた鞍《くら》を黒馬につけて、携帯食や野宿に必要な絨毛布《じゅうもうふ》を鞍に積み込む。

「大門で調べられたときは焦りましたよ。荷を検められたらどうしようかと気が気じゃなかったです」

ようやく安心してものが言える場所で、竹生がこぼした最初の言葉がそれだった。遊圭は手近の柳に手を伸ばし、枝を折り取って微笑む。

「李綺が捜していたのは尤仁だからね。わたしの荷物まで調べる権限は、なかったんだろう。それに河北の荘園に持っていく予備の鞍だといえば、言い抜けられただろうし」

着替えを終えて、鞍に手をかける尤仁に、遊圭は折り取った柳の枝を餞《はなむけ》に渡した。水辺で柳の枝を贈るのは、強くてしなやかな柳の生命力に託した、旅の安全を祈る避邪のまじないだ。こんなときに気の利いた別れの詩編のひとつも口にできればいいのだが、遊圭にはそっちの才能がからきしないようだ。

「尤仁、西沙州には六年は戻ってはだめだよ。君の家族は苦労はするだろうけど、命まではとられない。むしろ君が舞い戻ったほうが迷惑をかける」

関所の通行証を渡して、東の州へ逃げるように勧めた。

「この通行証は本物かい？」

疑わしそうに陽光に透かして見る尤仁に、遊圭は苦笑して本物だと請け合った。

「その州に恩人の菩提寺《ぼだいじ》があるんだ。趙氏といって、そのひとの墓はわたしの身分では入れない場所にあるので、遺灰をわけてもらって、趙氏の故郷に墓を建てさせてもらった。なかなか墓参りはできないでいるけど、寄進は年に二回送っている。尤仁はその使者として行くんだ。寺に納める絹二疋。ちゃんと届けてくれよ」

遊圭の背後から、竹生が口を挟んだ。

「大丈夫ですかね。大家《ターチャ》みたいに悠然としてますけど、使用人らしくできますか」

「僕はもともと良人《りょうじん》の出だよ。国士でなくなったいまじゃ、明々や阿清《あせい》と同じ身分だ」

尤仁が急に明々の名を出したので、遊圭はひどく狼狽《ろうばい》した。

「尤仁《ゆうじん》、その寺で髪をおろして出家してしまえば、東廠も手が出せない。わたしが出世して減刑の方法を見つけ出すまで、おとなしく修行していてくれるね。潜っている間の暇つぶしに、医経と本草集を荷物に入れておいたよ。わたしの蔵書ですぐに持ち出せたのはこれくらいだったんだ。興味がなければ、売れば旅費の足しになる」

尤仁は驚いて首を振る。

「とんでもない。医薬は役に立つ学問だ。学んでおいて損はない。髪は色が目立つから、染め粉が落ちるまでに剃《そ》ってしまった方がいいと思っていた」

「どんなに退屈でも、家族が心配でも、短気を起こさないで待っていてくれ。寺から出てきて捕まったら死刑だってこと、忘れないように」

しつこいくらい念を押して、遊圭は尤仁を送り出す。尤仁は何度も礼を言って、東へ延びる街道へと馬を進めた。

「本当に大丈夫ですか。大家《ターチャ》」

「さあ、どうだろうね。敏は友人を見捨てて保身を図るような主人に仕えたいのか」

「自分は嫌ですけど、養う家族のことを思うと、やっちゃいけないんじゃないかと思います」

「敏は変わらないなぁ。この件は大丈夫だ」

遊圭は久しぶりに声を出して笑った。

玄月が尤仁を捜して遊圭の邸《やしき》に来たときのことを、思い出す。玄月が帰って少し経ってから、遊圭はふと違和感を覚えた。言葉の足りない秘密主義者が、なぜあの時だけ詳しく手配の状況を教えたのか。親友が死罪になると知った遊圭が、どのような行動を取るか、予測できない玄月ではない。

当然、遊圭は尤仁を匿《かくま》い、都から逃がそうと画策するだろう。玄月は罠《わな》を張って遊圭と尤仁を待ち構えているだろうか。それとも、自分に対して一生の貸しを背負った遊圭を、ここで切り捨てることは玄月の心に適《かな》っているのだろうか。

一か八《ばち》かではあったが、遊圭は玄月の警告の通りに、その裏をかく方法を整えて、尤仁を帝都から連れ出した。

皇城の濠《ほり》橋に佇《たたず》んでいた背の高い女の姿を思い浮かべた遊圭は、劉宝生の不正を握り潰《つぶ》したことは少しだけ大目に見てもいいと、知らず知らず微笑んだ。

いっぽう、途中で腹痛がひどくなったので、河北へ行くのはあきらめて引き返したという遊圭に、こちらの趙婆は大慌てだ。また鬼の居ぬ間に洗濯でもしようとしたのだろうか。

翌日は、玄月が胡娘《こじょう》の里帰りを約束したことを思い出して心を弾ませた。

だが、午後も遅い時間に邸を訪れたのは、胡娘ではなかった。

錦衣兵《きんいへい》を引き連れた、東廠宦官《かんがん》の李綺令史であった。

後宮からの先触れにはありえない人選だ。

「またあなたですか。なんの御用でしょうか」

李令史は丁寧に拱手《きょうしゅ》して、用件を切り出す。

「星公子に検《あらた》めていただきたいものがあります」

そう述べてから、配下の宦官にひと抱えもある桶《おけ》を持ってこさせた。中身は色あせてくたびれた縹袍《はなだほう》と、打ち萎《しお》れた雉《きじ》の尾羽のついた冠だった。

「わたしのではありません」

心臓の鼓動が喉元《のどもと》までせり上がってくるのを感じながら、遊圭は低い声で言った。

「星公子のではありません。袍の持ち主は特定できませんが、羽冠には持ち主の姓名が刻んであります」

李令史は汚いものでも触るように、薄汚れてみすぼらしくなった金鶏羽冠をつまみ上げた。目の前まで持ち上げられて、その理由を知る。不快な臭いに遊圭は顔を背けた。

「今朝、この縹袍を古着屋に持ち込んできた者がおりましてね。不審に思った古着屋が届け出てこの者を捕らえたところ、男は肥料の回収屋で、昨日このお屋敷から買い取った馬糞《ばふん》の中から上等な衣裳《いしょう》が出てきたので、古着屋に売りつけようとしたのだと自白しました。肥料屋の家を調べたところ、この羽冠も出てきました」

言い逃れのできない、動かぬ証拠を突きつけられた遊圭は、顔色が変わってしまったのではないかと緊張する。強いて無表情を保ちつつ視線を上げると、この一部始終を見ていたらしい竹生が顔面蒼白《そうはく》になって震えている。

玄月の連れてきた錦衣兵が尤仁《ゆうじん》を見つけ出せなかったのは、だれも尤仁《ゆうじん》の顔を詳しく知っていたわけではない上に、変装までしていたからだ。しかし、国士太学の制服も見つけられなかった理由までは、遊圭は気が回らなかった。竹生が気を利かせて、誰も触れないだろう馬糞の山に隠したのだろう。あとで焼き捨てるつもりでいたのだろうが、急いで尤仁を都から脱出させる細工を手伝うのに忙しく、忘れてしまったのだろう。

——敏、何も言うなよ。

遊圭は心の中で念じたが、後ずさって逃げようとした竹生に気づいた錦衣兵のひとりが、飛びかかって押さえつけた。

「こいつ、何か知っているぞ」

「俺は何も知りませんっ」

遊圭は思わず天を仰いだ。

「敏を放してください。その者はその羽冠と服の処分を命じられただけで、詳しいことは何も知りません」

遊圭は一歩前に出て、尤仁の羽冠を両手で持ち上げた。

「史尤仁は、逃走中に当家に立ち寄りました。わたしは匿《かくま》うことはできないと言って、着替えと路銀を渡して追い返しました。この制服と羽冠はその折に尤仁が置いていったものです」

「着替えと路銀を渡し、立ち寄ったことを当局に知らせなかったのは、逃亡幇助《ほうじょ》罪に当たる。同行願います」

遊圭は顎《あご》を上げて、李令史をまっすぐに見る。いや、見下す。

「告発状はお持ちですか」

李綺は口を閉じて遊圭をにらみつけた。遊圭は安堵《あんど》の息を吐きそうになった。

羽冠を見つけて喜び勇んで踏み込んできたのだろう。かつては、されるがままの遊圭を東廠の官衙《かんが》に連れ込み軟禁できたことに油断したのか、官人を捕らえるのに必要な告発状の用意を怠ってしまうとは。

官人に適用される法は、平民のそれとは異なる。官位を持つ上司が捺印《なついん》した告発状がない限り、流外の吏人《りじん》である李綺が遊圭を引っ立てることはできないのだ。

これまで何人の官人を告発状もなく捕らえたのかを遡《さかのぼ》って調べさせれば、李綺が壮年に至ってやっとつかみとった令史の地位は、危ういものになるだろう。

知っておくべきは法律である。

「告発状もなしにわたしに触れることはできません。まずあなたの上司へことの次第を報告して告発状を用意し、皇帝陛下に諮ってしかるべき官位を有する将吏《しょうり》をよこしなさい。わたしはどこへも逃げませんし、公の沙汰《さた》には謹んで縄を受けます」

李令史は忌々しげに遊圭をにらみつけたが、遊圭が一歩も引かないことにあきらめて、引き下がる。

「しかし、門は閉ざして見張りを残していきます。あなたは死罪相当の罪人の逃亡を助けたのですぞ。また、史尤仁《ゆうじん》が国家造反にかかわっていたことを知りつつ見過ごし、官司への告発を怠ったことも、訴状に加えておきます。沙汰が下れば、そのように私を見下していられるとは思われぬよう」

李令史は勝ちを確信した笑みを浮かべ、捨て台詞《ぜりふ》を残して立ち去った。閉ざされた門には外側と内側にふたりずつ、四人の錦衣兵が槍《やり》を構えてにらみを利かす。

使用人たちはこんどこそ星家の最期と、怯《おび》えて互いに目配せしあい、また天を仰いで届かぬ祈りを捧《ささ》げる。

遊圭は書斎にこもって、ひたすら書を読み続けた。

二日目に、華やかな女輿《おんなごし》と騎乗する宦官の女官行列が邸《やしき》を訪れた。門を見張っていた錦衣兵は行列の前に立ちはだかって訪問者を誰何《すいか》する。

玄月が錦衣兵に身分と用件を告げると、錦衣兵はおとなしく持ち場に戻った。

芍薬《しゃくやく》の花束を抱えた胡娘が書斎に通されるなり、遊圭に飛びついた。

「ファルザンダム。何が起きたんだっ。遊圭が流罪にされるといって皇后宮は大変な騒ぎだぞ」

久しぶりに胡娘に会えた喜びは、つらい笑みとなって遊圭の顔に張りつく。遊圭は胡娘越しに玄月を見上げた。

随行の女官や宦官はすべて離れで接待させておいて、人払いをした書斎で三人だけになる。廊下からも使用人たちの気配が消えてから、玄月はようやく口を開いた。

「そなたは、本当に、間が抜けているのだな。そろそろ若さを理由にした失敗など、言い訳にならんぞ。さすがに大家《ターチャ》のお力を以《も》ってしても、この件はかばいきれない」

苛々《いらいら》とした感情が、眼差《まなざ》しと口調に露骨に表れている。

世間に不穏の影がさしてゆくなか、親友の身を案じ、再会して誤解を解くことができた。和解に喜び、生まれて初めてできた肝胆相照らして語り合えることのできる親友を、どのようにして安全なところへ逃がそうか算段している間に、なにひとつ間違わずにいられるほど、己が賢くも狡猾《こうかつ》でもないことを、遊圭はつくづく身に沁《し》みて学んだ。

「ええ、わたしは一歩踏み出すたびに、足元の氷が割れてないか、尖《とが》った針が落ちてないか、目を皿のようにして確かめながら生きていくことのできない人間です。尤仁《ゆうじん》のような選《よ》り抜きの秀才でさえ、怒りや激情に駆られれば取り返しのつかない過ちを犯してしまうのです。わたしのような凡人は、身の丈にあった生き方を選ぶべきでしょう」

胡娘が陽元と玲玉から託されたという、大輪の芍薬の花束を両手に受け取った遊圭は、むしろ清々《すがすが》しい笑みを玄月に向けた。

「流刑ですか。ほかには」

「史尤仁の死罪より一等減じられた、三千里の流罪に加えて一年の労役。官位は剝奪《はくだつ》」

「荘園と邸《やしき》は没収されるのですか」

「土地財産を贖銅《しょくどう》に換えて免罪を申請したければ、受理される」

遊圭は目を閉じた。

身ひとつになり、馬延に弟子入りして医師への道を進むのも、またひとつの気楽な生き方ではないだろうか。

ゆっくりと息を吐いた遊圭は、目を開いて首を横に振った。

「いえ、わたしひとりの罪を贖《あがな》うより、土地は残して家属の生活を守る方が大事です」

遊圭は心底ほっとして、ゆるりと立ちあがった。

「趙婆に今後のことを話してきます」

遊圭は席を立って趙婆を呼び出し、小広間に使用人たちを集めるように告げた。

終章　可離贈芍《かりぞうしゃく》

「なんで枯れた芍薬を持っていくんですか。いまごろは明々さんのところにも、芍薬はたくさん咲いてますよ」

遊圭が乗る金沙馬の手綱を曳《ひ》きながら、竹生が不思議そうに訊《たず》ねる。

「まだ枯れてはいないだろ。第一、皇帝陛下と皇后陛下にいただいたものを、捨てて行けないじゃないか」

配所へ向かう遊圭は、鞍《くら》の横に括《くく》りつけた花瓶に手を伸ばす。水を入れた瓶に挿しておいても萎《しお》れてきた芍薬の、絹のような花びらを指先で慎重に撫《な》でた。

「敏童は芍薬の意味を知らんのか」

葦毛《あしげ》の馬を操る胡娘が、鞍の上から竹生に問い返す。

「竹生です。いつまでも幼名で呼ばないでください」

竹生は、髭面《ひげづら》には似合わないふくれっ面で胡娘に言い返す。

「胡娘。敏はね、必要もないのに自分からわたしの流刑地についてきてくれると言い出したんだよ。二度と家族から離れて、都から遠く離れたところには行きたくないって言っていたのにね」

「都のお邸に残ったら、毎日趙婆《ちょうば》たちに嫌味を言われていびり殺されますよ。一度ならず二度までもぼっちゃんを危険な目に遭わせた大馬鹿者だって。おふくろや春雪にまで、大家《ターチャ》の身の回りの世話は、流刑地慣れした俺がやるのが当然だって詰め寄られるし」

不思議なことに、使用人たちは罪を犯した遊圭よりも、証拠品を隠し通せなかった竹生の間抜けさを責めた。遊圭は、背後からついてくる護送の刑吏に聞こえないよう、上体を屈《かが》め、声を低くしてふたりにささやきかける。

「わたしも詰めの甘さでは敏と同じくらい間抜けだと思うよ。玄月と錦衣兵《きんいへい》を騙《だま》しおおせたことで、気が抜けてしまった。しかもすぐに逃亡計画を立てることで頭がいっぱいになった」

馬上で小さな笑い声をあげれば、遊圭の膝《ひざ》の間で小さな獣が会話にでも加わろうとするように、きゅうきゅうと甲高い鳴き声を上げた。

「天狗《てんこう》、目が覚めたかい。もう少しで明々の村だ。そしたら少し休憩できる」

判決を伝えに胡娘と邸《やしき》を訪れた玄月《げんげつ》が、翔《しょう》皇太子からの餞別《せんべつ》であると置いていったのが天狗だ。玄月が宦官《かんがん》に運び込ませた大きな籠《かご》の戸を開かせたとたん、中から飛び出して来た天狗は、ひと跳びで遊圭の顔に飛びつき、肩の上を飛び跳ねて再会の喜びを表した。

玄月によれば、流刑の意味がまだよくわからない皇太子の翔が、遠い任地へと旅立つ従兄《いとこ》には何を贈ればいいのだろうと、自分から母親の玲玉に相談したという。

「大后《おおきさき》さまが、天狗をわたしに下さるよう、翔太子に勧められたのですか」

遊圭は驚いて玄月に訊ねた。玲玉はいつから、この天狗のもともとの飼主が遊圭であると知っていたのだろうか。

「幼子が三人もいては、天狗も宮仕えがつらいようであったと、娘々《ニャンニャン》は仰せになっておられた。とくに西域から帰ってきてからは、餌もあまり食べず、宮殿の屋根の上に登ったまま降りてこない日も多く、故地を懐かしんでいるようだとな。遊圭とふたたび旅に出すのが、天狗の健康にもよかろうとお考えになられた」

判決と、叔母《おば》夫婦からの伝言と餞別《せんべつ》を渡し終えた玄月が辞去しようとするのを、遊圭は呼び止めた。

「ところで玄月さん。約束をひとつ忘れてませんか」

「劉《りゅう》家の処分の行方か」

玄月は指を上げて、鬢《びん》のあたりをポリポリとかく。遊圭は首を横に振った。

「宝生《ほうせい》たちの不正を暴露しなかったことは、もういいです。おとなの事情もよくわかりました。でも、わたしが許せないのは玄月さんです。私怨《しえん》を晴らすためにわたしを利用したんですよ。ひどくありませんか」

「私怨というほどでもなく、また、そなたを利用したわけではない。うまくいけば国士《こくし》太学《たいがく》の病根を取り除き、宝生が己の因果の報いを受けるときが来たと考えただけだ」

相変わらず、平然と構えて動じることがない。

「玄月さんと宝生の間に、いったい何があったのか、話してください」

玄月は右手を上げて、無表情な顔をこする。仕草に迷いが表れているのだから、内心の動揺も素直に顔に出せばいいのにと、遊圭の眉《まゆ》が寄る。

「おそらくは私が、宝生によって太学に通う意志を挫《くじ》かれた、最初の被害者であろうな。尤仁《ゆうじん》らが受けたような細々とした嫌がらせはもちろん、打毬《だきゅう》の試合に誘われたときには、更衣室に置いていた金鶏羽冠が紛失し、試合後に人前に出られなくなったことがある。あとで護城濠《ほり》に浮いているのが見つかって、不敬と管理の怠慢を責められ、教授に鞭《むち》で打たれた。そのとき宝生は、罰を受けるわたしに付き添って、遊びに夢中になってしまった子どもの不注意だと、取り成してくれたのだが――」

そのあと、玄月の羽冠を盗み出した学生が、宝生に脅されてやったことだとこっそり謝ってきた。そのことから、玄月はそれまでの陰湿な嫌がらせの主犯が宝生であることを悟り、身の危険を感じて太学で学ぶことをあきらめたという。

庶民でさえ、布冠などの被《かぶ》り物なく表を歩くことはありえない。まして宮城内の学府で、学生が羽冠を着けずに公の場に出ることは、下着一枚で歩くのと変わらないほど恥ずかしいことだった。

八つも年下の玄月を、陰湿な方法で追い詰めた宝生の、あまりの大人げなさに遊圭は開いた口が塞《ふさ》がらない。自主退学どころでなく、一生官界に入れないように、どこかの遠島に流されるべきではないかと思える。

「玄月さんが国士太学を退学したのは、じゃあ――」

陶《とう》家の族滅とは関係なかったのかと思い当たり、遊圭はさらに驚いた。

「そのときは退学するつもりはなかった。講義を受けずとも、季試だけを年二回受けて合格点を出していれば、学籍と官僚登用試験の受験資格は維持できると父が教えてくれたので、宝生が太学を卒業するまで休学するつもりだった。だが、そのうち大伯父が弾劾されてしまったので、結局は二度と太学に戻ることはなかった」

そして、遊圭によって尤仁の災難を知った玄月は、十年以上もの間、学舎に居座り続け、己《おの》が一門にとって目障りな学生を潰《つぶ》し続けてきた宝生に、そろそろ引導を渡すべきだと考えたという。

「どうして最初から、話してくれなかったんですか」

「宝生の重ねてきた罪は、そなたにとってすでに明らかであったろう。昔話をひとつ追加することなど、必要とは思わなかった」

やはり玄月と話していると体力を消耗する。これから三千里も離れることができると思うと、遊圭の心は軽くなった。とはいえ、思い返せば、玄月には尤仁《ゆうじん》を助けてもらっただけでなく、見えないところでも世話になっていたことは事実だ。

「玄月さんに、梢子棍《しょうしこん》の使い方を教えて欲しかったんですが。それももう無理ですね。いろいろと、ありがとうございました」

遊圭は精いっぱいの笑顔を作って、感謝を込めた別れを告げる。

玄月は驚いたようにかすかに眉を上げた。短い沈黙のあと、片手を上げて遊圭の肩に載せて、自分の肩との高低差を計る。

「杖術《じょうじゅつ》の基本ができていれば、梢子棍の習得は難しくない。そなたの身長に合った梢子棍を作らせて、配流先に送らせる。必要になるだろうからな」

不吉な予言と餞別を約束する玄月に、遊圭は苦笑を返した。


このひどく空回りしたような国士太学における一年と、短い間ではあったが我が家と呼べた都の家を思い出しつつ、馬の蹄《ひづめ》を進めていくうちに、明々の村へと入る。やがて、夏日を煌《きら》めかせてゆっくりと流れる川沿いに、懐かしい明薬堂の看板が目に入った。

伝書鳩を飛ばして寄ることは知らせてあったせいか、その看板の下で明々が両手を握りしめて遊圭たちを待ちわびていた。

遊圭は竹生から手綱を引き取り、金沙馬の腹を蹴《け》って駆足で明々の店へと走らせた。

「遊々っ。流罪って、どういうことよ」

泣きそうな顔で待っていた明々は、いまはぼろぼろと涙をこぼしながら、鞍から降りた遊圭の袖《そで》にしがみついた。

「まあ、その。話せば長くなるんだけどね。それより大事なことを訊《き》きたいんだ。答えてくれるかな」

「なに？」

「わたしは官籍を剝奪《はくだつ》されてしまった」

万にひとりという、誰もが憧《あこが》れ羨《うらや》む地位を奪われたとは見えない、爽《さわ》やかな笑顔で告げる遊圭に、明々は混乱気味にうなずく。

「そう、らしいね」

「これで明々と同じ良人《りょうじん》の身分だ」

明々は遊圭の言葉の意味を量りかねて、まばたきを繰り返した。

「わたしはこれから、配流先の楼門関へ行く。労役として一年、楼門関の胥吏《しょり》を務めなくてはならない」

労役と言えば肉体労働しか思いつかない明々だが、官人が胥吏の仕事をさせられるのは労役なのかもしれないと、無理やり納得した面持ちで、不安げにうなずいた。

「労役が明けても、恩赦があるか、六年経たないと都へ帰ることは許されないから、何年かは楼門関で役人を続けないといけないと思う」

明々はいつの間にか涙を止めて、遊圭の話をじっと聞いている。

「それに、楼門関はいま、朔露《さくろ》という国が北と西から攻め込もうとしていて、いつ戦争が起きてもおかしくない、危険な場所だってことも知ってほしい」

いっそう憂いを深めた明々の瞳《ひとみ》を、遊圭は正面からのぞきこみ、深呼吸をする。

「それで、もし、明々が良ければ、なんだけども。その、辺境の流刑先といっても、労役が明けたら配流先でふつうに家も持てる、と思う。そしたら、戦局が落ち着いたら、でいいのだけど。あの、もし迎えを寄こしたら、明々はわたしのところに来てくれるだろうか」

歯切れ悪く言い終えると、遊圭は萎《しお》れかけた芍薬《しゃくやく》の花を差し出した。明々はじっと遊圭の顔を見上げたまま、震える声で問い返す。

「でも、星家の再興はどうするの。そのためにいままでがんばってきたんじゃないの」

遊圭はゆっくりと息を吐いて、ゆっくりと吸った。

「本当はね、官僚になって出世するばかりが家を再興することだろうかと、ずっと迷ってきた。だけど、もう心配はしていない。わたしが小さかった時、人相見の方術師がわたしの顔を見て言ったそうだよ。わたしは星家の誰よりも長生きして、星家を隆盛に導くって。だからどんな道へ進もうとも、星家は必ず再興できる。してみせる。何度ふりだしに戻っても、いつかはきっと、星家を昔のように栄えさせてみせる」

遊圭に聞かされたことについて、頭の中で整理がつかないのか、明々は目を瞠《みは》ったたまま言葉を紡ぎ出すこともできずにいた。

遊圭は明々のためらいに、はっとして芍薬を握りしめた。身分が同じになったからといって、いきなり自分について来てくれとは、いくらなんでも唐突ではなかったか。ようやく自分の薬屋が軌道に乗ってきた明々にとっては、迷惑な話ではないか。

自分が頼めば、明々はきっとふたつ返事でついて来てくれるのではと、単純に考えていた能天気な自分自身に、遊圭はいまさらながら呆《あき》れてものが言えない。

双方が口を開く前に、最後尾で沈黙していた護送役の刑吏《けいり》が野太い声で警告した。

「星公子、時間ですぞ」

定められた日までに流刑地に着かねばならない遊圭には、道中の路上で立ち話をしている余裕はなかった。

遊圭は焦り、舌を噛《か》みつつ芍薬を差し出した手を震わせる。

「よく、考えて、返事は、いますぐじゃなくて、いいから」

「えっ、あっ。うん」

明々も慌てて芍薬の花を受け取り、刑吏に急《せ》かされてふたたび馬上のひととなった遊圭を見上げた。

「遊々、道中も、体調も、ちゃんと気をつけてよ。丈夫になったからって、無理はしないで。こっちでしか採れない薬も、たくさん送るから。手紙も送っていいのよね？」

「わたしも、手紙を書くよ」

北へと馬を進める遊圭が何度振り返っても、明々は同じ場所に立って、その姿が小さく見えなくなるまで、花を抱いたまま手を振り続けていた。

想いを伝え、別れを惜しみ、再会を約す。

そのような意味が芍薬の花にはあること、そして、必ず呼び戻すという誓いが義理の甥《おい》にきっと伝わるであろうと、陽元《ようげん》に入れ知恵したのが叔母《おば》の玲玉《れいぎょく》なのか、部下に花の名前をつけるのを好む、言葉の足りない宦官《かんがん》なのかまでは詮索《せんさく》しない。

いま旅立ちにあたり、芍薬に寄せて再会の契りを交わしたいと遊圭が願ったのは、他の誰でもない明々ただひとりだった。

予章

砂漠と荒れ地に囲まれた楼門関に、季節というものはほとんどない。雨季と乾季はある。雪の舞う季節もあれば、草が伸び花の咲く季節と、実りの収穫に忙しい季節もある。だが、それらが一度に起きることもあれば、気がつかないまま終わってしまうこともある。永続的な農業が根付かないのも無理はない。

この国境の城塞《じょうさい》都市は、このところ緊張感が高まっている。

あたり一帯の防衛の責任者であるルーシャン游騎《ゆうき》将軍は、西の果てを見つめては、指先で卓を叩《たた》いて苛立《いらだ》ちをまぎらわす日々が続いていた。

開け放した扉から、副官の達玖《タルク》が顔を出して敬礼する。

「太守《たいしゅ》がお呼びですよ」

「斥候が帰って来ないので、報告することはないと言っておけ。夏沙《かしゃ》王都から撤退してきた援軍の生き残りが続々帰還しているというのに、王都から脱出したはずの麗華《れいか》公主の行方もさっぱりつかめん。あの砂漠を、乳飲み子を連れて越えられるはずもないが」

「舅《しゅうと》殿は、跡取り息子が都でやらかした不祥事の埋め合わせに、なんか手柄が要るんです。とりあえず公主を助け出せたら帝の御機嫌も直るかもしれないですし。あ、あと、また帝都から軍鳩《ぐんきゅう》が伝書を運んできました」

部下の軽口は無視して、ルーシャンは受け取った布帛《ふはく》を広げ、二度読み返す。

「遊圭が胥吏として赴任してくるそうだ。官僚になる前に左遷されちまうなんて、なんかヘマでもやらかしたのか」

達玖は肩をすくめた。ルーシャンが知らないことを、達玖が知るはずもない。

「星公子《シンコンツー》は気の短いところもありますが、優秀な胥吏が増えるのは歓迎ですよ。劉太守の幕友たちは、兵糧の横流しや烽火《のろし》台用の羊柴《ようしば》の着服を平気でやってくれますからね」

都から来た人間には、この土地の夜は夏でも寒い。冬は屋内にいても凍え死ぬほど寒い。この極端な気候に慣れるまでは燃料を使いすぎる。

「しかし、遊圭はあれで結構勘がいい。手に余るかもしれないぞ」

ルーシャンは憂鬱《ゆううつ》そうに、逞《たくま》しく厚い掌《てのひら》を日焼けした頰に当てた。その視線は、卓の上に広げられた紙の束に落ちる。金椛国《ジンファ》の史書を精査して朔露第一帝国の記録を編集し直し、かつその政策軍略について分析したという論文だ。

金椛語の文書を読むのはあまり速くないルーシャンだが、そこにまとめられた内容は何度も読み返した。

——これを十六や十七で書くか？

ルーシャンの背中をうすら寒いものが走る。ルーシャンを驚かせたのは、書かれている内容ではなく、その文体である。

「史書だの論文にありがちな誇張や、敵国に対する恐怖も悪意もない。そぎ落とされた事実だけを見分けて分析し、論述している。気の短い子どもだと侮っていたら、足元をすくわれかねんぞ」

上司が放つ、不機嫌な空気を頓着《とんちゃく》することなく、達玖《タルク》が訊《たず》ねた。

「いま公子に来られたらまずいですかね。お父上の消息も、つかめてませんし」

「どの親父だ」

ルーシャンは苦笑いを浮かべて、指折り数える。

「もう三人ほど死亡が確認された。生きているかもしれんのはあと五人」

何世代もの間、大陸のほぼ全土へと交易へ出かけ、商人や傭兵《ようへい》を送り込んでは東西に張り巡らされた康《こう》宇人の商業網は、複雑な血縁姻戚《いんせき》関係と氏族間の同盟によって成り立っている。

訪れた都市で新しい仕事に就くたびに、その土地の有力者と義親子や義兄弟の契りを交わしてゆくので、誰もが誰かの親戚であり得るのだ。世界のどこへ流れ着いても、同族の誰かの伝手《つて》を頼って生き延びるための、康宇国人が築き上げた処世術であった。

「そりゃ、血のつながった将軍の最初の親父さんですよ」

「死の砂漠の南を走る天鋸《てんきょ》行路で、親父殿を見かけたという康宇難民の証言があったが、人違いということもある」

「お父上が朔露軍の手に落ちたら、ちょっと困りますね」

「そうなる前に、親父殿の死亡がはっきりすれば、こっちも頭痛の種が減るんだがな」

「お父上の頭がひとつ減ったところで、頭痛がなくなるわけじゃないですがね」

西域に散らばった親戚と義親族の数と全容を、ルーシャン自身も把握していないのは事実だ。朔露国に降伏し、忠誠を誓い、その先鋒《せんぽう》として東進している同胞もいるかもしれない。

主従は窓枠の向こうに広がる黄色い大地に、巨大な赤い陽が沈んでゆくのを無言で眺めた。夏沙領の東端であった城塞都市、史安を落とした朔露可汗《かがん》は、夏沙の平定に時間をかけているらしく、まだ楼門関へは攻め込んでこない。

多くの国では、灼熱《しゃくねつ》の夏と大地の凍る冬は戦争を避けるものだが、そのどちらの気候にも慣れている朔露は、いつ攻めてくるのか予測がつかないため、楼門関の防衛は一日たりとも気が抜けない。

「勝てますかね、朔露に」

達玖《タルク》がつぶやく。

「天運がこちらにあればな」

ルーシャンは赤紫に染まった西の空を思案に沈んだ薄茶色の瞳《ひとみ》に映して、うっそりとつぶやき返した。

あとがき

篠《しの》原《はら》悠《ゆう》希《き》

お読みいただき、どうもありがとうございました。

本書をお買い上げくださった読者の皆様、素敵な装画を描いてくださった丹地《たんじ》陽子《ようこ》様、本作のシリーズ化にご尽力いただいた担当編集者様に、心からの感謝を申し上げます。

金椛国《ジンファア》は架空の王朝です。行政や後宮のシステム、度量衡などは唐《とう》代のものを、風俗や文化は漢《かん》代のものを参考にしております。

なお、作中の薬膳《やくぜん》や漢方などは実在の名称を用いていますが、呪術《じゅじゅつ》と医学が密接な関係にあった、古代から近世という時代の中医学観に沿っていますので、必ずしも現代の東洋・西洋医学の解釈・処方とは一致しておりませんということを添えておきます。

参考文献

『中国の愛の花ことば』　中村公一　草思社
『西域文書からみた中国史』　關尾史郎　世界史リブレット10　山川出版社
『科挙と官僚制』　平田茂樹　世界史リブレット9　山川出版社
『唐代の国際関係』　石見清裕　世界史リブレット97　山川出版社
『科挙』　宮崎市定　中公新書
『宦官』　三田村泰助　中公新書
『科挙対策　律令』　幾喜三月　楽史舎

本書は書き下ろしです。

この作品はフィクションです。実在の人物、団体等とは一切関係ありません。

青春《せいしゅん》は探花《たんか》を志《こころざ》す

金椛国春秋《きんかこくしゅんじゅう》

篠原悠希《しのはらゆうき》

平成30年 9月25日　初版発行

発行者●郡司 聡

発行●株式会社KADOKAWA
〒102-8177　東京都千代田区富士見2-13-3
電話　0570-002-301（ナビダイヤル）

角川文庫 21171

印刷所●株式会社暁印刷
製本所●株式会社ビルディング・ブックセンター

表紙画●和田三造

ISBN 978-4-04-106613-3　C0193

◇◇◇

角川文庫発刊に際して

角川源義

第二次世界大戦の敗北は、軍事力の敗北であった以上に、私たちの若い文化力の敗退であった。私たちの文化が戦争に対して如何に無力であり、単なるあだ花に過ぎなかったかを、私たちは身を以て体験し痛感した。西洋近代文化の摂取にとって、明治以後八十年の歳月は決して短かすぎたとは言えない。にもかかわらず、近代文化の伝統を確立し、自由な批判と柔軟な良識に富む文化層として自らを形成することに私たちは失敗して来た。そしてこれは、各層への文化の普及滲透を任務とする出版人の責任でもあった。

一九四五年以来、私たちは再び振出しに戻り、第一歩から踏み出すことを余儀なくされた。これは大きな不幸ではあるが、反面、これまでの混沌・未熟・歪曲の中にあった我が国の文化に秩序と確たる基礎を齎らすためには絶好の機会でもある。角川書店は、このような祖国の文化的危機にあたり、微力をも顧みず再建の礎石たるべき抱負と決意とをもって出発したが、ここに創立以来の念願を果すべく角川文庫を発刊する。これまで刊行されたあらゆる全集叢書文庫類の長所と短所とを検討し、古今東西の不朽の典籍を、良心的編集のもとに、廉価に、そして書架にふさわしい美本として、多くのひとびとに提供しようとする。しかし私たちは徒らに百科全書的な知識のジレッタントを作ることを目的とせず、あくまで祖国の文化に秩序と再建への道を示し、この文庫を角川書店の栄ある事業として、今後永久に継続発展せしめ、学芸と教養との殿堂として大成せんことを期したい。多くの読書子の愛情ある忠言と支持とによって、この希望と抱負とを完遂せしめられんことを願う。

一九四九年五月三日

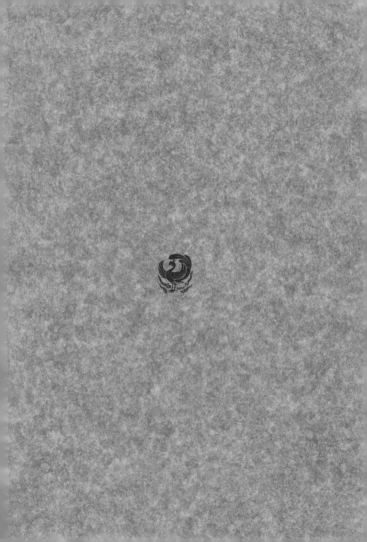